六如偈

葛芳——著

中国书籍出版社

图书在版编目（CIP）数据

六如偈 / 葛芳著 . —北京：中国书籍出版社, 2018.1
ISBN 978-7-5068-6672-9

Ⅰ . ①六… Ⅱ . ①葛… Ⅲ . ①长篇小说—中国—当代 Ⅳ . ① I247.5

中国版本图书馆 CIP 数据核字（2018）第 022407 号

六如偈

葛芳　著

图书策划	牛　超　崔付建
责任编辑	武　斌
责任印制	孙马飞　马　芝
出版发行	中国书籍出版社
地　　址	北京市丰台区三路居路 97 号（邮编：100073）
电　　话	（010）52257143（总编室）（010）52257140（发行部）
电子邮箱	eo@chinabp.com.cn
经　　销	全国新华书店
印　　刷	三河市华东印刷有限公司
开　　本	650 毫米 × 940 毫米　1/16
字　　数	272 千字
印　　张	16.75
版　　次	2018 年 4 月第 1 版　2018 年 4 月第 1 次印刷
书　　号	ISBN 978-7-5068-6672-9
定　　价	52.00 元

版权所有　翻印必究

六如偈

序

胡竹峰

中国小说自有传统，寓言、史书、志怪、传奇、话本，自有菩提自有天地，自有一段段活泼泼的生气。葛芳小说里的生气稍有不同，来得静，像《红楼梦》、像《金瓶梅》、像田野风物，看不见生长，却觉得出一片欣欣向荣，这是天分、是趣味、是追求，也是修炼。

小溪之水流入小河，小河汇入大河，大河入江，江水滔滔、静水深流。读葛芳的小说，深流的水里有太多故事。这故事劈头而来，绝尘而去，像流萤一样在夜空中飞舞，明灭闪烁，红尘男女的面目一层层浮现。没有结局，没有尘埃落定，有的只是片段、剪影，别的人，别的事，生活的一小段。人读完，心在半空中飘飘忽忽，这个感觉很奇妙也很奇怪。

葛芳叙事节制，常常三言两语打发了情节。笔下人物在兜兜转转中分分合合，向我们展示了一幕幕生的局部、活的局部。是鸳鸯蝴蝶，也是世态人生，恰到好处地表现了不可捉摸的命运，巧妙地在书中隐藏一把宿命之刀。

《听尺八去》如此开头：

  宁晴踏进隐谷寺大殿时，发现青花布鞋的脚尖已经湿了。

《伊索阿索》如此开头：

  简春华蹩出巷子时，正是阳光照得最不紧不慢的辰光。

  然后，小说在清清淡淡的碎步中徐徐展开。葛芳重视人物的发展规律，不作戏剧化的色彩加工，整个文本显得自然舒缓。尊重生活进程中的动静喧嚣，没有任何细节带有夸张的舞台性集合，书中人物分外鲜明。

  葛芳似乎醉心在一种精打细算的感觉里，无可自拔。

  邓明欢天喜把车开到公园，月色溶溶，微风了了，他停歇好车子的第一个动作便是返身抱住了小玉，要去亲她。(《南方有佳人》)

  很淡，却有毛茸茸的东西触动人心。

  葛芳的行文津津有味，神采奕奕，又偏偏从平易处着手，仿佛一段说来话长的闲话，仿佛一笔意味深长的自语，及至写到中间，甚至到最后，文本方才渐渐蕴藉，像云雾一样漫漶漂浮，莽莽苍苍，一点一滴尽收笔底。这是一种有才气的娓娓道来。葛芳的小说

六如偈

应属才气小说。才气者,天地之灵气也。负才气者以豪放为通尚,才气小说,行文意思难免取巧做作,葛芳锦心绣笔偏偏收拢住了,守得住浓淡,守得住枯荣。

我读《听尺八去》《天色青青》《迷雾》诸篇,真真觉得字字珠玑,字字繁花,清流如水却又清凉如骨。真真得了才华,得了人情物理,许多好句子,如《去做最幸福的人》里:"耿土元平时有点耳背,偏偏李桂芹这几句话滴水不漏淌进他耳朵里,听得他鼻子有点酸酸的。"又如《六如偈》里:"小道士在旁边沏茶,回转身来,发现曲未终,听评弹的两位像湖边的野鸭急急惶惶离了场,再看不见野鸭的头,只剩一圈圈涟漪向外四散。"不落色境却有色境,禅意上来了。

是为序。

2017年1月1日合肥,作我书房

目录

猜猜我是谁 / 001

六如偈 / 038

去做最幸福的人 / 080

天色青青 / 130

听尺八去 / 166

伊索阿索 / 205

杂花生树 / 242

六如偈

猜猜我是谁

1

一汪碎水,暗示着暴雨刚下过不久。

残枝胡乱排铺着,惊魂未定,还带着喘息的气味。

宋云左手拎一把伞,啪嗒啪嗒,走步极其缓慢,似乎踩着时间的长短针。右手抓着一包塞得鼓鼓囊囊的垃圾袋,这里装有一天下来要废除的残存物:牙膏皮、烟盒、腐烂的西红柿、儿子断头的蜡笔、她变形了的乳罩、几张揉皱的旧报纸——上面沾满了鱼腥气。她探下身子,掀开垃圾箱盖头,里面满满当当,散发着腐臭味。一天的气味,时间的气味,情绪的气味,都闷在这个墨绿色长方形塑料桶里。她说不上什么,随手把拎着的垃圾搁在塑料桶右侧。

她走得没头没脑,甚至没有跟家里人打招呼。门"咔啦"一声重重落锁，谁都没有在意——她到楼下去扔垃圾了，三五分钟后就会回来。家里的光线十分黯淡，王大军躺在沙发上眼皮肿胀，已经入睡。小孩蹲在马桶上拉屎，哼哧哼哧。

宋云一只手腾空出来，斜插在口袋里。她穿着一件针织毛衣，风从毛衣的缝隙里挤进来，她下意识地将身体像球一样蜷缩。

很快，由蜷缩而带来的紧张让她感到极不舒服。她改变了姿势，索性摊开手脚，挺起胸，内心竟涌起一种伤感的味道。

她看见街角闪现过一个男人的背影，陌生里带着熟悉。她揉揉眼，神经莫名其妙兴奋起来——她的前夫章成，迈着外八字，还是一副挺拔的模样，没变，一点都没变。她急匆匆跟上，他拐了个弯，手里好像还夹着根烟，三五牌，她熟悉的，他只抽三五，他说这是品质的坚持。那股烟味，若有似无，一路缭绕，窜到她鼻子底下，她毛衣遮蔽下的身体叹息了一声。一个眼花，章成的人影不见了。

旁边是个馄饨摊头，水汽雾气泼洒着。火苗吞得东倒西歪，有种恍惚不定的游离感。宋云知道摊主是外地来的小两口，夜里八九点钟模样，就来这里，一样一样摆放开来。那油渍渍的矮桌子和几张塑料圆凳，在昏暗街灯笼罩下，像乡下的三黄鸡，哆哆嗦嗦打着盹。

她还在想章成，他们好像一晃之间有八年没见了。这几年，她和王大军过日子，倒不是她要一刀切断与过去的联系，她只是太忙，生了个男孩，哺乳、抚育，王大军什么也没插手，一晃小孩子就上幼儿园了。

她也想起过章成，那是在和王大军做爱时，王大军一成不变的样子，让她很快倦怠了房事。她有些狐疑，自己原先的快活呢？和

六如偈

章成在一起水乳交融的快活呢？她冥思的神态并没有削弱王大军的热情，很快回过神来，有些羞愧，有些尴尬，于是，匆匆忙忙，配合王大军，但效果并不见佳。

什么时候，宋云手里多了碗馄饨，她并不知道，她神思恍惚，连自己坐在油渍渍的矮桌子边也没有意识。馄饨热乎乎的，其实她并不饿，晚饭刚吃过不久，但看着它们一只只眉清目秀的样子，忍不住拿起勺子吃了两口。

吃了几口，立起，要付钱，才想起出门根本没带钱。她有点窘，神色慌张，说回家取了马上送来。倒是那女孩子机灵，说："阿姐，不要紧，一碗馄饨又算什么？"她叫她阿姐？而且顺溜得很，一点也不显干涩。宋云立定了，仔仔细细打量起这个女孩：薄嘴唇，桃花眼，皮肤像刚才汤碗里漂浮着的葱花，荡漾着柔嫩诱人的气息。她穿着一件褐色短上衣，一弯腰，臀部紧靠着腰上的肉就露出来，宋云感觉到一股凉飕飕。

不管怎么样，这女孩和她老公靠十个手指头在辛苦挣钱，不像那些鸡，马路上一站，晃啊晃的，骗的都是些肮脏的钱。宋云微笑了，她是个坚持是非、原则性极强的人。

每天她都感觉天气闷，然后就发现生活中有些不正常。譬如说，下了楼梯，却疑心家里没上锁；王大军说好给她买个跑步机的，却忘得一干二净。她腹部在长肉，而且速度令人惊悚，穿起裙子的话，很是显山露水。她想，女人出去全无姿态，是很可悲的事。因此她把这件事郑重其事放到桌面上讲，从菜金里省出一千元钱，让王大军今晚就去把跑步机扛回家。他却忘了！吃完晚饭，他心安理得地看电视，不一会儿，轻微的呼噜声有韵律地飘出来，飘到厨房，她有些心寒。

今晚碰上章成，如电影剧本里的一个悬念。尽管只是章成的背影，但烧成灰，宋云也认得出。她迷恋过章成的身体，他是体育老师，有款有型，尤其是眉毛，很有扬眉剑出鞘的男子气概。他总是让她很舒服，如荡漾在水中，一朵花缓缓地打开。而且，她信任老师这种身份，很心安、很踏实，不久，他们就结婚了。

至于为什么离婚，她自始至终认为她没有错——有一个女学生，哭哭啼啼，半夜打电话到她家，说："我十八岁的生日，一定要把初吻献给挚爱的章老师！"天哪！这是什么鬼逻辑！宋云火了，厉声说："她要把初夜、处女膜都送你章成，你恐怕也会照单全收！"章成只是笑，嬉皮笑脸，一点儿也不严肃。严肃的场面还在后头呢。那天她头痛，从单位提前回家，拧开家中门把锁的时候，她就感觉很不对劲，一男一女像浪里白条在床上翻滚着。她捂着脸蹲在墙角伤心地哭了一场，第二天开始闹离婚了。

今早她取毛衣的时候，鬼使神差翻到一件驼绒色背心，她一怔，章成的衣服竟还留着一件，她的头埋下去，嗅到了他的烟丝味，梅子黄时雨的味道，使劲再嗅，她的肩膀颤抖了。

如果，就这个飘着零星雨丝的夜晚，街灯暧昧，她，紧跟着章成的背影，而他，在某一个巷口，突然返身抱住了她，用他惯有的手法轻轻揉搓她的耳垂、乳房……她会像一只长满了触手的水母充盈着。她想她会这样的，她的脸酡红，一直到吃馄饨时，还是脸红耳热的。

可眼前只有卖馄饨的女孩和她老公。女孩挺外向，已经在自我介绍了，她说她叫阿莲，老公叫董强，安徽过来的。阿莲特地把董强叫到宋云跟前，确实，很强壮的一个小伙子，脸膛有点黑，粗看还挺像香港的演员古天乐。他也诚心诚意地叫了声姐，听得宋云又温热了一阵。

宋云白吃了人家一碗馄饨，觉得过意不去，阿莲待她又像自家姐妹一样坦诚，她犹豫了片刻，摘下手腕上的一个玉镯套在阿莲手上。阿莲自然推脱，越是推，宋云给的决心越大——其实玉镯并不值什么钱，王大军从普陀山带回来的，他买东西顶多二三百元，撑死了也就这样。

她要打道回府了。她穿过流淌的街市，心情已不像刚出来时抑郁。她瞥了一眼她刚扔掉的垃圾袋，那里狼藉一片，牙膏皮、烟盒、西红柿、破报纸全都烂糟糟的，十分恶心地暴露开来。谁去捣鼓过了？是哪个恶俗的人？他将她变形的乳罩高高挑起，恰巧挂在树枝上，晃荡着。

宋云只生气了一小会儿，很快，她蹑手蹑脚，摘下那只紧贴了肌肤半年多的乳罩，她闻到一股味道——体味？还是馊味？说不清楚，她再次掀开垃圾箱盖头，用一根树枝奋力将她的乳罩戳到最底部。她拍拍手，转身上楼。

2

一觉醒来，云散雾开，秋天的阳光像少妇，丰腴而明媚。宋云懒洋洋地伸了伸胳膊，手腕处光秃秃的。王大军早走了，餐桌上还有他吃剩的半根油条，他是外企公司的电器工程师，生活相当有规律。小孩也被母亲送去上幼儿园了。

滴答滴答，客厅里落地挂钟沉稳地走着，但好像，这貌似宁静的阳光和时间，在蛊惑着她什么？她今天调休，不用上班，她将头埋在蚕丝枕头里，那么轻柔丝滑，就算是窒息其间，她也有种心甘情愿的畅快！她梦见章成了，他们裸露着，横躺在床上，两具美好的身体，喷洒着爱的气息，很自然的，他们开始你侬我侬、平平仄仄。

她竟然怀想着她和前夫的性事！她对自己有些恼怒，可身不由己，两三分钟未到，意念又转滑到章成身上。她掏出一个电话号码簿，想找一些相关的人去了解有关她前夫的信息。那些发黄的字，写得趴手趴脚，像是喝醉了酒似的。李冬，章成的密友，如今出国了。大丁，很胖壮的小伙子，怎么就生胃癌死了呢？阿冬，他们夫妇的介绍人，也不知道去哪个城市混了？在把号码簿合上时，宋云有了一种不安全、人世无常几乎是恐惧的感觉。

宋云穿戴好衣服，很快，因为恐惧而滋生出盲目挽留的姿态。她飞也似的拔上鞋跟，仿佛再晚一点，她就要错失良机了。她胡乱将门碰上，有没有上锁都无关紧要。风，哗啦啦一吹，她颈脖上的黄色丝巾飞扬起来，如同现代舞里的一幕，决绝、有力。

那条街巷，白天和夜晚截然不同，仿佛是一个变心的女子，阴阳双面。现在的它喧嚣、欢腾，到处晃荡着人。卖盗版碟片的，卖水仙的，卖内衣的，卖床上用品的，一字排开，浩浩荡荡。

她这样急吼吼一路狂奔，是想捕捉昨夜她前夫的一个背影？这显然有点荒唐！但她确信他就在这附近，搓麻将？打桌球？还是和一群女人在泡吧？他离不了女人。让她慨叹和悲哀的是——八年的时光，她的皮肤不再光洁如初，身材也有些走形了，可是他却和以前没两样，鲜亮、健硕，浑身散发着男子气息，逼人而自信。

"阿姐——阿姐！"有人向她招手，晃啊晃的，是她那团翡翠绿的玉镯，不！现在它不属于她宋云了，而是一个叫阿莲的姑娘。阿莲推着一辆自制的小木车，小车用木板隔开分三层，放着花花绿

六如偈

绿的饰品,全是些低廉、劣质,但颜色艳丽,看上去颇为时尚的小摆饰,还有些女人用的私物,如丁字裤、乳罩也光明正大摊放着。

阿莲像只云雀,跳跃着招徕客人。她的董强紧跟着,弯腰从车后拖出一只黑塑料袋,头伸进去吭哧吭哧掏个半天,最后甩出几条性感的丁字裤。宋云看了,忍不住笑,一抿嘴,酒窝就出来。董强也有点不好意思,挠挠头皮,说:"夜里卖馄饨,白天就卖这玩意儿,出来混没办法,总想多挣点钱。"

他的眼睛闪闪发亮,有丝狡黠,很顽皮,像章成每次耍小伎俩时自作聪明的一瞥,让她恨得咬牙切齿,也爱得欲罢不能。宋云的心一阵酥麻,掌心的汗沁出来,呼吸也有点混乱。她知道自己这样随意联想是很没有道德感的。她今天出行的目的是什么?寻找前夫——因为贪恋他的爱欲——她碰到小姐妹的老公——却从他身上引逗出了久违的情欲。她靠他那么近,都闻到他身上的汗味和劣质烟草味了,它们糅杂在一起,充满了召唤。

宋云咬着下嘴唇,很笨拙地后退两步。正午的阳光太明亮!太炽热了!它仿佛一把涂着白银的利剑,霎时间从宋云的喉部刺入。她甚至被自己口水噎得呛了几下。

乱。整条街突然慌乱起来。如同潮水翻涌,从东头乱到西头。几个穿制服的人,大摇大摆,劈面而来。阿莲眼疾手快,三两下拾掇好东西,拉起傻待着的宋云,拐进一个里弄。一条墨绿色鹅卵石铺成的路七高八低。木车"噗噗噗"发出颠簸声,阿莲笑得前仰后合,她是那么开心!那笑声简直就像发亮的银钩,在半空中闪耀着弧线一般的光芒。

宋云提了个古怪的要求,她想到阿莲居住的地方坐坐。这让阿莲诚惶诚恐,仓促里掩藏着兴奋。阿莲喋喋不休,说她和董强的事。宋云心不在焉,只听见自己的高跟鞋在鹅卵石路上发出清脆的叮咚叮咚声。

一进门,她就毫无顾忌地扫视那张大床。床有种吃惊的大,像个庞然大物,雄踞在凌乱的房间,床上的被褥螺旋形扭曲着。宋云断然有种恶心的感觉。可很快,她嗅到了气味,弥散在房间中一种沉欢呻吟的味道,一种对宋云致命的来自天堂的味道!

宋云深吸一口气,脸颊上潮红一片。

阿莲撅着屁股,翻箱倒柜,想找出些好东西来招待宋云。

宋云沿着床边坐下来,下意识里捋了下床单,发现几根头发,细长的,不用说,准是阿莲的。宋云笑得很玄妙,她叉开手指,权当梳子,理了理自己的头发,然后将自己几根发黄蜷曲的头发在手指间绕了绕,丢在阿莲和董强的床上。

宋云警觉惶恐地咳嗽了两声。现在,她自觉像个贼,笨头笨脑的贼,心机重重,又不能自已。她窥望了床的顶头,那儿压着一个小纸盒,枕边散落着两颗粉红色的药丸。她的眼皮像被蜜蜂狠狠地蜇了一下,顿时感觉又肿又痛。

一会儿,董强回来了,他从巷子的另一头撒丫子跑回来。阿莲一听到声响,就将丰盈的肌体往他身上靠。董强汗津津的,头像刚从蒸笼里取出来的馒头,直冒热气。

阿莲笑着跟宋云说:"城管是只纸老虎,只会吓死胆小的人。这种事情,一个星期不知要碰上多少次,要眼风快,脚步轻。"董强也笑,瓮声瓮气地说:"总之,要跟他们斗智斗勇,千万别傻乎乎干愣着。"

阿莲的身体扭得像团麻花,一屁股坐在董强腿上,他向她耳朵里吹气,阿莲反过身用胸脯堵住了董强的嘴巴。"要死了!"他在呼号，语气兴奋。

宋云仍坐在他们床沿上，咬紧了自己双唇，很受挫，很窝囊。她匆匆忙忙告辞，路上，几片树叶险些刮到她眼睛里，眼角酸酸胀胀，一抹，有两滴清水眼泪。

3

宋云考了张心理咨询师证书，在副刊部编辑心理栏目。时间干得长了，驾轻就熟。豆腐干大的文章，哪里都能找一块，何况现在网络上博客文章比比皆是，随便点击一下，一个版面三四篇文章就轻轻松松搞定了。

她是从骨子里生出了个"懒"字。懒得运动。食堂吃完饭，她就坐在自己的转椅上，眯眼，打个盹。腹部的赘肉也就在这时辰无情地长出来。懒得做爱，这也属于运动的一个项目，但追根究底，和王大军有关。他事先没有前奏，中间平铺直叙，结尾草草了事，然后酣然入睡。她觉得自己如同暴晒在太阳下一条咸鱼，散发着干涩的咸味。灯被王大军拧灭了，她胡乱想了几分钟，小腿搁在王大军腿上，也因疲倦渐渐进入梦乡。因此这也促发了她生活中第三个"懒"：懒得去计较、思考、盘算生活。

上周报社开会的时候，宋云吃惊地发现，她身边的同事衣着多光鲜啊！气质多优雅啊！她们大都近四十岁了，皮肤却保养得娇嫩诱人，仍像剥出来的蛋白，据说她们就是用蛋清、蜂蜜、牛奶来美容的。几个女人凑在一起，高档香水味道若有若无，她很敏感，用力吸吸鼻子，再到洗手间的镜子前一照，情绪一下子低落下来。

镜子里的女人没有一丝光泽，全身灰扑扑的，高领毛衣围堵着脖子，显得有些臃肿。色斑、暗斑不知什么时候爬上了她两颊，一团一团，挤兑着，这也从某个方面暗示了她的性生活很不协调。她有些怨恨王大军了。会议上领导的嘴唇一张一合，宣讲中央文件精神，话筒很响，震得人发晕。她脑子里嗡嗡嗡一片，什么也没听进去。

一天都没情绪。

天是灰的，流动的云是灰暗的。她匆匆从这个城市东头穿到西头，发现公交车是灰暗的，人流是灰暗的。绕到菜场，买的几棵青菜也是蔫着的。这种情绪一直积淀到夜晚再次扔垃圾时，她终于神经质地爆发了！

而爆发的真正导火线还是前夫章成的出现。她确信是他！那个镜头宋云回忆了无数遍，章成的影子也越来越清晰，他就在她周围！菜场里隔着好几个摊位，她也能看见他穿着栗色皮衣在摆弄几个萝卜，他下厨做菜烧给谁吃呢？可是，一晃眼，他却十分奇怪地消失在她眼皮底下。她又在商场橱窗的玻璃里看见他的影子，手插在裤兜里，张望着什么，还是那股痞子相——儒雅的痞子相，她回头正想要招呼他，突然一看，空空如也。

寻找章成！这是她情绪低落两周后的第一个反弹。如同一个新选题的确立，带着某种憧憬和规划，她按部就班起来，先得给自己买上一架跑步机。对！减肥！把腹部的赘肉统统去掉，把三围尽可能收缩到她和章成热恋时的状态。小蛮腰，娇滴滴，盈盈一握。唉！世界上最可怕的事——莫过于她在邂逅前夫时发现自己是怎样的一副残枝败柳！

下班后，她就去体育器材店转了，她本质上还是个风风火火的人。"懒"是因为和王大军过日子过出来的。王大军是个生活圈比

六如偈

较狭窄的人，没有什么特别要好的朋友，外出喝酒嫖女人也和他沾不上边。他伏在书房设计他的图纸，一声不吭。他的两大嗜好很特别：喜欢睡觉，喜欢吃红烧肉。

和王大军结合，也是源于宋云独特的嗅觉。说来好笑。自从亲眼目击章成和浪荡女子在床上的一幕后，她蹲在墙角伤心地哭了一场，次日昏昏沉沉进了一家油漆店，她张开嘴巴，用力呼吸油漆味，一种刺激、新鲜的味道，像奶油味一样熏人，她从小就喜欢闻这些怪异的味道，汽油味、樟脑味，越特殊越好。她坐在塑料板凳上，神思恍惚。她也知道油漆味闻久了对人体很有伤害，甲醛、苯、氨……可她就是忍不住喜欢用力嗅。接近傍晚，她还枯坐着，王大军走过，他身上有一股浓重的樟脑味，他穿着他母亲刚从衣箱底部翻出的衣服。樟脑味像一帖中药，竟让宋云不由自主地跟着他走出了油漆店。

没有人相信她有这种怪癖。和王大军行房的时候，她会撒一颗樟脑丸在枕边。闻着，情绪就上来了。

商场里跑步机有多种式样，最便宜的也要三千多，这超出了宋云的估算。她沉住气，不让自己显露出慌张。尤其是射灯下那台新款的米黄色跑步机，功能多得花了宋云的眼，其实也贵不到哪儿，再多花一千也能买下来。宋云估摸了十分钟，走到柜台边，刷卡了，刷的是自己的工资卡。

其实她一直想去跑新闻。她申请了几次，但要闻部的主任一直没给她答复。菜花都等黄了，她也就死了那条心。她只能凑合着过，不紧不慢，不死不活……

这一星期的版面她采用的几乎都是博客文章。那些作者，离这城市越远越好……远得闻不到这城市喧嚣糜烂的气息，也嗅不到她暴晒在阳光下的咸鱼味。她站在窗帘后，默默祈祷，她的眼睫毛浓而密，成了一道弯弯的弧形，仿佛一帘幽梦。这是以前章成对她的评估。从本质上讲，她属于五官耐看的女性。

　　大雨连续下了两天。她在客厅的跑步机上大汗淋漓，面颊发烫，内衣裤通湿。那种感觉，很像做爱。她不断地调速，双腿也越抬越快，一开始，有种撕心裂肺的酸滞感，像连皮带肉要挖出她骨子里的懒劲。她硬是挺过了难关，穿着紧身T恤，头发用一块塑料花布高高扎起，如同一个专业的健身运动者。

　　当然，在王大军回家之前，宋云早把这一切行当都收拾起来。洗好澡，换上家常服装，她带孩子在小区的街心花园散步一圈，晚霞的颜色粉粉的，散发着一股暧昧、含糊、说不清楚的味道。

　　夜晚，趁扔垃圾的当儿，她喜欢往阿莲的馄饨摊走。阿莲一看见她，就雀跃，仍旧阿姐阿姐亲热地叫个不停。宋云不再吃馄饨，只轻轻淡淡和阿莲说上两句。流着淡淡绿云的翡翠镯子，在月色中反显得很协调。宋云看了两眼，就把余光瞟向别处，她瞟啊瞟的，不一会儿就瞟到阿莲的董强。小伙子在暗处，性感的嘴唇像涂了层釉。有那么一两次，他的眼神似乎回合了宋云的目光，稳稳地，掐住，有丝热辣，有丝大胆。

　　宋云的心沉下去了。她想她的章成对着其他女人诱惑的眼神肯定是收不住阵脚的。

　　天黑沉沉得像阿莲手中的抹布，肮脏、油腻腻的。宋云很后悔当初怎么吃下了阿莲顺手递上的馄饨。她原是有洁癖的，章成就有些受不了，每天临睡前总要嘀嘀咕咕嘟囔几句，宋云要求他刷牙、换内裤，否则就别上她的床。宋云望着锅中一只只颠簸的馄饨，它们沉浮不定、欲擒故纵。宋云仿佛一下窥见了这些年章成的私生活,它激情、紧张、糜烂而多姿。

她突然感到了生活中前所未有的愤怒与屈辱。

4

阳台的玻璃上落着厚厚一层灰,临马路的住房就是这样讨厌,灰尘多、噪音响。当时宋云并不中意这户公寓,但王大军说,那防化玻璃隔音效果好,不碍事。实际上他是想能省则省。苏北人,归根结底还有种小农意识。

王大军说:"过一阵,我父母要过来暂住几天。"王大军的声音很轻,像一只死苍蝇啪啦掉在菜坛上那种窝囊。宋云听了,也不回话,但明显已经不舒服了。

上来干吗?怎么住?明摆着的现实问题。宋云空落落地望着玻璃上的灰尘。灰尘竟还有形状,积在一起,如同漾开的波纹,里三圈外三圈,不断推涌、奔腾着。

她并没有将多余的问题问出口,王大军就说了:"我母亲肾不太好,我陪她到市立医院作个彻底的检查。"

宋云愣了一下,肾?肾是顶关键的内脏器官,假如一旦真查出了什么毛病,那钱上的消耗可不是闹着玩的。——这些话她不便说出口,毕竟还算是个知书达理受过高等教育的人。她返身抱起地上搭积木的儿子,回房休息。近来他们之间一遇到什么棘手的问题,儿子就成了有效的挡箭牌。包括王大军要求和她完成性事时,她也支支吾吾,推推搡搡,说:"儿子会醒来——突然闯进门——看见了那事——很不洁。"

或者干脆,她就睡在儿子香软的小床上,梦里尽是前夫章成的身体。帅气的章成，凶猛的章成，温柔的章成，在秋天黄叶落满小城的夜晚，让她翩飞成一只小蝴蝶，她张开鹅黄色的翅膀，轻盈地滑翔。

有一天夜里她醒了，发现王大军正看着自己。

"你怎么了？"她吃惊地问，以为在梦中她拙劣地喊出前夫的名字。

"我只是看看你。"王大军不知所措地说，"我猜想你可能最近有些不舒服，也许是因为你有压力，——放心，他们最多待上一个星期。"

他看上去也心事重重，右手搭在脑门上，那一角落的头发只剩稀稀落落的几根。她缩在被窝里，有些怪异地看着他，带着某种幽怨、奇特的恍惚感。

他们拱在一起，很像一对企鹅。他喷出的热气，混杂着烟丝的臭味，飘到她的鼻子底下。真的很奇怪，当年离婚后，她怎么会看上他？

宋云掖住被角，蜷曲着身子。他往后腾挪了一下，她的后背顶在他肚皮上，很不舒服。

几天后，她的公婆谦卑地坐在她家客厅的沙发上。她端茶、递水、削苹果，微笑温婉，殷勤地嘱咐王大军千万要当心母亲的身体，她的声音里渗着蜜糖水一样的甜味，如新过门的媳妇，蓄意在讨好什么。等到他们前脚走，她"嗵"地将门重重扣上了，她站在窗帘后，若有所思，看着他们三人灰扑扑的背影，渐渐消失在街角。她的心头，涌起一个很奇怪的念头，她，仿佛从来没有与他们相识过，没有过任何一丝瓜葛。

下午在报社，她也是这样心不在焉。她人缘并不好——总有

六如偈

点莫名其妙、心血来潮。她傻坐在电脑前一个下午,她的心绞在一处,她越来越觉得自己像个郁郁寡欢的孩子,充满委屈,却无处申诉。

直到那个电话来临,她慵懒、疲倦的身体才恢复了一点元气。

她把听筒贴到耳根,暗哑着问:"你好!请问哪位?"

"宋云,猜猜我是谁?"

猜猜我是谁?她一下子蒙了,她最讨厌这种恶俗的问法,似乎一个恶毒的游戏,她在明处,人家在暗处,怎么说都是不对等的。

"宋云。"对方继续叫她,很有磁性的男人的声音——她的神经兴奋起来,她熟悉的一种音色和语调,他让她猜,猜猜我是谁?还会是谁呢?她忽然有种破涕为笑的傻劲,她被口水呛了一下,紧咳一阵,好不容易稳定下来。对方还笑眯眯地等着她的答案。她轻声问:"章成,你过得好吗?"

"我不是章成。"他说,语气里有点尴尬。"你居然听不出来?"他干笑了声,"再想想,猜猜看,我到底是谁?"

宋云火冒了,声音提高了八度:"谁认识你这种无聊的人?你吃饱了撑的!还有完没完!"说完,她将话筒狠狠甩在了一边。

邻座的几个人转过头看了宋云一眼,宋云不说话了,任凭自己愤怒的情绪在胸腔起伏。丁零零——电话又响了,她迟疑了一下,暗示旁边的小姑娘接,还好,是迎春中学政教处的老师,问宋云老师周五下午是否有空去给学生作一次心理健康讲座。

她下意识地摆出没空的手势,可是,很奇怪,她的思维连接得太快了,她知道章成的一个女同学在迎春中学,说不定就是在政教处呢,好像姓杜吧?宋云几乎是抢过电话筒,落出一副很随和的口气说:"我就是宋云,你贵姓?"

"免贵姓杜，宋老师，能和您联系上真是太高兴了，不知道您是否能挤出宝贵时间？"

对方果真是章成的女同学，宋云虚弱地摁住了内心的窃喜，她含糊地答应了去中学讲课的请求，脑海里却飞快地盘算起能从此次行程中了解到多少有关章成的信息。她来了精神，撩开眼前的刘海儿，敲击键盘。

时值春季，繁花满枝。杜老师在校园白玉兰下等她，她一开口就称赞宋云朴素、优雅，有气质。宋云微微笑了一下，她早已习惯这种恭维，她一门心思要把讲课早早结束，好切入正题来寻找她的章成。杜老师看上去也像个清汤寡水的女人，面颊瘦削，下颏坚硬，只有那双眼睛燃烧着教育的激情，她在宋云讲课的时候不停地记录着什么，多次引导学生热烈鼓掌。宋云的声音算得上甜美，当她瞟到杜老师坚硬的下巴时，忍不住猜测起她丈夫和她亲热时也是这样牢不可破吗？

四十分钟的讲课很快就过去了。她们在白玉兰馥郁的香味下走了几圈，宋云等得近乎心烦意躁了。白玉兰的花瓣肥白、光洁，一大张飘下来，恰巧落在她的手掌心。她有意无意地说了声："杜老师，你好像和章成是同学？"

"对！"杜老师立定脚跟，探寻着，"你怎么知道？"

"我，"宋云咬了下嘴唇，黯然之后马上坦然作答，"他是我前夫，八年不见，不知道怎么样了？"

杜老师"哦"了一声，极富同情心地向前挽住了宋云的胳膊。宋云有些不适，但没有推拒，任由她挽着往前走。夕阳的余晖洒落在白玉兰树上，留下了斑驳的光影；仍有洁白花瓣在飘落，恰巧飘在两个女人的影子里，宋云安静下来，慢慢听杜老师开讲。

六如偈

5

王大军打开家门的时候,发现宋云齐齐整整地穿戴着,白灰色套装,宽松的衬衫,连黄色纱巾也很别致地扎在一边。

"你要出门吗?"他神色不安中带着几丝焦虑。

宋云点点头,嘴唇抿着,好像有什么事下定了决心一样。

他有些生气了,干巴巴地说:"你也不过问下我母亲的事,好歹你也是个媳妇!"

宋云回过神来,敷衍地问一句,"怎么啦?"

"怎么啦?要住院,这一天排队都等了四五个小时,住了医院才能彻底观察,总之,事情不是太妙!"说完,他钻进卧室去拿他的银行卡,宋云知道他的钱藏在床边抽屉的下层,这是他的小金库,平时每个月他要交出薪水的三分之二。他皱了眉,"我父亲在医院里陪着呢,我得送钱去,你——你不去关心一下?"

宋云勉强应了声:"那好吧,但谁去幼儿园接皮皮呢?我母亲看望她的老姐妹去了。"

王大军一下子爆炸了:"去看一下,又不是叫你陪一夜。我就没指望着你去陪她过夜!"

宋云从未看见过老实人王大军发飙,他的领子胡乱歪在一边,头发上翘,粗肿的手指交缠在一起。她心软下来,耐着性子解释:"你别误会,我就这么一说,我也希望你妈顺顺当当,什么问题也没有。"王大军的头耷拉着,生了一会闷气,也就不那么强硬了。他嘟嘟囔囔,搂了下宋云,哄小孩一样对宋云柔声说:"对我父母好一点？求你了。"

宋云"嗯"了一声后，就维持了很长时间的沉默。夫妻俩打了一辆的士，一路无话。医院里飘着苏打水的味道，快接近下午四点，这里依旧人满为患，王大军拨开人群到缴费窗口，一下子就被刷掉了一万元。宋云想这两年他坚持不肯买车，怕的就是这种情况发生，他的想法太实在了——汽车是消费品，买了只能跌价；房价炒得这么厉害，说不定金融危机就会爆发——还别说，真给他说中了，上半年他们公司订单大幅度减少，他和几个工程师差点面临裁员的危机。

心疼的，钱，像流水一样哗啦流走了，而且不知道还要流多少。宋云一步一挪走到病区，拿出些热情和公婆打招呼。病房里的人全都病恹恹的，愁苦、悲哀像一张无形的网一下子也攥住了宋云的心，她几乎要窒息了，不禁往后退了两步，"不要"，她对自己说："我不要被他们牵着鼻子走。"

宋云迅速把自己解脱出来，她抬起手腕看了下表，意思是她该去接皮皮了。皮皮接到手上，她马上转手放到母亲住处。她在等待天黑，她看见太阳一点点从云层中坠下，欢喜得几乎泪下，她肚子不饿，一点也不想吃饭。她的黄色纱巾搭在锁骨上，还能显一点韵致。这纱巾，十年前章成在上海外滩买了送给她的，洋气、时尚，看上去一点也没有落伍的迹象。

其实宋云对杜老师的话并不太信，尤其是杜老师表述时的神情有一种羡慕式的嘲讽，让宋云很受不了。杜老师说："章成这个男人怎么好像就没有老过，去年同学聚会他仍像小年轻，胳膊晒得黑黝黝，眼睛乱放电，耳朵上还打着亮闪闪的耳钉。师范学院对老师的管理就是这么松松垮垮，上梁不正下梁歪，这种学校不知有多少

六如偈

女生去堕胎过！"

杜老师耸了下肩膀，将半张脸留给宋云："你知道他开什么车？奥迪Q7，车里香喷喷的。吃完饭他请我们洗脚、唱歌，出手可真阔绰。你说，一个老师，哪有那么大能耐？"

"他唱歌好，一招一式都有明星风范，我们猜他是出去走穴，赚点外快，但也不至于这么铺张。男人好面子，可能就是要这些效果，嘻嘻——"杜老师恶毒得掐断了后面半截话，若有所思地看着宋云。

"他一直没有结婚——"

宋云的血液在体内跳动着流淌。

"我们猜想他被一个富婆包养了。"

宋云的脸红一阵白一阵，她想她这个心理咨询师被中学的语文老师羞辱了，她想狠狠摔掉那只挽在她胳膊上的手，可杜老师的手指像蚂蟥，十分有力，紧紧吸附在她的皮肤上。她几乎是抒情式地唱出最后几个音符："哦哟，现在哪有什么——好男人了！宋老师，还是你有先见之明——噢！"

宋云对她的朋友涌起了一阵愤怒之情，但又不好显露，苦笑了一下，趁着杜老师弯腰捡起校园里纸片的时候，她甩掉了那只怪异的纠缠不休的手，她发誓再也不要见这个女人，这个精瘦的心理变态的女人，她怎么在教育岗位混了这么多年？

宋云的头脑里充满了强烈的念头，在这月色稍上柳枝的时候。她看着整条街一点一点放出异彩，红、黄、蓝、绿，各种颜色交错在一起，像形形色色的人混居着。她一点也不喜欢那个姓杜的女人，太无事生非了，说不定她打电话来邀请宋云讲课时就已经晓得他们之间的关系。而她，傻乎乎地被奚落了一回。江湖人心险恶，一点不假。但，好歹，她宋云隐隐约约中知道了他的一条重要信息——他没有再婚，为什么不结婚？

不结婚的男人就可以像一只野猫到处乱窜，随处发情。宋云走在一棵樟树下，狠狠撕扯下几片树叶。她很想念那张傲然的带有轮廓的脸和流淌着情欲的眼睛，他用低沉平稳的调子说话，脚步轻柔，他从后面搂着她的肩，然后是腰。宋云觉得自己要战栗了，她几乎要泪眼婆娑了，幻影，哪怕只是幻影，她也愿意割舍生命中很多无用的时间来等待。

他被一个不知道姓名的女人占有着。不是吗？姓杜的女人说得很明确，他被一个富婆包养着，他为她烧萝卜炖鸡，他的肱二头肌上压着皮肉松弛、身体肥壮老女人。

宋云痛苦地闭上了眼睛，——她们在恶意诽谤他，这些女人，得了人好处还喜欢造谣，她们的世界狭小而空洞，突然碰见了一个像样的男人就喜欢猜测他所有细节，她们就像一群蚊蝇追赶着甜腻的东西乱拍翅膀，她怎么就完全相信了呢？

章成怎么可能沦落到这种地步呢？——宋云很有些愤愤不平，没有人会像她一样能理解章成的精神世界。他算得上是个精神贵族，喜欢音乐，也擅长朗诵，他们配合着一起朗读《简·爱》那段台词时，她是多么迷恋他带有磁性的颤音啊！"我们的灵魂是平等的，如同站在上帝面前。"他含情脉脉地看着她，仿佛他俩真是摸索着灵魂的通道经过几番周折好不容易才深入对方的心灵。

现在听说他如此面目可憎的事情，她坐立不宁，甚至感觉有种切肤之痛在凌迟自己。店家橱窗里的灯光明晃晃的，她看见来往的人笑着谈着走来走去，她感到无力和绝望。在想象中，他变得畸形和肉欲，好像裸着身体在穿街而走，她受不了，她要把他抓住——

她奔跑起来，伸出手，喉咙里发出尖细的绝叫。

宋云一直往前奔跑的时候，黑暗正开始笼罩街市。她的呼吸成了唏嘘，而且泪渍满面。她觉得喉咙口塞满了浓痰，想要拼命咳呛出来，以此嘲笑自己和全世界。可是，很倒霉的，她碰上了董强，他傻里傻气地问了声好，她不能睬他，只任凭自己的奔跑的形体消失在通往回家之路的薄暗中。

6

星期二下午，宋云坐在办公室拆信件。一大堆心理方面的信件，有字迹潦草的、也有书写工整的，还有一大沓打印稿，全都倾吐着这个城市人们的不安和焦虑。大清早宋云跟王大军说话就有点恶狠狠的，她觉得自己也有些不对劲，喜欢自言自语时，天麻乎亮就起来了，自言自语，低得只有她自己听得见说些什么。

很娟秀的一页纸，但明显有泪渍，宋云捡起来细读，原来是一个中年女人在吐露，说她在一次吃豆腐饭的时候和同桌陌生的男人有了感觉，他送她回家在二楼的拐角处，两人突然大脑失控脱了衣服竟好了起来，他是多么好的一个男人啊……接下去的句子闪烁其词，但宋云能推断出女人的激情和满足。至于流泪的原因，女人说他们之间只能有一面之缘，她是局长太太，先生是有权势有官位的人，她怎么敢破坏一切呢？

薄薄的一张纸，捏在手上，宋云觉得很假，她对这女子并不同情，或许本身就是子虚乌有的事情，没有落款，也没有地址，无聊的人来作弄她一番也有可能。再说，她对官太太素来就没有好感，虚荣、自矜，以为自己是什么不一般的人了。

"丁零零"电话铃响了,她凑过身子去接听。

"宋云——猜猜我是谁?"

又是那电话!

宋云全身的肌肉都绷紧了,猜猜我是谁?那个隐藏在背后的人是多么狡黠!他必定熟悉自己,名字、办公室电话号码,包括自己的情绪,他都清楚。他躲在暗处,不紧不慢地控制着生活的节奏,他低沉平稳的调子显示出他城府极深,但他又存心是在撩拨她,猜——猜,——猜猜我是谁?会是谁呢?有很多种可能,宋云根本无法揣测,生活中她遇到的男子有上千个,擦肩而过、工作应酬、同学朋友、过去现在都有可能,他们就像无数个气泡在升腾、蒸发或毁灭,她怎么能精确地猜出他是谁呢?

宋云沉住了气,说:"你再说一句。"

"新朋旧友,你总不能认识一个丢一个吧。"

他揶揄着,算是提了一下醒,说完电话就断了。

宋云脊背上冒出了一层冷汗,踉跄地走出报社。马路上汽车响起一阵长啸,一只熟睡在路边的狗,站起来咆哮,宋云吓得躲到了一边,她开始害怕起生活中的无常。

五年前,她吻过一个比她小六岁的男人。

她是昏了头脑,火车上的事情,原以为会像风一样被吹得无影无踪。她到内蒙古出差,只买到坐票,邻座是刚服役结束,穿着迷彩服的英俊小伙。黑暗中火车单调地晃荡着,凌晨两点,满车厢的人都在昏昏欲睡,她也不例外,头趴在桌上,手捏着的一串钥匙掉了下来,恰巧落在小伙子腿上,他一把将她的手抓住了。她蜷缩成一个小皮球,不作一声地继续趴着,他的手越捏越紧,最后嘴凑上来,仿佛是神的谕示,她如饥似渴地接受了。他的手伸进她的衣

六如偈

领,像一个魔术师开始施展魔力。

火车靠在月台边喘息,他们拉着手利用五分钟的时间在站台墙柱后疯狂接吻,他两腮的胡子短而坚硬扎得她脸蛋生疼,她不管,双手死死抠住他的衣领,像一只饿了很久的小狗贪婪地伸出舌头。月色浓重,北方高大的臭椿树木散发出一股难以形容的味道,仿佛成了他们邂逅情景中特设的兴奋剂。

他们上下车一共五次。她如同在汪洋里的一条小舟上飘荡,不时发出惊骇而甜蜜的尖叫。每一次看见火车靠站,她就心慌、紧张,不由自主地随着他绕过人群,蹦跶着找最黑暗的一个角落。他把她抱起来,双腿夹在他的胯部,他身型高大,臂力过人,她成了他的玩具在吹气,在任凭他野蛮地抚弄。差一点,那一次,差一点他千钧一发的时候,火车发出呜呜长鸣声,两人都吓了一跳,然后疯笑着蹿上火车。

旅途只是旅途,等到所有行程结束,一切的虚幻都会自行消失,她发了狠对自己说。十天后,她将回到自己的城市。

这个事情,她跟谁也没有说起过,埋在心里,让它渐渐腐烂。她不是个轻薄女子,但也能容忍自己偶尔的情思泛滥,她甚至还能回忆出那男子的青涩与纯洁味,他鼻梁很高,身材笔挺。在黑夜里他们像是一对溺水的人儿,互相又充当了对方的浮板,内心充满了欣喜与激狂。荒唐的人生插曲,使宋云快乐。起码在那几个月,她发现自己神清气爽活跃在各个场合,她仍旧有吸引年轻男人的魅力,她又变成了树林里一只天真幼稚可爱的梅花鹿。

电话中的他会是——火车上的年轻男子?宋云的外衣被突如其来的一场雨淋湿了,水不断地滴到颈脖里。"不可能,我没有给他我的电话号码,连名字也没有告诉,他只知道我是个编辑。萍水相逢，我们渴求的只是一种情绪，谁还会为谁坚守呢？"

7

王大军的妹妹上城来了，一点先兆也没有。她坐在宋云专用的转椅上，屁股底下还压着宋云的书。一进门，宋云就被东西绊了脚，一看，几个布袋子胡乱随地放着。宋云只见过她小姑一面，隐约有些印象，如今看到她这副模样，一下子晓得了她的粗鄙。

王大军炒了几个苏北菜，味很重，辣得呛人，他们吃得颇有滋味。宋云勉强扒了几口饭，就去收拾皮皮的房间，她皱着眉，慢吞吞地将床单、被套一一换下来，不清楚王大军的妹妹王海琴到底要住多长时间？

直到临睡关床头灯的时候，宋云才知道王海琴到这城市的两个原因，一是照顾她住院的母亲，二是想投靠哥哥嫂子，找份工作，也找个人嫁了，兄妹之间彼此好照应。宋云吸了口冷气，这些人想法如此简单，以为找工作找男人都是极方便的事情，或者是把他家王大军当成了三头六臂的一号人物，宋云鼻子哼了声，转过身去，把屁股留给了王大军。

王大军干脆把自己当成了死猪，呼噜呼噜睡去了，他没有多余的精力来解释，他当然知道她不开心，先斩后奏，有什么办法呢？船到桥头自然直——这是他一向的处事方式，听听，十分钟不到又鼾声起伏了。

她也入梦了，火车上年轻男子的面孔，飘到宋云的眼前。现实腌臜的场景，她根本没有其他退路，黑夜里他好像又变成了章成。他用舌尖吻她，他的驼绒色毛衣竟然有其他女人的香水味，她拧他的耳朵，他像一头黑猪崽，将毛刺刺的头拱到她大腿之间。

　　她还爱着章成。或者说，他也还爱着她。如果说爱这个词语显得矫情的话，起码，她日思夜想着他，她喜欢把自己当成弱智的样子，不停地问这问那，说一些什么时候同死的傻话。极度喜欢后就会要求一同死去，他们已经过了恋爱发热的年龄，可是每次做爱后她仍有这种冲动的傻劲，抱着他的脑袋，抚摸着，好像时间的河流在两个人的贴肤贴肉中奔涌得更加激荡，她嗅到了死亡的甜美气息，这样的时候，她根本不会去计较人生的成败与得失了。

　　她对着墙壁，白色墙壁在黑暗中发亮，她默默地，在心里大声疾呼起来："章成，你到底在哪儿？"她的声音仿佛穿透了世界上所有的墙壁在奔跑，她坚信他会听见他的呼唤，她忍不住有热泪涌出了，她想告诉他，没有了他的夜晚她恍然发现自己就是一只孤独的鹿，绝望，悲伤，无所依靠。

　　王家的事情很糟糕，像一团乱麻霎时间全部纠结在一起。婆婆患的是肾积水，手术刚动过，王海琴去医院陪了两个晚上后就跟母亲吵架了，她一赌气就往大街上跑，跑到哪里谁也不知道。王大军所属的外企公司不好请假，他已经成熊猫眼了，头重脚轻，身心疲惫，他用哀求的语言恳请宋云去轮流陪夜。

　　病人躺倒在床上，不能动弹，端屎端尿，全部要人服侍。宋云硬着头皮待了个下午，婆婆木木地呻吟着，她很胖，要搬动她绝非是件容易的事情。活着真是场痛苦，婆婆的眼皮都懒得抬了，并不关心是谁在身边，任由着他们摆弄。

　　宋云想，如果把自己耗在沉闷的病房，她也会崩溃的。她手头上还有一连串的活儿没干，编辑版面、送皮皮参加幼儿英语脱口秀节目、寻找章成，尤其是最后一件事，刚有了一点眉目，怎么就此放弃了呢？宋云在病房寻思了很长一段时间，她得找个人接替她照料婆婆，哪怕让她出钱，她也愿意的——

她的念头，转得并不算荒唐，谁都可以理解——生活平白无故被不相干的人打乱，这是烦恼透顶的事，接着还要她来承担，凭什么？她只是他们一纸婚姻上的媳妇，媳妇的角色本身就是不确定的，可以是她，也可以是另外一个陌生的女人。他们作为嫡亲儿女都在临阵逃脱，看看王海琴吧，是典型的生活不打草稿的人，一赌气一任性就可以跑得没个人影。王大军呢？事情揽在身上后也吃不消了，于是也尽往她这边推。

我算什么？我又是谁呢？宋云觉得事态发展得很可笑，她嘲讽起自己，哈！谁都以为我是救世主了！滑稽。我还希望上帝之光能照耀到我身上来呢！

她想起前几天她在街市奔跑时泪渍满面的样子，仍能感觉到心脏有抽搐后的疼痛感。那个傻里傻气的人还向她问好，他真是傻透了，他一点也没有感觉到她的悲哀？他不可能感同身受的，他和他的小妖精好得像是从蜜罐里捏出的一对。对，就找他俩，做护工，一天一夜，二百元，比卖馄饨、卖丁字裤好。他们俩肯定会答应，看得出，阿莲是个世俗功利的女孩，她明白宋云身上的社会能量，就算是讨好也会竭尽全力照顾好她的婆婆。就这么干，宋云迎着太阳走出医院病区的时候已经感到了如释重负的轻松感。

果然，阿莲和董强应允了。阿莲于是成了宋云的表妹，隔房还是远亲？谁会来考证呢？阿莲乖巧地将鱼汤一勺一勺地喂送到宋云婆婆的口中，董强配合着给宋云婆婆翻身、擦洗。老人舒舒坦坦地睡了几夜后，脸色也渐渐好转起来。宋云每天等报社下班后就来探望半小时，阿莲口中的"阿姐"叫得更欢了，还贴着她胳膊留些亲昵的小动作，宋云不太习惯，但也只能假戏真做，戳着她的额头说"死丫头"。偶尔给阿莲带些有牌子的服饰，她欣喜得忘了本，甚至要凑到宋云脸颊上亲。婆婆笑了，说："你们这对姐妹啊，真叫亲！我这次生病多亏你们照料。"

董强抿着嘴唇微笑，不多话，保持了一个年轻男子的真诚与厚道。他殷勤地为宋云端茶递水、拎包，他的肌肉隆起得越来越有型了——王大军哪能跟他比啊，软塌塌的肉，堆在腰间，皮带伏在裤子上只能松松垮垮。宋云看着董强的胳膊，有一种说不出的心生欢喜，最近她仍坚持在客厅的跑步机上运动，肌肉在拉紧，细密的汗一滴滴往下淌，寻找某一个人的秘密也如同捂在花坛底下的种子在一点点破土而出。

她要好的一个小姐妹昨夜打电话来，神秘兮兮，说："哈！你猜我在商场里上碰到谁了？你前夫，和一个洋妞在一起，屁股大得像狒狒。"

她没笑出声来。王大军趿拉着拖鞋，歪着脑袋，走进房间，她赶紧在被窝里把电话掐断了。王大军身上的樟脑味早已去尽，残留的是齿缝里的大蒜味。她背转过去，迷迷糊糊间，粗暴地推开了他伸过来的粗壮胳膊。

8

临出院前的一个傍晚，董强拎着电饭煲送宋云去打的，天一下子变得黑沉沉的，像包公的脸。也没见出租车的影子，只听台风呼呼直响，将马路两边的树枝吹得"喀拉拉"直往地上掉。有一根大树枝险些砸到宋云，幸亏董强一把将她拽过来，拉到胸前才算逃过。宋云心吓得"怦怦"直跳,她闻到董强身上的男子气息,很浓郁,她晕头晕脑,深吸了两口,耳根也热了。

董强撑开两只手臂,像顶阳伞为她遮挡,果不其然,一会儿大雨滂沱,两人的衣服也湿了一半,可偏偏就是没有车子来。董强拉起她的手就往附近的商店跑,她迷糊得像在梦里飞,急雨,黑夜,她和她爱着的男子在私奔,莽莽苍苍昏乱的气场,她都是极度喜欢的,好像灵魂也在撕裂了,一半向着天堂腾云驾雾,一半却是要到地狱里交代她作为妇人的不贞。

火车上那串钥匙……已经开启了作为妇人不贞的大门。她想——自己心底原来是那么喜欢作践的样子,她头发蓬乱,衣衫不整,皮鞋一脚踩在水塘里,可是又有什么关系呢?天空的色彩呈现出一片浓墨绿色,淋淋漓漓,万物在歌唱,在用力吮吸。她像一只湿了翅膀的灰头麦鸡,双腿肌肉一夹紧,"扑"地飞到屋顶上发出短促和嘹亮的鸣声。

爱,可以分裂成很多个。这是章成说过的原话。他很没正经的,用膝盖顶她的腿,那时宋云大学毕业不久,对男人懵懵懂懂。她自然不喜欢这油腔滑调的说法,抵触了半天还是心甘情愿地跟着他到了他的单身宿舍。他杀了一条白鲢鱼,葱、姜、料酒,一点一点把佐料加进去,酿成的一锅汤黏稠、鲜美。他双手捧上,端到她面前,她感动了,一个爱好厨艺的男人必定是热爱生活的男人,他眼睛温柔,像藏着许多鱼,一尾一尾游弋开来。

吃了鱼,喝了汤,那夜她就没有回家。她枕着他的大腿睡到天亮,醒来还能摸到嘴边的鱼味。

王大军相反,他不会做菜,最多应宋云的要求拎两只熟菜回来。牛肉烂糟糟的,呈现一种不太正常的红颜色,宋云对王大军皱眉，说："什么事情也办不成，馊了的菜也在拿回家。"

王大军吃了白眼，晚饭也吃得不痛快。王海琴霸占着他的书房上网QQ聊天，他抽了根烟在客厅无所事事，突然冒出一句："你表妹和表妹夫倒是挺功利的一对。"

宋云撂下手中的抹布，问："怎么得罪你了？"

"你看她手臂上的镯子……"话说了半截，他停住了。

宋云想他到底感到有点受伤害了，也好，这种感觉迟钝的男人，是要给他点苦头吃吃，否则一点也不珍惜。

王大军说："怎么以前也没听你提起过他们？"

"哼！"宋云心里讥笑出来，自己功利不说，倒在嫌弃人家。谁给你妈端屎端尿？若不是他俩，你妈只好在屎堆里打滚，现在站出来说风凉话了，真是一钱也不值的蠢货。——那钱，还是我出的，十天，两千元钱，你十个指头伸出来交给我？

宋云慢吞吞地舌头打着滚，说："远亲，我姨婆家的，恰好前几个月联系上了，人家也是热心人，帮我们照顾了妈一段时间。你倒是以怨报德，尽说人家不是，缺德！"

王大军干笑了一声，极尽虚伪。宋云看着他脸颊旁涌起了两坨肉，像是傍晚院子里见着邻居牵着的一条哈巴狗，鸡皮疙瘩浑身起了一层。她忽然噼里啪啦将碗筷往池子里一塞，她想去皮皮的房间——可现在也被王海琴霸占了。婆婆医好了病，回老家疗养了，花了王大军三万元钱。这王海琴倒是在医院耍了性子以后，硬是留在哥哥家不肯回苏北，目的很明确，找工作，找男人。

宋云脸色沉下来，将王大军拖到卧室，质问他："她——到底——什么时候走呢？"

王大军耸耸肩，伸出手，做了个无可奈何的姿势，宋云冷冷地轻声说了句:"滑稽了,这天地倒被她做主去了——"

宋云很少正面奚落王大军,但因为他母亲和妹妹,她发觉这个男人的原则性极差,有了事尽往老婆胳膊窝里一藏,或者干脆装傻,听凭事态发展,一点也不顾及她的感受。宋云忍不住将手指戳到他鼻尖:"她不走,我也不想回家了,乱糟糟的,像在一坛酱缸里。"

宋云拐了几个弄堂,黑沉沉的夜空,她想起了一件要紧事,非要去跟阿莲说的事。早上她在报社开稿费单,一下子头脑呈空白状,这两个月她用了七八篇博客文章,作者她都没打招呼,她悄悄地取了文章,换了各种各样的笔名发出来,她想他们远在山村或者偏僻的小镇,并不会知晓……她也没有特别的恶意,当初是为了跑步机,后来是为了要支出婆婆的护工费,她不可能像那些跑新闻的记者,大吃大喝以后还能理直气壮地接过红包。她这一点小钱哪能跟他们比,连小巫见大巫也说不上呀!

宋云想跟阿莲说,她稿费单就开给她和董强,他们俩只需带上身份证,脸不改色心不跳地去取钱就是了,没有谁会多问,即使问到也一口咬定是自己写的文章——当然这有点杞人忧天了,不可能会发生的事。

又是下雨,馄饨摊没有摆出来。宋云心紧了一层,依旧往前走,她认得他们的住处,收紧脚步沿途看的时候,几个小混混朝她吹了几下口哨。她用指尖摸着伞骨,扭着腰走过。

鹅卵石铺成的路面在雨中很滑,她不敢快走了,踮着脚尖窸窸簌簌地行进。好不容易找到,咚咚咚敲门,她整个心扑通扑通狂躁跳个没完。

还好,他俩都在,并不在床上折腾,只聚精会神凑在一起摆弄新买的山寨手机,手机唱起歌曲来,音量大得吓煞人。

六如偈

  阿莲瞪大了眼珠子,她不太相信这样的做法能行得通,真有天上掉馅饼的感觉,钱会自己跳下来落到皮夹里?宋云搂她的肩,女孩身上还留有廉价的胭脂味,宋云含糊其辞地笑,说:"可以换个牌子了……"

  "你们真像对姐妹,好得可以割头换颈了。"董强仰面躺在被褥上,轻叹了一声。宋云心一紧,不知道他的所指,眼睛乜过去,他却是诚心诚意在夸奖。窗户外是散发着夹竹桃味、尿臊味的小径,这样的夜晚是没有月亮的,雨停了。

  宋云不要他们俩送。他们坚持,最后,阿莲拍着董强的屁股说:"你把宋云姐姐送到那端巷子口,这儿小流氓多,我不放心。""咿呀"开了门,走了几分钟,宋云面颊发烫,独独地,一句话也说不出。董强拉她的手,她浑身虚软,正想要解释什么的时候,她又看见章成的半侧面,留了一小撮胡子,皮肤黝黑,加了副眼镜,胸前挂了块玉。好像也就是四五米的距离,宋云视力好,一下子就看了个清楚,等到回过神来,想要招呼的时候,他一转身又不见了,独剩一股风。

  宋云心里满腹的冤屈,终于像股洪水奔涌而出。她趴在董强的肩头先是抽噎,继而是大声地呼哭。层层叠叠的情绪,像山峰,像乱雾,像染缸里五颜六色的水,把她宋云折磨得心律也近乎失常。她不知道自己到底要些什么,如同一个孩子在黄昏的巷子口左右为难。董强好像在安慰她,轻轻地拍打她的肩,可是他懂她什么呢?他什么也不能领悟。汽车呼啸而过,喇叭声刺耳地叫着,她感到地面也在震颤,她的指尖在发麻,头皮嗡嗡直响,她可能真的承受不了生活的重压——她说她想飞,飞出她的身体,飞出尘寰,飞出一切。

董强的头凑过来，黑猪崽毛刺刺的头，拱在她的乳房之间。她急速雷动的心脏一下子从胸腔里飞蹦出来。他笨手笨脚，竟然解不开她束胸的带子，她的眼泪水汪汪一团仍挂在脸颊上，晶莹发亮，替他着急。她要飞起来了，真的，晃晃悠悠，身体都要挂到枝头上了，她挥舞着手臂，如同一只失去平衡的直升机左右不定。

两人在胡同的阴暗处喘息飞翔着，董强的舌头跟章成一样，灵巧而有力。宋云的样子很奇怪，她如同耶稣，被钉在胡同黏湿的墙壁上，歪着头等待基督徒的膜拜。风凉飕飕一阵，直吹进她的身体，仿佛一条滑腻小青蛇，张开尖细的牙齿，窜进她身体内核乱咬。一个激灵，她被唤醒了，她一把推开正在急吼吼解裤腰带的董强，连奔带跑一溜烟消失在夜色里。

9

建康东路，靠近运河，每天傍晚，有船呜呜呜叫，十二三只机帆船联成一气，颇为壮观。据说当年乾隆下江南的时候，就是沿着这条运河，一路把美女美景看尽。皇帝老儿写诗、作画，给这条路留下不少古迹。报社在建康东路写字楼11层，人往窗外低头一看，冷不丁有种苍莽寂寥之感。

同事走得差不多了，周末，都想早点儿回去。宋云磨磨蹭蹭，办公桌整理了半天也不见头绪。前一个星期她托人总算给王海琴和阿莲安排了工作，到超市做收银员，能不能长期留用得看她们各自造化了。王大军摸着她胳膊，似乎感慨万千的样子，回到家也做巴结状，极力讨宋云的好。没过三天，他恢复了常态，吃完晚饭就陷在沙发里打呼噜。他一小撮头发已显得灰白，一个小弯，紧贴在头顶上。她懒得跟他生气了——匆匆忙忙拾掇好家务，也靠在沙发一角想心事。

船在鸣叫，声音拉得极长，呜呜呜，像大水牛。宋云恍然有种今夕何夕的挣扎感，她不知道为什么她一个半死的梦幻突然生气蓬勃了，而且这种召唤灼伤得她夜不成寐。瞪着眼睛，看黑暗一点一点从时间里走过，她想这样下去，她会癫狂，并不知所终。

电话铃响了，办公室空荡荡的，她趴过去接，对方直呼她的名字，并暧昧地吐出那句让她心烦已久的话："宋云，猜猜我是谁？"

宋云的心"咯噔"晃荡了一下，脑袋也像被重重击了一次。她深深吸了口气，说："你再说两句——我来猜。"

"贵人多忘事，真是的，你竟把我忘了？"对方的音色和语调与上次有所不同，像绷紧的弧线弹出来。

宋云责备天性敏感的自己此刻混沌如一棵植物。夜晚的风起来了，扑到她的脸上，甜腻腻的，也像在提醒她什么。空气里充满了寂静，充满了一种颇使血液激荡的、有所期待的岑寂。她卷了卷舌头，很费力地小声询问："你——是董强？"

"董强是什么人哦？"对方笑得很讥讽人的样子。

宋云咔嚓掐断了电话，平白无故，又被人奚落了，自己是十三点，好端端的，把藏在心里的秘密拿出去被人暴晒和讪笑。她不可以原谅自己，包括那个雨夜的吻，干涩、毛糙、热烘烘、带着丝辣味，她为什么还是迫不及待接受了？躲在那吻里呜呜呜然，像一只小白兔躲在蘑菇房下面心安。那瞬间的激情，她完全可以拒绝，但那时的自己好像不是自己了，言语动作都不属于她，她只听见董强粗重的呼吸声和蓬勃有力的心跳声。他年轻得让她羞愧。

她倒是很想和他谈人生，她想用她全副热忱去谈，如果把这样的话匣子打开，她会灵感横溢，她可以是他精神上的教母，引领他去认知柏拉图、徐志摩或者李商隐。她的眼睛灼灼发亮，可是他双手忙着解她上身的衣带。他的头抵着她的下巴，她闻到了他头发里的一股油耗气，浓汤赤酱，估计都被打翻了，泼到他的身上。

宋云站起身来，推开报社门循着小径向运河边走过去。运河桥两边是高大的枫杨树，桥墩很高，几乎伸手就能触及树梢。风一吹，每片树叶都在抖动，好像在跳着踢踏舞，全场的气氛热烈到了高潮阶段。桥下是个公园，孩子们不知为了什么在哄然大笑，而且笑了个没完。宋云趿拉着鞋走路，她知道悲哀、希望和情欲日复一日在她内心战斗着，她一点也没有将它们制服的迹象，只能让自己孤独、绝望的情绪蔓延。最近半个月，她不止一次地跑出屋子，徘徊到半夜才回家，她连跟王大军吵架的力气也没有了，他就像团面粉，或者是个西红柿，她斜靠在发出昏暗光线的灯柱旁，无可奈何地作了个比喻。

她也不止一次回想起火车上的年轻男子，他穿着迷彩服，轮廓鲜明，一上火车就帮助身边的旅客搬拿行李，哪想到夜间他瞅准了她的孤独乘虚而入。他的腿静静抵着她的腿，两三个小时也不挪一下，他的大脚趾动了，她微微欠了下身子，刚好钥匙掉了下去。

或许钥匙就是一个道具，她期待它掉到他的腿上，她指尖刚接触到他，他就有力地紧握住她的手，手当然会传情达意，从温柔的抚摸上升到用劲力量的十指相扣，她意识到自己的情欲和孤独感在无限膨胀。他们没有说一句话，周围都是人，说不说有什么关系呢？她甚至看不见他的眼神，只凭他的手在冬天外套遮蔽下轻松游走于她的乳房和肚脐之间。

她清晰记得，在月台上她贴着他耳朵柔声说："宝贝，好了就好了,永远别来找,那太累。"他孩子气地点头,眼睫毛上蒙了层亮晶晶的东西,看得出,他动了真感情,二十三岁的小伙子,指不定还是初次体验男女之情的曼妙,他喉间唔咙了几声。

她趁他上厕所的空当,急匆匆换了个车厢,挨着最近的城市逃也似的下了火车。

五年后的他会是什么样子呢?做什么行当?结婚了吗?那电话里的声音莫非真的是他?要从密密的人群里抠出她混乱的往事——这又有什么目的呢?

宋云颤抖的声音沉寂了,她的身体寒战似的发抖。蜻蜓从密密匝匝的树叶里飞出来,盘旋着转圈,一大群。

梅雨季节来了,宋云一点准备也没有。

10

王大军打来电话的时候,宋云仍在运河桥边徘徊。一个女人像失心疯一样不停来回走动、哭泣、喃喃自语,而且头发衣服上挂满了水滴,人们就错以为她有些不正常。这类人在运河边多得是,前一阵子"民生在线"还播放了一个五十岁男子裸着下身沿河奔跑的镜头。人们瞪大了眼睛,裸体男人却视若无睹,跑到剑麻后撒了一泡尿,继续前跑,最后是几个警察呵斥着强行把他塞到汽车中才算了事。

宋云在镜头中模糊地看到他下体双腿之间黑乎乎的一团,是哪一种不顾一切的心情驱策着他?她似乎很能理解这种疯狂欲望在脑海中占上风的原因了,她也常在漆黑的夜里呼叫与跳跃,她的人躺在王大军身边,可是意识却在街巷或者雨夜里没命地奔跑,冷雨打在她肉体上,她感到快慰——她仿佛在孤寂地面对生与死,内心充满了崇高的悲剧感。

王大军的声音有些发飘,像是从另外一个世界传来的,他说:"宋云,你在哪里?怎么还不回家?皮皮一个劲地哭,小家伙可能是发烧了——你怎么搞的?电话一直不接——你最近老像在梦游,无缘无故发脾气——你怎么了?也生病了吗?——事情太多,也难为你了,都是你在处理。你是我好老婆,娶到你是我福气。告诉你——"

王大军停顿了一下,他的鼻息很重,他似乎有意是在告诉她:"今天中午我碰见章成了,我们在子捷数码城门口碰上的,他递了根烟给我,问到你,我说,不太好,睡梦中总是被惊醒,身体也有些虚胖……"

蜻蜓撞上了宋云的额头,在她眼前摇摇晃晃,她伸出手臂开始悬空乱抓,她像被一个男人抱紧了身体一样要奋力挣脱出来,蜻蜓乱飞,她扑抓的姿势愈加凶猛,结果把脸颊抠破了。她感到疼,这个贫乏庸俗的午后她不知道自己到底在做什么,她的丈夫却和她前夫碰上了,他们怎么会认识的?她想破了头皮也找不出答案。他们居然还站在一起吸了根烟。王大军平时根本不抽烟。三五牌子吗?还问她的情况,天哪——"不太好,睡梦中总是被惊醒,身体也有些虚胖……"她就是这种形象落在她前夫的脑海里?她宁愿死也不要如此草率地被定义!

宋云在运河桥墩边坐得直挺挺的,她已经停止了走动。髋骨在发出疼痛的感觉。她知道这条运河边发生了很多事情,关于丑恶、犯罪、肉欲的事情。两年前还浮起过一具被强暴过的无名女尸。女尸面目浮肿得可怕,她是谁?被谁干过?这些疑团最后都不了了之,因为尸体可能是从上游冲下来的,有太多的不确定性,警察不是神，只能随着时间的流逝忽视并遗忘。

她给自己做了个假设，假设她就是那女子，一个偶然的夜晚沿运河边随意走着，一个体型高大的男子在身后袭击了她并施加强暴，然后将她勒死，抛入运河中，整个过程中她挣扎喊叫，不明所以地呻吟了几声，然而那男子根本不加分辨，有力迅速地结束了整个事情。

假设这样，她突然觉得合理而轻松。她的头仿佛玩具风车般旋转着，她发现了冒雨在树林里接吻的少男少女。她也看见了一大片郁金香开得像塑料纸做成的假花，但雨水在闪耀，还有泥土和草的温暖气息。她想起了少女时期和外祖母乘着船到杭州普陀山烧香的情景：她安安静静地坐在船舱里，听见四周水流的声响，她的心和外祖母一样虔诚，一定要在普陀山观音面前磕几个响头。磕头时她许了个愿，当然愿望说出来就不作算了，她藏在心里，微微一笑，相信观音菩萨会保佑她心想事成的。

她回想到上午办公室的一个细节，主任重新审核了上个月签发稿费的作者名单，她漫不经心瞥过去，主任的眼光也正若有似无地投向她。哈！这又怎样呢？她好像淡定得可以将自己推出整个世界。一切与她有关，一切又与她无关。她只是在这个庸俗而孤独的世界里奔跑着，她也只是个孩子，在挂满荆棘的丛林里奔跑，所有发生的事件都有可以原谅的理由。她太累了，太疲倦了，只想找个地方睡觉了。夜太黑，路也太长，她变得朦朦胧胧要闭上眼睛的时候，手机响了，她伸出一只手，在黑暗中摸索，她听到王大军的声音。

刊于《上海文学》2011年第5期

六如偈

一切有为法，如梦幻泡影，如露亦如电，应作如是观。

——《金刚经》

1

司文育喝了一碗张师傅烧的肠肺汤后，浑身来了精神，嗓子不禁亮开来。摆足势头，正想开唱的时候，对面的格子窗开了，司文育看见陈家洛缩头缩脑往外探了两眼。司文育赶紧将身子往后一蹩，藏在墙后。

果然，陈家洛咳嗽了声，脸色黄中泛了层红，像油布伞上笼了层桃花。他身后走出一个女人，司文育眼尖，一下子就认出是他徒弟桂月。

六如偈

她怎么会在那里？大白天的，晌午，两人能做什么呢？司文育暗自好笑起来：陈家洛的云川旧书店角角落落全是灰，说不定还会爬出一两条蛀虫，白白嫩嫩，吓得桂月惊跳起来。一个书蠹头，连挑个地方也不会，四十多岁还是老童子一个，委实冤枉了——

"我有点渴。"桂月在发嗲。虽然隔了一个戏台，司文育还是能偷听到他们的言语。

"我泡碧螺春，喝完茶，我们去——"后面的声音很低弱，也有可能被陈家洛吃进肚里，两人在吃吃地笑，司文育听了倒像有一百只虱子在内衣里乱窜。

他自己在抓心挠肝，对面二人却正正经经落座，喝茶，谈笑，不觉店里来了客人。

司文育的评弹书院白天并无多少人迹，要接近太阳偏西，陆陆续续客人不断，他会亲自上阵，穿好长衫，戴上眼镜，小三弦一拨，就唱开了。

女徒弟桂月，平时总是急急忙忙从评弹团赶过来，也顾不上给先生小孩做晚饭，手忙脚乱化妆，拿琵琶上场，唱一些听不厌的名段如《钗头凤》《宝玉夜探》《庵堂认母》。司文育晓得她，她是一半看在铜钿面上，一半是真喜欢唱评弹，有时一唱唱到夜里十点，苦的是小孩，没有娘管教督促。

司文育的儿子司斌算是废了，他一想到这，就唉声叹气，好好的，非要在手臂上刺青，跟着一帮小混子给镇西的万隆赌场看场子。怪他司文育自己，那个时候评弹团改制，他一看在团里待着没有希望了，狠狠心辞了职，和一些人到外地走穴，乡镇茶馆嬉笑一片，乡下人只爱听黄段子，司文育插科打诨，十八般武艺都拿上来了。赚了一些，回来开书院，才发现小孩的学业荒掉了，不仅这样,性情也变得蛮横、古怪、浪里浪气。司文育劝过他几次,叫他回来在书院倒茶斟水,洒扫一番,这样文气过日子,岂不好?

司斌头颈犟到一边,司文育拿他一点办法也没有。

傍晚开唱前,桂月回来了,她换了一件藕荷色旗袍,粉施得有点重。两人喝完茶去了哪里——书店门上了锁,日光晃晃的,像只银盘,还下了几滴太阳雨。司文育嫌雨下得不密,雨如果像珠子般连缀滚落下来才好呢!他点了支檀香,不晓得两个人会去哪里。这好像是陈家洛故意逗着他玩的,单单吃下个地名,好让他猜去。

也有人好奇,时不时向他询问:"怎么对面云川书店的陈老板还是光棍一条?会不会有暗疾?"

他神乎其神笑了,也不能说坏了别人,"暗疾没有,倒是有三分寿。"

"寿"是吴方言,痴头怪脑的意思,外地人听不懂,还需要他再解释一番,他来劲了,说:"有一次,陈家洛到我书院听评弹,看见女演员长得漂亮,眼乌珠差点掉在地上。听就听了,他还非要不停往前挤,想看得再仔细些,结果,把我书院的玻璃桌撑坏了。"

众人笑得前仰后合,说书人一开口就是不一样。还有人添油加醋,再描述一遍,一时,他的书院满是男人狭促嬉戏声。司文育不说话了,一抬眼皮就看见上好锁的云川书店在月光下黑漆漆、乌洞洞的,像个幽怨的女子,很不满地瞅着他。说到底,陈家洛比他司文育血统高贵,他出生于没落书香世家,太爷是同玄镇上的举人老爷。陈家洛的毛病,全痴在书上。

六如偈

2

三天后，司文育又去喝肠肺汤。张师傅的肠肺汤，是同玄镇上的一绝。他佐料仅用盐和味精，小米加步枪，一点也不花哨，烧出的汤稠如白玉，形似牛奶，色纯味鲜，老主顾是一拨又一拨，吃了还想吃。

司文育撞上了汪道士。汪道士脚穿云袜十方鞋，身上不伦不类地套了件青黑色T恤。他一进门就嚷，额上两眉之间的肉瘤抖了几下，司文育知道他有话讲，急忙喝了几口汤洗耳恭听。

汪道士却如司文育说评话一样卖起了关子，不紧不慢地端上一碗肠肺汤，咂摸得有滋有味。

这臭道士！司文育心里嘀咕骂了他一声。人模狗样混上了道教协会会长的位置，就把自己很当回事，谁不知道当年你游手好闲，跟在你老爹屁股后面念经磕头，专门到白事人家混饭吃？还真是风水轮流转，混混吃吃，吹吹打打，念念经，竟也摇身成了能上天入地的法师？

司文育递上一根烟，马屁还得拍好，猫有九条命，这汪道士说不定能轮回出若干条命呢？现在他可是镇领导眼里的红人。五年前马镇长给他父亲选阴宅，亲自把汪道士迎请到家里算风水，只见他一掐指，一皱眉，再用拂尘抖几下，好了，选中了地方。不久马镇长被调到市里，官运亨通，连升三级。风水选得好，祖上有荫庇，这不能不归功于汪道士。一时，求签占卜者趋之若鹜，做官的，想往上爬；做生意的，想发财；甚至有些为寒窗苦读学子奔波的母亲都求到汪道士。一句话，他是红得发紫，就连他住持的镇南九仙观也修缮一新香火旺盛。

汪道士剔牙，牙齿黄渍渍，一看就是老烟枪。

他侧身问司文育："你啊晓得陈家洛带女人出去是同房不同床？"

一只苍蝇飞过来，想在汤碗边站住脚。司文育猛地挥手过去，差点打到汪道士的肉瘤，那是他法师的象征，碰不得。

司文育想，哪个女人呀——莫非是桂月？

汪道士指了指张师傅院墙角落里的芭蕉，芭蕉上承着一串晶莹的水滴，司文育不解其意，倒看见青空中飞着一只鹞鹰。他想汪道士真是玄之又玄，有话就摊开来讲好了。

"桂月男人一直在外面跑生意，她成了干柴一块——你做师傅的不是最清楚吗？"汪道士压低声响，吭哧吭哧笑起来。

苍蝇一不小心失足跌在了司文育的肠肺汤了，黑白相间，格外鲜明。司文育什么表情也没有，把汤碗推开，任苍蝇挣扎。

"——他们去了哪里同房？"

"不晓得。"

汪道士恢复了一点二十年前的痞性，眼神吊梢像被屋梁上的椽子牵着一般，"她只是等，干等，那位仁兄悠闲自在坐着不肯有动作，说了半夜的废话，到了天明两人都觉得没有什么意思了。桂月怨恨，名声被他带出去坏了，索性就趁此描描黑。"

司文育沙糠喉咙吐出一口痰，这次喝肠肺汤的感觉和上一次相比，差了一截。和尚道士最势利，他现在也成了一条狗，跟着这道士一起势利——汪道士存心在说坏陈家洛。这点拐弯抹角的恩怨司文育最清楚，当年汪道士好吃懒做专门白相的时候，陈家洛花300元钱，

六如偈

从他手上换得一本他老爹珍藏的明刻本《老子道德经古本集注》。如今，这古书的价钱飙升直上，市场价2万元。汪道士眼睁睁看着自家的宝贝在他人处闪光，出家人又不能巧取豪夺，也不方便到处宣讲，倒成了心病，隔三岔五会想上一回，觉得很对不起老爹。

天快要下雨了，窗外的芭蕉叶静静地垂着头，一动也不动。

桂月早走了，天气不好，几乎也没有什么客人。只有一对大学生模样的情侣，叫了杯绿茶，索索淡淡的夜气，像菊花失了魂一样开得没滋没味。司文育拿起小三弦、独自唱了曲《林冲夜奔》。算是免费，赏给这对小情侣听去。

真下雨了，细细簌簌，司文育还没走。他不想走，他看着对面的格子窗，想那句"同房不同床"的情境。

3

桂月住的双眉弄在同玄镇也算是一个景点。

双眉弄也称姐妹巷，是从嘉庆年间保留下来的。据说王老板的太爷爷是个有情义的阔佬，娶了两姐妹，所以特地设计了一条幽深曲折的弄条，两房各在左右。二女同伺候一夫，姐妹又情深，所以随老爷高兴，愿意上哪一房就哪一房，并无芥蒂。甚至能听到老爷微醺的脚步声以及对面房内嬉笑声，独守孤灯的一房也没闲气好生，依然和和气气，真正是好。

到了王老板手上，老祖宗的产业少了三分之二。王老板做陶瓷生意，经常要去宜兴、湖州等地。王老板是一个髭须全无、下巴如鹅卵石光滑的男人，一点也没有他太爷爷当年的雄性，连说话也有点女气。他喜欢听昆曲，偶尔唱上一段，尖细嗓音如丝竹咿咿呀呀，逢这个时候，桂月就要双脚跳，无可奈何从双眉弄这头摇到那头。

王老板最近诸事不顺，装了一车货，好好行进着，高速上莫名其妙窜出一只野猫，他方向盘一打滑，好了，车子撞到防护栏上，陶瓷品霎时间呼啦啦成了碎片，他额头磕在挡风玻璃上，还算好，只是一些皮外伤。

高速上怎么会有野猫呢？他下车一看，猫被他的车轮碾得五脏六腑全都挤压出来，五颜六色竟似浓油赤酱，着实可怕恶心。尤其是猫的眼睛暴突，像要向他索命一样，吓得一向胆小的王老板呜呜急叫。

王老板受不起惊吓，回到家就躺倒在床上病了，前思后想，觉得有邪气缠绕在身。怎么办呢？桂月也头痛，理不出头绪，只牵记他想喝碗肠肺汤，就无声无息，像朵莲花飘到张师傅店里。她到张师傅窗下的盆里掐了几根葱，又绕着八仙桌转了一圈。恰巧看见汪道士，她对他合掌，汪道士却单掌弯腰，说了声"无量天尊"。

桂月绿豆色裤子紧绕着屁股，像要一锤子坐到地上的样子。

"——今晚去唱曲子吗？"汪道士问。

桂月气喘吁吁地说："不了，夜里出来，怕狐狸精，晚上睡在床上也还会怕，把头钻到被窝里，也不顶用。"

肠肺汤店里的四五个男人笑了，其中一个指着汪道士对桂月说："有狐狸精怕什么，汪道士最会驱鬼，你何不请他效劳？"

桂月默笑，并不接话。她端了一碗肠肺汤出门，风摆柳一样走在街上，她的身材骄人得很，生了孩子还照旧风光，为此镇上的闲人专门编了几句顺口溜：

螳螂屁股蜜蜂腰，

六如偈

胭脂面粉一天要搽好几稿，
高跟皮鞋脚上套，
走一步还要绕几绕。

只可惜那书蠹头不领情，桂月真正头痛的是这个。她记得那天自己脸上画得十分入时，水盈盈的眼睛，顾盼中流着风情。她拢了拢眼前的刘海儿，袅娜走到陈家洛身边。他看见她颈背上的绒毛，像碧螺春茶刚刚生出的嫩芽，在雾里轻轻摇摆着。他定了下神，回转过来，沏茶。

桂月说："你给我开讲一下《道德经》呢！"

桂月嘴里含着的香气几乎喷到陈家洛的脸上，他笑了，哼哼两声，他自然不会说——跷起二郎腿，眼神飘飘忽忽看着桂月，他没喝酒，但似乎在借着酒力，他的手臂环绕过去，刚好搭得着，摸到了桂月的腰。

"要死了——"桂月扭捏着笑骂道，"没想到，你这个人也是五颜六——"

陈家洛大笑，如同末路英雄林冲面对苍茫大雪很夸张地笑了几声，她居然用评弹的缩脚韵来嫖他色相。于是渐渐大胆起来，想摸她的奶子，被她一把推倒在椅子上。

"呸！还真来劲了！当老娘什么人了——"

两人撩拨得很是火候，像是真刀实枪即将要开战了。陈家洛却突然冷却下来，将碧螺春茶泡了又泡，正襟危坐，开讲《道德经》，他说老子骑着青牛在山谷间转悠，忽然明白有一个浑然一体的东西，先天地而存在，就像太阳月亮一样。月映千江，月照万山，月上中天……天涯与共、周而复始。陈家洛讲着讲着就刹不住车了，眼神、手势、语言组合在一起，形成了另外一个气场。

桂月十分后悔自己提到《道德经》，又奈何不了他滔滔不绝演说的过程。只能耐下性子静听，听到后来，只觉嗡嗡嘤嘤，似有几十只苍蝇在打旋，围着旅馆里鹅黄色壁灯乱转。眼涩、耳乏、唇干的她，伏在靠垫上竟睡了过去，等到早上醒来，发现裤袜都好好的紧贴着自己的身体，上面还暖烘烘地盖着一条蚕丝被。陈家洛坐在另一张床上，眼目清亮，冲她微微一笑。

桂月恨死他了！气咻咻收拾好自己的东西，也没说话，一溜烟跑出去了。雾气蒙蒙地流淌，很快将她刘海儿也濡湿了。她越跑节奏越快，像一只惊慌失措的鸭子，被主人追赶着，然后"扑通"一声出其不意地往河里一跳。

4

夕阳橘红色一团，斜射到古戏台柱子。

古戏台左面是陈家洛的云川书店，右面是司文育的评弹书院。同玄镇一些上了年纪的人会私下谈论，说戏台一到夜间就有股阴气流动——连吹在身上的风也阴惨惨的。这事，要怪马市长。马市长就是当年同玄镇的马镇长，自从他被汪道士点化官运亨通，成为分管旅游的副市长后，第一目标就是全力打造千年古镇同玄镇，把原本在运河边上的古戏台搬到胭脂街，说这里资源集中，好开发。

领导一声令下，三百多年的古戏台就挪了身。

唯独陈家洛拍手叫好，司文育觉得他最拎不清。果然马市长提出胭脂街作为景点单独收门票，50元一张——司文育急得双脚跳起来，普通百姓谁还会来听评弹？谁还会来吃张师傅的肠肺汤？谁还

六如偈

会来胭脂街装裱书画？跨一道门槛就得交 50 元门票钱，谁吃得消？陈家洛偏偏还在叫好，司文育怀疑他脑子是否进了水？暂且不管，联合其他商家告到省里，牛牵马帮，才把收门票一事给扛住了。

司文育成了出头椽子，把马市长得罪得可不轻。幸亏汪道士，他和司文育是从小一块长大的弟兄，不愿看着他倒霉，因此出入马市长家中时，有事没事说他两句好话，才算把这点恩怨化为乌有。

司文育心里放不下。月亮在乌青色的天空化成一道细细的眉毛后，他就托了几样供品和一只香炉，弯腰到戏台底下摆放起来。全鸡、全鸭，一盘水果，三支清香，两根蜡烛。又找来一个蒲垫，双膝跪下，连磕三个响头。

阿弥陀佛，菩萨保佑！

这古戏台原来都有土地公公、土地娘娘罩着，怎么能随随便便把它们移来移去呢？不是司文育要吓唬陈家洛，他真看见七月半夜里，有白影子在戏台上闪过，好像还披着一袭黑发，蓬松着，等到他回过神时，只发现古戏台一片灰白色，浮满了水雾，湿气一阵阵飘上来，黏到他的眼镜片上。蜡烛烧剩半寸长，奄奄一息闪着淡蓝色的火焰。

陈家洛倒是百无禁忌的模样。月上柳梢头时，书店门当啷早就上锁了，陈家洛的脸看上去像唐僧，饱满、圆润、平静，很少见喜怒哀乐。他住在双眉弄对面的鱼行街，旧式小阁楼，司文育去过一次，木楼梯走起来咯吱咯吱响，河边阿婆刷马桶的声响能听得一清二楚。

陈家洛和司文育关系挺好玩，忽近忽远。兴致来了，会拿上几瓶花雕酒切半斤牛肉，喝得脸红脖子粗称兄道弟。可多数时候是不热络的，他们隔着戏台冷眼瞅对方，格子窗朦朦胧胧，男人、女人的影子能分辨得很明晰。

这几天同玄镇的雨总是不断,看天边黑沉沉的,又像要挂下来的样子。

陈家洛夹了一只皮包急匆匆回家,包里有他新搜集来的清刻本《牡丹亭·还魂记》。快到鱼行街不远的转角处,突然冒出来两个壮汉,黑魆魆,看不清样子,他们竟挥起拳头劈头盖脸向着陈家洛猛打,皮包也被他们拽掉了,扔在树下。并不是醉汉撒泼——陈家洛这一点还是能辨别得出,他捂着脸求饶——两壮汉也不看中他皮包,眼神瞄都不瞄,只是对着陈家洛的屁股、胸膛狠揍,也不放话,七八分钟以后,扬长而去。只剩可怜的陈家洛摸着肿胀的腮帮子,一瘸一拐往前走。

刚踏进家门,雨点子就噼里啪啦紧跟着来了。陈家洛漱了漱口,吐出来全是血水——他肯定得罪了谁,那人明摆着是要收拾他的样子!陈家洛戚戚然横躺在床上,琢磨了半天也没有得出个究竟,哎!肩胛、肋骨、屁股、大腿,随便哪一处都在隐隐作痛,他蜷缩着,只求睡个囫囵觉,可哪做得到!

陈家洛探不出原因,就觉得心慌——又不便跟人多讲,犹豫了几次,走到司文育的评弹书院,两人拔了根烟,互相寒暄时,只见司斌冲到店里,也不多说话,翻开抽屉想找钞票。司文育拍他头颈,他回过头,轰轰声呼吸。陈家洛见他满头是汗,断不是有什么好消息。果真,他憋了几分钟,对司文育开口:"——爸,我把小丽的肚子弄大了,要上医院,他爸还揪着我的衣领说,要我陪青春损失费。"

"才多大呀你!"司文育是热血冲脑门了,"十八岁的小童鸡,你竟去搞大人家女孩的肚子?你还本事大了去!"

六如偈

　　司文育跨出大门，随手拿了只花瓶往门上用力一砸，使劲喊道:"滚！滚！你给我滚出去！"

　　司斌跑了，陈家洛坐着也全无滋味，把烟灰弹掉，出门。

　　街灯泛出淡紫的光辉，一只麻雀在地面上跳跃。青灰色的雾一团一团，夹着些桂花的香气，从戏台边流过来。

5

　　寒流忽然到了同玄镇，才近黄昏，天色已经沉暗。青石板条上几只野狗冷飕飕蜷着身子走路。卖海棠糕的、梅花糕的、臭豆腐的，却是热闹起来，一盏灯前忙碌着一个师傅，吃客不少。

　　桂月打来电话给司文育，请假，说团里要到上海演出，半个多月，要师傅另外找个搭档，别误了生意。司文育急得团团转，像只专门扑捉自己尾巴的野猫，一下子还真没了个主意。倒是对门的陈家洛，晓得事情原委后，联系了一番，第二天就把一个专唱丽调的妙龄女子请来。

　　女子叫小隐，功底不错，一曲《杜十娘沉箱》将唯利是图的猥琐男人骂了个痛快。她柳眉倒竖，兰花指微翘，博了个满堂彩。看来客人是喜新厌旧的，司文育舒了口气。对陈家洛也敬重了几分，发誓从此再不在背后说他任何闲话了。

　　小隐气色沉静，不似她的年龄。名字也起得好，有可能是高人所赐。她懂古琴茶道，白天在一家茶室兼职。陈家洛认识她是因为她买了他的古书，他只收了她二折的钱。陈家洛就是这样，一碰到知音，会头脑发热，将书连送带卖给别人，买的人自然对他也留了好印象。

小隐寡言少语，但凡客人点了曲子后，落落大方弹起琵琶，嗓音更是清亮婉转，如黄莺出谷。唱完，她背上双肩包，有时到陈家洛书店坐上一刻钟，陈家洛像是特地为她守着，凄凄寒寒没有一个客人，他也待到夜里十点多钟。两人出屋，青石板高高低低落下他们的皮鞋声。小隐住在同玄镇北的舅奶奶四阿婆家。

搞不清了，司文育摇摇头，从胭脂街到镇北足足要走半小时哩！

寒意越来越浓，司文育打了个喷嚏，心想，陈家洛也真是个多情公子，对女人有十足的耐心，只是不晓得事情的收场为何往往是竹篮打水一场空？

胭脂巷地面黏黏湿湿，微微地泛着污水光，踩在上面有点滑。有一户人家的公鸡，竟不分黑夜白昼催叫起来，一声长一声短。

司文育想起了桂月，前一阵忙着小赤佬的事情，忙得晕头转向，也没有偷眼瞧徒弟，他仍然在揣摩那句话的含义——"同房不同床"，什么意思呢？两人亲热了，但没有好；或者止于最后一步，隔纱观景；又或者是陈家洛双手推开，只需臆想便也够了。司文育看见他们俩脸红耳热说话的样子，看见他俩轻悄悄地枕头锁扣上，他差点问出来："你们要去哪里？"

陈家洛倒像是个没事的人了。额头上新添了一处疤痕，他对人只含糊解释，说头撞到水缸上——缸破了，水也流了，他的额头也挂彩了。旁人只笑他戆。最近书店生意不是太好，房租也快交不出，他转念把收藏的《老子道德经古本集注》在网上拍卖掉，垫了一年的亏空，略有盈余，他又欢喜了。

瑞兽香炉青烟缭绕，这香原是陈家洛到苏州寒山寺请来的，由僧人按照一定的药方研制而成，因此，闻着，不仅心域开阔，对身

六如偈

体也有一定疗效。他特地赠了一小盒给司文育。

小隐唱完评弹去了云川书店，司文育跟脚过去。

"抚一曲吧。"陈家洛对背着古琴的小隐含笑说道。

小隐也憨笑，喝了一口茶后，就拨弄起《渔樵问答》。陈家洛细细一听，果真，弦声袅袅，轻微深远，和青烟相合，大有远离尘俗的雅意。

"琵琶有红尘俗相，古琴却是清和条畅，小隐能奏出这等沉稳之气，可见是有一定功力了。"陈家洛放下茶杯，缓缓说了一句。

两人相视而笑，像万紫千红笑着春风一般和煦。把一旁的司文育听得竟接不上一句话，只是暗自惊诧眼前这两位的交谈。

6

桂月从上海回来时乘着一辆黑得锃亮的高级轿车。人从车上下来，还没来得及站稳，汽车喷了几口尾气，"唰"地消失了。

她脸上没有一点血色，白寥寥的。人也提不起精神，很有心事的样子，司文育只怕她家里有什么短缺，小心翼翼问她情况，她并不说话，几秒钟的工夫就走了神。

莫非是她家王老板赌瘾犯了，小麻将一晚也会输上个三四千元，天天这样，谁吃得消？司文育看着徒弟犯愁，一时也有点郁闷，毕竟口传心授，师徒感情还是挺深的。他想如果她提出来，他定会帮助她应急，只千万别气坏了身子。

那一晚桂月唱得有气无力，不少客人临走时向司文育挤眼睛，连续几日听了小隐的唱腔，竟感觉桂月的声音像一碗混浊的隔夜茶，暗红里渗着烂绿霉色。

桂月自己也清楚状况，簌簌落落眼泪掉下来。司文育慌了，让她坐下喝茶，问她，只说身体不太舒服。司文育说："明日你就继续休息吧，这里不打紧，有人可以顶的。"

桂月欲言又止，司文育从抽屉里拿了五千元给她，她急忙推辞，司文育说："哎呀，你还当不当我是你师傅？你的心事我一眼就能看清的。"她推得更厉害了，眼泪、鼻涕糊糊地一堆，一点没有往日的伶俐清秀。

既不要钱，又止不住哭，司文育真正没了主意。桂月哭够了，也甚觉不好意思，头发蓬乱了，眼泡肿了，不明白的人走过还以为是司文育欺负她。她细长手指撩起发丝往耳朵背后一卡，神思恍惚，往古戏台边晃过去。

桂月虚移脚步，免不了偷眼看云川书店的情况。那里黑漆漆一片，料是早就锁门走人了。听说，陈家洛无故挨了一顿打，额头上落了疤痕——她心头一紧，怕是被那个人听去了什么风声。又不好明问。只恨这书蠹头心思阴晴不定，结果反遭了辱笑。——正转念想着是非非时，腹部传来一股钻心的绞痛，桂月撑着墙壁，冷汗直冒，这一阵子总是这样，莫非她也同王老板一样，夫妻双双中邪了？

光阴一转，不觉已到了农历十二月初一，还没到过年时节，同玄镇一片喜庆，张灯结彩，街头巷尾全挂起了红灯笼。卖牛肉的、高粱酒的、花生瓜子的、麦芽糖的……也都在铺架上扎起了暗红色绸面布条。原来是马市长的老太太高寿80岁，马市长请客——请了全镇60岁以上的老人都来喝寿酒，还承诺每个老人会领到500元的红包。

寿酒铺子从张师傅的肠肺汤店一直排到司文育的书院前。临时

六如偈

的木屋搭建，却也显得精致，灯笼、红烛、对联、熏香、圆桌一样不缺。老人们早早修好了面，换上干净衣裳，拜过老寿星，坐在木屋里喝茶聊家常。很久没有这样的感觉了，最好再来一段评弹，三国、水浒、岳传，都可。

司文育一睁开眼睛就忙乎了，马市长让汪道士捎来话，今天要来一批政府官员，最起码方圆二十里内的镇长都来赴宴，请司文育好好拿出些经典段子。

司文育一接到话就在犯愁，搭档叫谁呢？小隐年纪太小，怕见不起大场面，更何况一些老面孔是听惯桂月唱的，怕换了心里不舒服。他六神无主，挂钟当当当敲了几下，时候不早，他做师傅的也只能涎着脸去请求桂月，好歹这个面子要给了。

桂月没有上班，歪睡在床上，面孔还是无一点颜色。果然，一听司文育的来意，婉约推托，说身体还未恢复，实在打不起精神。

"桂月，你师傅我何尝不知道你身体亏着呢！可这一次，是咱们的父母官点兵点将，总要捧这个场啊！就算是帮师傅一个大忙了，我心里千万记着呢！"

一提这个，桂月的泪水就滑下来，拼命摇着头，死活不肯接受下来。隐约之间，司文育猜得了桂月的身体和妇科有关，那面相、那气色，昏昏索索，像霜打过的茄子。

他叹了口气，转身，加紧步伐找小隐去了。

司文育和小隐赶到马市长的府邸时，月融融，水漾漾。一跨进庭院，就看见寿堂前正中挂着金色"寿"字，两边挂着寿联"福如东海大，寿比南山高"——也是懂行人写的书法，学的是董其昌。

马市长并不在，说市里有重要的会议要开。汪道士做主持人，他肥厚的手掌握住司文育，重重晃了晃，很郑重其事地把司文育介绍给酒席上的官员，说司文育是评弹名家——马市长特地邀请，诸位今晚可是享耳福了！

出门的时候，司文育就听老人们在木屋里夸马市长如何慈眉善目，如何有孝心和真心，能为一方百姓的福利考虑。现在听汪道士一忽悠，不禁回想当初自己和马市长较劲是何等荒唐。你看，人家马市长一点也不计较，还不时安排些政府层面上的客人到评弹书院听段子，热热闹闹一屋子人，政府买单。司文育唱得更是起劲了。

马老太太将面颊上的肉微微往上一提，问："你那个女徒弟呢？"不等司文育回答，她眼睛里的笑意落到小隐身上，说："这小丫头，沉静，有气色，是个不错的苗子。"

小隐抱着琵琶，像冬天里的一团白雪，晶莹、干净，大家都有这样的感觉。听她嗓音，又像白雪在阳光下化开，叮叮咚咚流到小溪的过程，那种清脆和舒服相，真是难得。

他们唱了《白蛇传》"赏中秋"一段。

司文育含情脉脉，小隐面露羞怯，娇滴滴应和。收尾时一个唱："但愿月长明，人长寿。"另一个唱："松长青，但愿千秋百岁常相亲。"

满座人鼓掌，马老太太开心得像小孩一样手舞足蹈，一定要送给小隐一块黑玉蝉。黑玉蝉戴在小隐白皙的颈脖里，十分相配。

司文育点头颔首的瞬间，瞧见坐在里屋的汪道士，他血气旺盛，着青灰色唐装一件。六七个镇长簇拥着他，低头请教有关风水、八字等问题。他咋咋呼呼，只是起身和别人敬酒。汪道士喝酒，是全同玄镇出了名气的，脖子一仰，二两白酒下肚，他伸直双手，手指竖起，据说，酒多的时候，汪道士能将酒精从手指尖处慢慢逼出来。

六如偈

同玄镇的人见识过他这一绝招,他们也相信汪道士在多数情况下是喝不倒的。

7

桂月连续三天水米不进,腹痛,下身大量出血。

男人王老板是一个削肩佝背的人,戴着厚得起了几个圈子的近视眼镜,脱下来眼镜觑成一条线。原本自己也病得歪歪唧唧,如今看见桂月血光冲天的模样,吓得连拨镇医院急诊室三个电话。

桂月从手术室推出时,面如白纸,只觉下体被千刀万剐过一般,火烧火燎的痛。双眼仿佛涂了层胶水,根本睁不开。她听见王老板锁紧了喉结在叹气:"哎!宫外孕,竟然到输卵管里妊娠了,结果大量出血,医生说,幸亏抢救得快,否则命也没了。"

桂月恨不得买一块豆腐撞死算了。——那个人作践她的时候,要换各种姿势,仅上半年她就去流产过三次,这次好了,跑到输卵管中。那几天她身上滴滴答答,总是不干净,那人却不相信,非要把她接进星级酒店,模糊月色垂着杨柳,她哭哭笑笑,现在好了——

桂月痛苦地咬住了下唇,眉梢拧成一团,师傅司文育也站在边上,更加不好声张。只能轻微地嘘了几声,假装模模糊糊睡着。

她隐约听见走廊里两个男人的对话:

"不是我咒她,这次宫外孕她如果一脚去了,也就省了我这么多麻烦。"

"哦。"司文育木木地接了句。

"那根本就不是我给她的种,我和医生对过日子了。——宫外孕？怎样才会得宫外孕？司老板——我翻开医书，我差点要撞墙——不节制频繁地做人工流产，会导致子宫内创伤，才会得这种劳什子病！"

"平时我想跟她房事，她一直推托，说身上来潮不干净，说老是滴滴答答——他妈的，她就背着我——"男人气绝得回不过身来。

医院走廊里的钟健朗朗地猛敲了四下：——当，——当，——当，——当。

"你啊知道那男人是谁？"男人嘘了一口气，轻声问。

司文育头肯定摇得像拨浪鼓："我也真想问你呢。"

"你总比我心里有数。她——是你——徒弟，多数时候在你这里——唱的。"

"——哟！"司文育咳嗽了一声，沙糠喉咙凝结了重重一口痰，说："自己女人自己当心呐，我做师傅的哪能事事过问？"

男人龇牙咧嘴，抬高了声响，冒出几乎与他平时不相配的粗话："他妈的——让我知道是哪个鸟人——我挖了他祖上的坟，让他八辈子不得心安……"

他骂骂咧咧，隔了五分钟，又呜咽起来。窗外吹了一股风，风里有桂花浓郁的甜香味，很快，吞没了男人抽噎声，一直飘到桂月的鼻子底下。

8

露水好大。

司文育醒来的时候，才凌晨五点多，却怎么也睡不着了，脑子里还有晕沉感，不碍事，他在院子里转了几圈。桂花、菊花、木芙蓉开得很精神。月亮很白，细细弯弯的，挂在西南角。

今朝初一。司文育念叨起来，忽然手脚有点慌，初一月半他都会到古戏台下焚香跪拜，今儿差点错过。幸好书院里有现成的水果等斋品。司文育头磕一下，就清醒一层。磕完三个响头，竟汗出如浆，酒意全消了——古戏台上闪过的白影子、黑发蓬松、拖曳着水袖的女鬼极有可能就是他的徒弟桂月。

桂月到底和谁好上了？还被作践得差点丢了性命？他猜不出——这个男人如今弃她不顾，她只好独自饮泣。司文育听说王老板去请九仙观的汪道士算命，汪道士拗不过，说只算一卦，算眼前的事，结果一个字："离！"不仅如此，他还说了一句瘆人的话："桂月颧骨偏高、两鬓稍窄、嘴唇薄，这种面相的人只会享夫，不能帮夫，弄到最后还会克夫。"

汪道士是个直性子人，说话并不太隐晦，也不知道忌口。听说有一次，汪道士和马市长一同听评弹，无意间发现马市长眉心窜出一粒红痣，他当众嬉笑了，说："你个赤佬，最近肯定身边有女人围着你转——"马市长立即脸色暗沉，不悦之情表露出来。其实司文育知道他想说马市长有桃花运，女人缘较好，但就是因为说话不够圆融，闹了个不开心。

幸好马市长大人有雅量，不与他计较，事后照旧玩笑。桂月是马市长最关注的女演员，他就是个长辈，对评弹人才呵护备至，他摸她的头，拉着她的手，满脸含笑，问长问短。谁也没有觉得有什么暧昧不妥之处。

桂月原先也是孤僻的人，一般富家子弟调笑她都不接腔。初见马市长时，她客客气气，立起，道了个福，就手执琵琶抑扬顿挫弹起来。第二次、第三次，马市长过来，家长里短，嘘寒问暖，她也嫣然随和起来。后来有几次马市长专车过来接她去市里给大领导开唱——司文育事后才闻之，不免心里有股酸腐气，但想想徒弟能出秀，师傅脸上也会贴金，也就睁只眼闭只眼，只当不清楚这回事。

桂月有一个专用的透明白瓷茶杯，开唱之前，必定先泡一杯观音王，慢慢闻，轻轻喝，即使来迟了，规矩也不变。仿佛观音王一润喉咙，就杨柳拂面、空谷出幽兰了。现在，白瓷杯倒扣着，落了层灰，司文育拿它起来，只看见茶盘里清清楚楚留下个干净的圆印子。

天色全部放亮了。

司文育听见街上踢踢踏踏的脚步声，接着是自行车轱辘轧着青石板发出喀啦喀啦的响声。摆早摊的出来了。"荷叶包死人"——这是同玄镇上最有特色的早点，一层薄薄的面皮包着裹酱的油条，味道好得很，偏偏又是落了这样个名称，所以更加引人注意。司文育嚼着油条随意溜达时，看见了桂月。

桂月的鞋尖上绣着一株花，是桂花。

桂月的衣领上也绣着一株花，还是桂花。

桂月的这身穿着是登台演唱才需要的，如今，她靠着墙角，像一株快要萎谢的桂花，藏在山野阴湿处歪歪斜斜地露出笑容。

她说："师傅——我想回来唱，你还——收不收？"没等司文育回音，她努力挺直身板往前跨，不料一个趔趄，人栽在司文育怀里，晕了过去。

桂月在医院里注射两瓶葡萄糖水才渐渐苏醒过来，医生说她身体真是亏得厉害。

桂月对着雪白墙壁，默想了半天。"师傅——师傅——"她低低弱弱地叫。

"哎——"司文育应。

"师傅——你不会嫌弃我吧？"桂月泪珠双流。

"哎，哎——你想到哪里去了！"他搓手。

"师傅——我人脏了——嗓子没脏！……"桂月抽噎着，逼出一句狠话。说完用被子蒙住了脸，只看见身体躲在下面颤颤抖抖，自我羞辱着。

"桂月，咱师徒一场，我巴不得你留下来呢！——快别瞎想，你好好将息着，养好身体，师傅等你来唱。"他想自己说的句句是真心话。

桂月这才定心，把脸别了过去，小睡会儿。

9

汪道士是越来越吃香了，马市长老太太寿酒上宴请六七个镇长，现在都发展成汪道士的客人了，而且地盘扩展得越来越大，镇上做生意的大老板也都慕名来请，他们相信汪道士，认为他的预测能力是无人能及的。最神乎其神的是那一次，一个被医院劝退回家的病人，奄奄一息，只等着一死了，后来，家人们不死心，把他抬到九仙观，汪道士打醮焚香，结果那人从鬼门关转了一圈，活蹦乱跳自个走下山了。汪道士对着来访的客人说："明白吧，这力量是无形的。"

外头还有人说，汪道士会五雷正法，呼风唤雨、降妖伏魔，都不在话下。你们看，三茅峰上经常有仙鹤飞过，那是汪道士的法力。现在都成一个景点了，叫茅峰招鹤。

司文育笑笑，没有辩解的必要。几次来，都没撞见汪道士，只听扫地的小道士说大清早就被梅里镇的黄董事长接去了。九仙观在半山腰，山气雾气缭绕在一起，很有朦胧之意。司文育拾级而上，倒没有了离开的念头。一个人，歇歇爬爬，沿途看见香椿树叶红得像催人迷魂的葡萄酒色，他深吸了一口气。不觉，来到了三茅峰。

他站在三茅峰上，放眼远眺，感觉到身体变得很轻，云好像在他脚下了，这儿真是好地方。四方树林，青烟，风一吹过，夹杂着雾气的雨滴偶尔落到面颊上。长期在这儿居住，心宽，意淡，人也会特别长寿的。

司文育想起小时候，他和汪道士一起站在桥上"择冬瓜"，也就是光着屁股往下跳到运河里游泳。汪道士小名叫二狗，大狗夭折了，二狗就格外稀奇。二狗从桥上开始下坠时，莫名其妙有了惊慌，一偏，头撞到了树根，幸亏司文育水性好，一把摸起了昏厥中的二狗，光着屁股奔跑送到村里的赤脚医生处。

二狗说："你是我好弟兄。以后我喝汤你也能喝汤，我吃肉你也能吃肉。"

司文育站在三茅峰上听鸟雀叫得很勤，吸了下鼻子。好久没有和陈家洛喝茶聊天，倒有几分牵记，他想不如邀陈家洛上山来一游，在山岚烟雾中走一回，人就像洗过一样，特别神清气爽。

可惜，陈家洛不在同玄镇，他去了宣城，他去寻访李白的敬亭山。司文育不晓得他是否带了小隐同去，也不便多问，只猜测同样是在访山，可能也有类似的人生感受。

果然，陈家洛在手机里说："敬亭山有一座弘愿寺，雨幕中有少有的清静。它是唐式寺庙建筑群，恢弘大气。寺庙檐角的铜铃在风中泠泠作响，十分空灵澄澈。"

司文育问："还见到什么了？"

陈家洛说："有一二僧人，雨丝中来，清瘦，双手合十，口念

六如偈

阿弥陀佛。来迎殿内释迦牟尼佛像十分庄严,心怀慈悲。"

司文育内心涌过一股清冷的泉水之味,洁净中有些甜。也挺奇怪,两个男人,在两座山上,交流着一些内心的东西,仿佛有点奢侈。他猜小隐是同去了,小隐说她四阿婆这两天吃斋念佛,她也陪着,晚上就不过来唱了。

三茅峰的地势西北高、东南低,有一条河常年绕着三茅峰流转,也有村民经常驾着小船捕鱼。鳑鲏鱼、鲫鱼、鳊鱼,能捕几篓子。司文育是贪吃鱼鲜的人,宁可三日无肉,不可一顿无鱼,因此,也常有爱听评弹段子的村民带了鱼前往书院,宾主皆欢。

几日后,司文育在路上碰到了败家子司斌,见他耷拉着脑袋,像荷叶底下盖着个冬瓜。司斌侧过身子想逃,偏偏被司文育一把抓住了。司文育没声好气地数落他:"瞧瞧,什么模样?就没东西好让你去学啦?"司斌说:"还真是——不如去赌场有劲。"司文育挥起手掌想劈下去,想想算了,青天白日,大街上,犯不着这样穷凶极恶,转念一想,索性拉着司斌到了陈家洛的旧书店。

小隐也在。小姑娘越发显得标致了,白嫩嫩脸蛋上如涂了一层胭脂,司文育知道,那是自然泛红,想必是宣城的山气雾气滋养了她。果然,司斌在小隐面前,规规矩矩,大气也不敢出。其实小隐也就大了司斌两岁,但感觉是隔了好几层,一个有学养有灵气,一个是冥顽不化的泥石。可司斌毕竟也是从评弹世家走出来的,耳濡目染一些文人情致,所以在小隐弹奏《关山月》古琴曲时,他凝神屏息,双眼紧紧盯着小隐的纤纤玉手。

陈家洛的头发梳得很精神,三七开,发梢上好像还滴着水,可能仍浸着宣城的气息。他在吹书上的灰,一摞堆在最高处的书籍,落了很厚一层灰,他心血来潮,一一捧下来,有点没事找事的样子。司文育瞥了陈家洛和小隐几眼，突然笑了。

笑得很江湖气，属于老奸巨猾的一种，他自知不妥，"哼哧"一声收住了。开始发烟，这回不聊书法，小孩子在，也不方便谈女人，就聊绕着三茅峰流淌的小河中出产的鱼。鲫鱼、鳑鲏鱼、鳊鱼，各色各样都有。陈家洛说："什么时候，我们去借条船，自己去捕鱼，一定也很煞念。"

小隐第一个拍手称好，司斌跟着赞成，他腼腆地笑，但也看得出陡然对生活有了兴趣。这很好，真的很好，司文育觉得今天自己这一举动很到位。

10

马市长派专车来接司文育和小隐，说省里文化厅的领导来了，点名要听评弹《钗头凤》。马市长的高级轿车黑得锃亮，司文育觉得眼熟，一时也想不起来哪里见过。和小隐坐在后排座，只闻到一股股香味，也不知是小隐身上的香，还是轿车里本身就有的，还未开唱司文育就有点犯迷糊。

地点在市里的一家五星级酒店，亭台楼阁，设计得极为曲径通幽。省文化厅的领导是个矮胖子，很福相的一张脸，嘴唇凹陷在脸颊之中。他说他最喜欢陆游的这首词了，伤感、无奈又悲情，哎呀，闲话少说，还是听两位名家来唱吧——

司文育微微点了一下头，凄恻动容起来，情绪酝酿得正好，唱腔更是拿捏得入味极了，起承转合，无一处不在忧思中诉说内心的情绪。再看小隐，长发，着青花旗袍，体格苗条，尤其是弹琵琶的玉手，如柔荑，轻拢慢捻，很让人痴想。

六如偈

"红酥手，黄縢酒，满城春色宫墙柳。"

"东风恶，欢情薄。一怀愁绪，几年离索。错、错、错！"

"错"字恰好是入声，韵脚落在入声上，就像雨滴在瓦当上，清脆，有余韵。小隐又是能收住阵脚的人，所以，一曲终了，听者陶醉，唱者敛容收束。

包厢里设着酒席，开始觥筹交错，喝的是花雕，司文育不怕，只是担心小隐，怕她不胜酒力，恐怕会造次。

果然，小隐三杯下去后，憨态和娇态一露无遗，比刚才唱评弹的时候又多了一份情态。省领导坐在她邻位，递毛巾、夹菜，照顾得十分周到，他脸上的笑容温厚，很显长者风范。小隐身上团团香气，像笼着一朵芍药花，她侧过脸，细声慢语。

省文化厅领导的手搭过去，抚在小隐肩膀上，小隐头垂着，几乎要低到桌子上，看来真是喝多了。司文育心紧了一下，他去了趟厕所，抠了抠喉咙口，告诫自己千万不能迷糊，还好，冷水脸一冲，他醒了七八成，于是琢磨着要带小隐回去。

他说，上海有个评弹专家下午要到他书院里切磋——他多有得罪，是非要赶回去的。省领导瞥了下小隐，慢慢地托出一个"好"字。再敬杯酒，起身，道别，汽车"哧溜"一声不见了踪影。

小隐睡得像朵花。安静、娇美。

司文育摸出一支烟，心想，自己却是多有得罪了，但无论如何，这样行事，他问心无愧。

小隐在书院一觉睡到灯昏月暗，直到司斌唤她起床。朦胧间睡眼睁开，看见陈家洛、司文育和司斌，她的脸一下子红到耳根。晚饭小酌，西芹百合加鸡头米、鲫鱼两条、白斩鸡半只、一碗榨菜蛋花汤，清清爽爽，却很诱人。四人围拢过来，不紧不慢，吃到七点评弹开唱。

　　第二天早上，陈家洛真的向村民借了船和捕鱼的工具。四人坐在船舱里，看见露水在远处的草上蒙蒙的白，时间，新鲜得像一根青草。司文育划桨，司斌和陈家洛撒网捕鱼，小隐弹古琴。仿佛到了世外仙境，青山，碧水，还有袅袅琴音，淡远而空阔。

　　水草气很浓郁，鱼在网兜里噼噼啪啪甩尾巴。司斌最兴奋，好像全是他的功劳，他乌黑眼珠狡黠地投向小隐，他的胸，他的背，暖洋洋地呈着一种色调——片刻地柔情聚拢过来，又紧张地逃到河水里。小隐只当没看见。陈家洛坐在藤椅上，船平平稳稳地行进着，他抽了根烟，山光，日影，都映照在河面上，他有点入神。

　　谁都没有多话，安静，是此刻最好的对白了。司文育放下手中的桨，任其自由飘荡，放眼看去，山更青，水更绿了。

11

　　过了两个月，桂月和王老板办了离婚手续。

　　桂月和王老板约定从此以兄妹相称，夫妻缘分没有，但情义还是在的，况且有一儿子作纽带。桂月的身体总算恢复过来，也找到魂，找到了神，抱起琵琶，依旧能顾盼神飞、眉目传情——司文育心中一块大石头也终于落了地，时不时到中药店抓一把人参、当归、黄芪、枸杞子、杜仲……让桂月煲汤喝。

　　桂月的凤眼明亮起来，又有了神气，先前的悲伤仿佛在一寸一寸地消失。

　　她决定择个日子请汪道士来做一个道场，好一扫晦气。那日太阳高悬，明朗无尘。桂月家中设了一个法堂，中央供着太上老君的

六如偈

画像。画像下面悬着八尺见方黄绫一幅。据说神仙就是在这幅黄绫上显灵。汪道士穿着红绿相配绣有瑞兽纹的天师大袍，头戴方帽，很神武的样子。邻里街坊伸长了头颈，争相看汪道士作法。汪道士口含黄酒，手持尚方宝剑，一个个房间兜转过来，他用力将含着的黄酒喷洒到角落，挥舞宝剑，念念有词。四个小道士嘀灵灵摇着铜铃铛，齐整整地念经叩拜着。整个屋子烟雾缭绕，很有气象。

桂月拿着蒲垫紧跟着汪道士，汪道士叩头，她立即跪拜，直累得气喘吁吁，一双大奶包裹在梅红色毛衣中，也晃得力不从心了。哪晓得还要磕头，紧三下，慢三下，桂月歪斜着身子，差点要倒到汪道士身上。汪道士扶了她一把，汪道士的手掌阔实宽大，热乎乎的，竟像汤婆子，桂月虽疲倦却感觉到了一些亢奋，她男人的手一向出冷汗，且瘦弱细长如同鸡爪。

桂月细看汪道士，但见他脸膛上抹着一道神光，他眼睛微微一眯，吟诵得更加抑扬顿挫，小道士齐声迎合，只听一棒锣鸣，诸乐齐奏，煞是壮观。

桂月的性情，在这场打醮中无端地变了。她思索着这事儿断然会给自己平时的矜持做一次反抗，她需要一种力量，一种最强大的力量，来做一种撒野的行为，来抗击命运。锣鸣响得震耳，她还听得见巷子口的狗叫声，公狗的叫声粗野、嘶哑——她伸出胳膊，蹭到汪道士的胸膛，稳稳扎扎的肌肉，她用力拱了下，他仿佛有所会心了，嘴角牵出一丝笑容。趁人不注意时，他摸了一下桂月的腰。桂月不作声，磕头时奶子摇晃得更厉害了。

这是个春天的季节，迎春花东一挂西一挂开得十分招摇。天空淡蓝淡蓝的，淡得像水。更有两只鹤腾云驾雾，飞到三茅峰上，一边飞一边互相戏弄。一雌一雄，极享天上人间的乐趣。

汪道士和桂月有一搭没一搭地在三茅峰上调情。汪道士一点也不像道士了，他眼睛里含着对女子怜爱的挑衅，脸上跳着云彩，喷出来的气也是热烘烘的，满含情欲。他喝了半斤白酒，这对他来说，根本算不了什么。他坐在桂月身边，手搁在藤圈椅上。两人并排坐，原本在听《杜十娘怒沉百宝箱》，刚唱到第一句"窈窕风流杜十娘"时，汪道士的手冷不丁伸过去，在桂月大腿上捏了一把。桂月暗含着笑，抖动了腰，接着又抖动了腿，抖动了奶子。

小道士在旁边沏茶，回转身来，发现曲未终，听评弹的两位像湖边的野鸭急急惶惶离了场，再看不见野鸭的头，只剩一圈圈涟漪向外四散。

第二天一早，汪道士神清气爽地来见司文育，大跨步，粗嗓门，脸面修得洁净发亮。敦实的身体往司文育面前一站，倒把司文育愣得摊开了手。

"咳——咳，"他有些羞涩，期期艾艾，先咳嗽两声来打圆场，很快，他说：

"早！"

"早！"

"吃过了？"

"吃过了！"

"我——我要结婚了——"他鼓足劲说出来，带着不相称的青涩少年状。

"和谁呢？"

"桂月，我想请你当我们的证婚人。"

还证婚人呢？——要那么有模有样——省了这点心吧——司文育忽然击了一下双掌，气沉丹田，从喉咙口发出一个"好——"

字,喊得极为刚健漂亮。

司文育似笑非笑,迎春花狐媚地从窗格子外钻进来,几条落在他茶几上,它伏着背,却是十足想要卖弄风情。他揶揄着,吐字很轻:"你就不怕她有克夫相?"

汪道士笑得几乎将三间屋都要抖塌下来:"我是谁?怕她克夫相?我自有五雷正法,雷霆行天地之中,还怕降不了她?"

司文育猛拍二狗的肩膀,兄弟成家总是开心的事——他不就是个道士而已嘛!道士又怎么啦!照样喝酒吃肉,只要不吃青牛肉,据说老子出函谷关的时候骑的是青牛。道士娶妻生子也是很正常的事,他们属于正一教,进得去出得来,这才是最高境界啊。况且,最关键的——他是在恋爱,你看他样子,诚惶诚恐,又侠气冲天,一会儿扭捏,一会儿嚣张,他被桂月这女人降得服服帖帖,一头栽进去了……

12

春天真是来到了,春深似海。暖风。春水。酣梦。还有一蓬又一蓬的绿,摇摇曳曳的,迷了人的眼。司文育手脚也有些慵懒,午梦扶头,睡了一觉,才算找回一点筋骨。小隐说,六七月份她要去上海,去了也许一时半会儿不会回来。明确一点讲,她是去上海发展,大城市,新旧元素都很吃香。小隐人虽小能量却很大,不是同玄镇能留得住的。

这桂月和小隐,唱腔各有特色,一个似月,一个像雪。捧一堆来,风清,月白。如今,司文育心里却偏着小隐,怕她一去,生意反不及原来的好,因此颇为踌躇。

今儿是农历四月十四日，同玄镇上最热闹的节日——"轧神仙"。大清早，街面上就挤得水泄不通。卖衣服的、卖鞋子的、卖五颜六色风车的、卖剪纸的、卖瓷器的、卖字画的、卖绣品的、卖微雕的、卖玉器的、卖酥糖的、卖青团子的、卖枣泥饼的……日常用品、花鸟虫鱼、风味小吃等等等等一样也少不了。小孩子扭得像牛皮糖早缠着大人一路逛去了，买这买那，小肚皮吃得肚脐眼都翻出来朝了天。

司文育拐到西南角的酱肉店，称三斤酱肉回去，司斌特别爱吃。这家的酱汁肉味道相当别致，皮糯肉烂，肥而不腻，后味绵长。哪料到司斌一看见酱肉，吵嚷着要叫小隐来同吃。他说话像香樟树上的喜鹊，流露出殷切之感，小伙子眉毛黑黑的，司文育看出了他几分少年的英武神气，心里比前段日子舒坦了些。

"好——"他手机拨通了小隐，姑娘独自在三茅峰转悠，真是个身心健康的姑娘，自由、无拘无束。

中午吃完酱肉，叫来陈家洛，下了几局围棋，小隐弹琴。书院气场清雅，和屋外的喧闹成了剧烈的反差。只听司斌低低地问一两声，问小隐喜欢哪种帖，喜欢不喜欢田黄鸡血图章？这小子看来是暗下了一些功夫，补些必要的功课好跟小隐扯上话。

小隐抿嘴一笑，说："我喜欢怀素的《自序帖》，这帖笔笔中锋，如锥划沙盘，纵横斜直无往不收，真正是好。尤其是'狂来轻世界，醉里得真如'，这两句把怀素的逍遥物外之情表露无遗。"

司文育的棋子举到半空，却不晓得落到何处——只听他那傻小子只唯唯诺诺应声道："是，是——"是什么呀？再读四五年书，他也未必能领悟小隐的机锋。

汪道士差人来请一屋子的人到他家吃晚饭。私宴。交情深的，方可赴宴。司文育留了司斌看守书院，小子很不情愿，但也拗不过父亲，撅着嘴眼巴巴看着小隐和陈家洛随父亲同去。一路上，大家新奇得很，汪道士新婚后头一次宴请，不知道以怎样的方式出场？

结果，还是在饭店里吃。桂月打扮得妖娆风情。最为戏剧色彩的是汪道士带了几大本婚纱照簿给众人看。相片上的他穿着白色中式唐装，手拿折扇，一副风流倜傥潇洒的模样，可惜牙齿太黄，图片制作后期处理没注意到这点，显得美中不足。桂月袅娜，头颈伸得如鹭鸶，她的脸蛋贴在汪道士面颊上，犹如鸽蛋落在蒲草团中。

"相当恩爱——"有人拖长声调喊，众座嬉笑。

桂月的酒风之好是出自司文育意料之外，她敬别人，必是满满一杯，人家还敬，她也绝不含糊，自个儿再斟上满满一杯，细巧的脖子微微往后，"咕噜"全部入肚。众人击节赞赏。汪道士眉宇间肉瘤突突跳几下，立起身，展开排山倒海之势，和众人喝了个人仰马翻。

司文育竟也喝醉了，回书院的时候，只觉满街巷的生意摊子长了脚一样在呼呼向后跑。他尿憋，上茅房，却愣乎乎跑到了女厕所，看门的人将他一把耳朵拎出来。

13

司斌在书院擦桌抹凳，眼巴巴等着父亲回来。

他像改了个脾性，零碎生活全抢过来。空闲下来，还抓本书，《老子》《随园诗话》，懵懵懂懂地读。只要小隐口上念叨着哪本书，他就会挖空心思找来一读。

他问父亲："小隐今儿来唱吗？要不——"他涎着脸，说："让她早点来，好吹吹牛。"

司文育嘴里像塞了颗话梅，说话含混不清。

司斌捧着水壶给君子兰浇水，嘴上仍重复着刚才的话语。这盆君子兰花色橙红，形似火炬，小隐来了以后总喜欢站在旁边使劲地嗅几下。

司文育转过身，抹了抹脸，想了想，仍没有把小隐要到上海发展的实情告诉司斌，想找个合适的时机跟儿子推心置腹谈一下，也不算晚。他手机拨通小隐，小隐脆生生地应了，说："好呀！我和陈先生恰巧在水月庵，过一小时就到。"

水月庵在三茅峰西北麓，平时少有人去。景致却是好得很，有一次司文育在峰顶向下望庵，云雾相绕，整个庵堂如镜中花、水中月，时隐时现。小隐喜欢访仙求道，尤其喜欢结之为圣、散之成仙的气韵，这种脾性烂漫、天真，又不染尘埃宿气，司文育忍不住从心底赞几声好。只是和陈家洛身形不离，司文育不免开始嘀咕了。

同房不同床？——他们有两次单独留宿在外，也是这种状况？

司文育暗自狐疑起来——吃不准。桂月暂且不提，极有可能主动勾引撩拨他人。但小隐是朵将开未开的花，散着清香，溢着花蜜。陈家洛再怎么书蠹头，对女人还是敏感的。中年意气，对上少女情怀，岂还了得？况且两人至今热络着，并不见什么揶揄鄙薄之处，那是真正情深意浓、水乳交融。

正胡思乱想着，小隐和陈家洛踏过书院门槛。司文育赶紧将目光移到窗外，只见远处的三茅峰疏林如画，树头绿叶翩翩，似有莺啼，又似有蛰语。

只司斌利落，应声而出，泡茶倒水，好不欢喜。

小隐今儿唱最后一晚，过两天就要收拾行囊去上海了。桂月中

六如偈

午时分也到了书院,她穿件鹅黄旗袍,小腹处略微有些虚胖,站着看不出,坐下来就有点褶子叠在一处。小隐叫她姐姐,亲亲热热,不见一点生分之意。她也仔仔细细看小隐,如皎月、如白露、如幽兰、如青玉。她早耳闻小隐虽年轻,却是风流潇洒、天真烂漫的真性情,不免赞叹有加。两人喝茶,桂月的白瓷茶杯再度派上用场,她手执茶杯,慢慢用盖拨开漂浮在水面的茶叶。

桂月问:"小隐姑娘去上海,可有人举荐?否则一人在大城市漂泊,难免会心累。"

小隐有酒窝,此刻她好像穿着月光织成的衣裳,涂着朝霞做的胭脂,她羞涩一笑,说:"有的。"

"妹妹,如果不介意的话,能否告诉我,我也能为你作个判断。"

小隐迟疑片刻,脸上的酒窝仍在荡漾着花香和酒意。忽然,头一昂,吐了几个字:"是马市长介绍的。"

"哐啷"白瓷茶杯盖击地,发出清脆响声。

桂月双肩轻微抖了下,又急忙设法掩饰,恰巧司斌进屋,缠着小隐到另一房间去,才免了这尴尬场面。

另一房间。司斌请小隐稳坐圆凳,自个儿却羞羞答答,欲言又止,眼神儿不停地觑着小隐。小隐反笑他神神叨叨,有点娘们儿。

他急了,一把抓住小隐的手,说:"小隐,别去上海——我喜欢你,喜欢得要死——"他几乎把心抠出来,脸涨得如一个从田地里刚拔出的红萝卜。

小隐稳稳地将手抽出,她捋他眼前的头发,"扑哧"妍笑,说,"司斌呀,我把你当弟弟,晓得么?这种感情也十分美好。"

"我不!"他噘嘴,呼吸加粗,"我俩在一起才相配!我受不了——你总是和那个四十多岁的半老头子在一起,他有什么好?老鸡童子！"

说着，他去捧小隐的脸，嘴凑上想亲。小隐躲闪开。两人的身体扭捆推搡着，不慎碰到了茶几上盛开着的君子兰，只听"哐啷"一声，青白瓷片和着泥土，以及君子兰橙红大花全都散落在地。司文育循声赶出，看两人的身形，明白了六七分。

司斌隐藏了大半年的小流氓习气终于像鸦片瘾发出来了，他拧着响指，直戳小隐胸口，说："装什么装，和老鸡童子外出，一个房间，做什么鸟事？！"

司文育一脚跨前囚住这小畜生，生怕他还有什么过激言行。一边还得小心地向小隐赔不是，但见小隐褪去了先前的窘相，依然眉清目秀地吐字，她说："司斌弟弟，你确实要多读点书，方可修身养性，平了那污浊气。"

司文育虎着脸，好不容易将司斌吓退。和小隐结了工钱，一下子空空落落，竟不知道说什么好。想让桂月来调和着说两句，却发现她在另外一间屋怔怔发呆，两颊泛着一团青光。

14

月亮发出一丝朦朦的白，光芒微弱，似乎染了风寒，打不起精神。

夜色里的花呀、树枝呀却一朵朵、一条条伸长了脖子，耳朵咬着耳朵，挤眉弄眼，说着什么悄悄话。桂月在床上，像是生了气，也不理汪道士。汪道士将脸抹得像朵花一样凑上去打趣，桂月照旧不理。

"大约是天气作的怪！"汪道士自言自语。

六如偈

桂月却将头发散披得满脸,头埋在被窝里哭得抽抽噎噎。汪道士慌了手脚,心肝宝贝一连串地喊,边喊边揉。桂月只凄然里露出一条胳膊,雪白膀子上留下三道血痕,细一看,是猫爪的痕迹。

"哪只畜生?我亲手宰了它,竟敢动到我的女人!"汪道士粗声嚷叫,将道士服甩到床底,捋起袖子细细查看。哎哟!有一道爪痕确实深,伤口处鲜血仍不断涌出,他手忙脚乱取了酒精药棉消毒,一面咬牙切齿要问清是谁家的畜生。

"——马老太太的猫。你拿它又怎样呢?"桂月恢复了常态,"我好端端地在巷子里走,它平白无故蹿上来,滑稽得要命,肯定是发情时被公猫甩了,才急着要发泄。"

汪道士被桂月的话逗笑了。可是,桂月不笑,十分严肃地盯着他:"你会拿这只猫怎么办?"

"一只猫吗,畜生而已,你当真要怎样?"汪道士讪讪地,垂下了眼皮。

桂月悲情地号哭起来,唬了汪道士一大跳——"你这胆小鬼,你一听是马家的畜生就蔫掉了,换了是他家的人欺负我,你更不敢放半个屁了!你不是本事大得无人能及?怎么连这点小事都不能解决——呸!我算是瞎了眼看错了人!"

汪道士脑门上的一根青筋噗噗直跳,他没料到桂月的反应会如此之大。别家的猫怎么都好说,偏生是马市长家的。这个夜晚——他就觉得有点不对劲,从九仙观出来,牙齿缝里就吸进一股冷气,头皮也一阵阵发麻。他恍恍惚惚向外奔去,只看见月亮浑身像长了毛一般显得邋遢。有一个瞎子,撑着竹竿,笃笃笃走得倒是伶俐。汪道士不及他,一个趔趄,差点摔倒在青石台阶上。风并不在刮,可是空气在流动,推涌着各种花的娇媚。汪道士有鼻炎,经不起这五色杂陈的气味引逗,"阿嚏阿嚏"一路打了个没完。

桂月什么地方都不让汪道士碰,她起伏着身体,脸朝里,一言不发。月亮在窗户口左右徘徊,让汪道士好生难受。汪道士整个一夜天,睡得迷迷糊糊,做了一场又一场纷繁复杂的梦,梦中全是怎样虐猫的场景:把猫的胡子剪了,让它打喷嚏;在它尾巴上拴一挂鞭炮,点着,吓得它没命地奔跑。或者干脆把猫从五六层高的阳台上扔下来,让它惨叫、摔死。这些手段其实都是他小时候顽劣时干过的,如今真要再次实施,他觉得于心不忍。

早上睁开眼,汪道士发现桂月手臂上的爪痕处轻则呈淤青状,重的地方开始发炎,吓得冒了一身冷汗,急忙带她去打了疫苗。他一人在候诊室大厅寻思了半天,闻到苏打水的气味和生老病死不祥的气息。

同玄镇连续半个月没下雨了。汪道士信老皇历上一句话:龙多不下雨。

一年前,他收藏了一枚稀世印章,那是当年蒋介石逃亡台湾前在同玄镇不慎遗落的。田黄石、朱白文印、钮饰精雕奇巧。他如获至宝将印章包在绸布里,知道自己得了真正的好东西。只怪有一次酒喝多了,拿出来献宝,还在白纸上盖章,送给在座的每一个人,说是揣着这张纸在身边就能辟邪了。

结果消息传出来,被马市长听见了,先说要看,然后要取。汪道士只能打落了牙齿往肚子里咽。

马市长莫非也想做龙?他妈的——小时候拖着鼻涕跟在他二狗后面稀里哗啦地哭,一点也没有男人气!还有,读书时对女同学损阴招却老要他二狗扛着,他不就是仗着父亲是乡长就颐指气使了?如今倒好,当官摸出门道尝出滋味,就以为自己越加法力通天了!

哼！汪道士扭过头，对着外面树上聒噪的麻雀跳脚大骂：
"叫，有什么好叫？再叫！小心我打折你的腿！"

15

星星在那天上。水草气很浓郁，一阵一阵，扑面而来。

水流得很静，声寂寂。小隐穿着薄薄一件春衫和司文育道别。七点钟的火车，"呜"的一声长鸣就会把人带走。陈家洛也在，他敛手垂袖而立，温文恭俭。司斌躲在门板后，从缝隙里窥看——小隐仍是大方窈窕的，稍稍前倾，看见他卑微浅薄的脸颊，只微微冲他一笑。

一路上，司斌仍是一副失魂落魄失恋后的模样，他问桂月：

"一个男人和一个女人同处一室，会做些什么事？"

桂月拍他的脸："傻小子，你说会做什么事？"

"你相信——同房不同床吗？天下还有比我还傻的傻子哦！"司斌叹气，突然一屁股坐在地上，大哭起来："他肯定要了她——他们都在装腔作势骗人——骗人！"

"小隐和我在一起才相配！"司斌哭得很伤心，很悲痛。

桂月脸上没有完全失色，默默然，在肚里转了好几个弯，司斌口中提到的傻子她一下子猜到是谁，没想到他竟得了开化——她心里渐渐高兴起来，叶落花开，水流云驻，自在的画境才得怡然之乐。她轻轻拍打司斌的肩，他还在哭。

将司斌送回书院，桂月就气喘吁吁一路往陈家洛的云川书店赶。抬眼看到书店闪着微光，如皑皑白雪天瞧见火炉一般，桂月心儿荡荡，有种百感交集的情绪。门空关着，人并不在，或许还没回来。空洞的幽蓝色天上,高悬着大半个白月亮,它仍有些生病的迹象,散出的清光也是一点温度也没有。

桂月的颈脖昨夜梦中落枕,至今仍有硬生生的撕扯之痛。

回屋,拿起琵琶,清亮亮的声音穿云裂石一般响起,又呜呜咽咽如飞鸟盘旋江面,铮铮淙淙,一会儿又转到评弹《宝玉夜探》。

桂月一个人,一盏灯,对空落落大厅,放声吟唱:

隆冬,
寒露结成冰,月色迷蒙欲断魂。
一阵阵朔风透入骨,乌洞洞的大观园里冷清清。
贾宝玉,一路花间步,脚步轻移缓缓行。
他是一盏灯、一个人,黑影憧憧更愁闷。
孤单单,独自到潇湘馆!

桂月唱倦了,也唱累了。伏在桌上打盹,恍惚做起梦来,她抓住陈家洛的手,那手,干净、白皙,指甲修得干干净净——干净得不近人情。相形之下,她的手却是充满污浊气——她涂肥皂,用力冲,使劲洗,也没用,总有异味,是那个恶心粗鄙的人留下的,他用手掌按住她的手,然后在黑洞里混搅,她哭哭笑笑,花影日影洒了一地。

如果有可能,她想给自己刨一个坟,埋进去算了。然后重新来世,像小隐一样,干净、性情地与陈家洛一起看看星,看看水,听听鸟叫,然后七搭八搭闲聊天。

16

　　同玄镇昨夜西南角火光冲天,火势噼噼啪啪,一路蔓延,差点把马市长的府邸烧掉。靠东的一面墙已熏得乌黑,前院的花坛也已坍塌,急得马老太太直翻白眼,幸亏抢救及时,人和物皆无大伤。一时间,百姓议论纷纷,有人说是一顽童因贪玩划炮,在砂纸上划燃后一丢,不小心扔在了柴垛上,才引起了这场火灾。也有人说土地公公生气了,原本在运河边上的古戏台怎么能随便挪动?是老天爷要给挪动的人提个醒吃吃苦头了,以后遇事可千万别鲁莽。也有人建议,如此关系民生大计的事,一定要做个道场,请玉皇大帝显显灵,保佑全镇老百姓风调雨顺、趋吉避凶,太太平平继续享有小康生活。

　　钱是民间商会出的,大家凑份子,一定要汪道士出场,做一场大型水陆道场。

　　鼓、边鼓、牙子、锣、铙、钹、二五子、大碗、二叶子、勾锣、铃,一应俱全。还需要有牲畜为祭品:全猪、全羊、全鸡、全鸭。汪道士另外还在纸上添了一样东西:全猫。而且要马老太太的猫,那只猫眼梢稍吊面露凶光,留着恐有不祥之兆,只有让它到了玉皇大帝身边才会化恶为善。派去取猫的人还有些疑虑,谁料老太太受了惊吓以后,一口答应。

　　汪道士又穿起那红绿相配绣有瑞兽纹的天师大袍,一步三摇,手执铜铃威风凛凛一路作响。一时间,几百双眼睛齐刷刷盯着他,又有数十个商会代表跟着他磕头作揖,心中好不得意。整个九仙观鸣钟击磬,香火缭绕,仿佛所有人都在恍恍惚惚中腾云驾雾到了玉清宫。

　　水陆道场完成得相当出色,傍晚时分,同玄镇百姓抬眼望天,不约而同发现了一大片七彩云,炫美似彩虹,又似丝质纱巾,影幻迷离。桂月那时正在芭蕉树下剥蚕豆,一眼瞥见七彩云,惊奇张大了嘴巴,连蚕豆洒了一地也不知道。

　　好兆头。当然是好兆头。

　　这好兆头足足维持了一个小时,全镇百姓无不欣喜。

　　当晚,民间商会的人大摆筵席。镇上的领导、老板全都来了。汪道士仍是主角,他的酒量真是与海同宽,浩浩汤汤,横无际涯。他还伸出手指,作马步状,气沉丹田,果真逼出了几分酒气。云烟袅袅,许多人都被他喝趴下了。

　　最后,汪道士被饭店的几个服务生强架回家。桂月的脸拉得有点长。她看他衣襟上污渍渍一片呕吐物就郁闷了。费了好大的劲儿才将他外衣剥下,死沉沉的身体,那搬得动?随他呼噜……

　　桂月将房间的门上锁,怕他再起身胡闹。自个儿却出了街,往云川书店的方向走去。

　　那汪道士半小时后醒来,口干舌燥,扯直了嗓子喊桂月要喝水,却没人应。拉门,门上了锁。只有一扇窗户明明亮亮在月光下召唤着他。汪道士探出头,想看看桂月是否在回家的路上。

　　探头,探身。越倾越出,没有了感觉。人像一片叶子飞散了出去,飘飘荡荡。

　　汪道士头着地的一霎,意识还是清醒的,他居然还能掏出手机,打电话给桂月。他的声音在细碎的月光下显得极不真实,他说:"我——我不行了——我从自家的窗户口——像块抹布一样飞了出来。"他把自己比作是一块抹布，究竟有什么机锋？一般人是猜测不出的。说完，他的脖子往左一歪，死了。

据说，汪道士的死相很惨，他从十米高的窗户口坠下，震得自己颗颗牙齿飞落，五脏六腑俱裂。

17

桂月绕绿堤，穿花径。

整个同玄镇在一场水陆道场后变得诗情画意起来——柳丝拂面，芍药吹气。桂月觉恍兮惚兮，迷了心智，也分辨不清到了哪里。放眼只是云烟烟、阴漫漫一团，如同到了蓬莱方丈，心中也有了不落尘埃的逍遥空幻之感。

她又好似坐在一艘画舫中，悠悠荡荡浮动。对岸的陈家洛在饮酒，小隐在抚琴。独剩司斌小子仍在哀哀低哭。

回头只见师傅司文育成了独角戏，弦子弹拨起来，因喝了一斤花雕，酒意涌上来，于是沙糠喉咙一下子变得刚健，"——大雪纷飞满山峰，冲风踏雪一英雄。"

"好！"众人喝彩。

桂月也鼓掌，姜当然还是老的辣，回想自己做学徒时怯生生的模样，真是羞于提起。幸亏师傅人好，不厌其烦地教。就一句"山盟虽在，锦书难托。莫！莫！莫！"的合唱不知练了多少回。

她记得师傅说："要舒一舒胸，叹一口长气，这韵味儿就成了。"

刊于《花城》2012 年第 5 期

紫金文库

去做最幸福的人

1

没有风。没有任何一丝诡异的气息。阳光正好。树木的光影也很俊朗。耿土元穿着拖鞋，光着脚趾头，坐在竹椅上微眯着眼。蝉在鸣叫，一声一声，间隔的时间不长不短。当一切静止的味道都将被机械的蝉声牵拉到另一个世界时，耿土元突然睁开了眼睛，他看见死亡正在穿街而过。

兰娣不进食已经三天了。她枯望着墙顶，脸像一张灰铅色的卡纸。

耿土元心里乱得很，他明白，就在这两天了。他每一分每一秒钟都在担心，上河岸洗个菜，也是手忙脚乱的，青菜帮子飘得一河滩，他没头没脑跑回来，像只无头苍蝇，又不知道往哪个方向飞。

六如偈

　　大姨子是个嘴唇皮特别厚的女人,她住了三天,也有点不耐烦了。大家都在等那个关键的时刻,但越是等,就越心焦。它却偏偏不降临,好像近在眼前,又似乎遥遥无期。大姨子说:"我家的老吕胃不好,这几天没有人给他做热汤热饭,老毛病肯定又犯了。"她转过屁股,又咕噜了一句:"小孙子丢给亲家母,时间忒长要轧矛盾了。"

　　耿土元擤了一手鼻涕,揩在鞋跟上,自言自语,"我又没请你们待在这儿,要走走好了!"两个舅子在厨房喧哗着,他们在讨论丧饭如何安排,因为来的大多是兰娣面上的亲戚,两个舅子一致认为菜、酒水、香烟都不能太蹩脚。

　　耿土元被他们吵得晕头转向,毛毛躁躁,真想把他们全部撵走,然后,独自陪兰娣,静静过上一两天。他突然站起来,翻箱倒柜,找照片。抽屉里很乱,药片、风油精、扇子、短裤,乱七八糟堆在一起。兰娣在床上整整躺了两年,他也跟着忙乱了两年,服侍她吃喝拉撒,其他的事只能抛在脑后了。

　　耿土元的意志很坚决,那张照片,他一定要找到,哪怕掘地三尺也要找到!照片是兰娣三十五岁时拍的,她梳着油光光的粗辫子,眼睛笑得很花气,和身上的夹花棉袄很相配。耿土元只要一看见那照片,内心就情不自禁暖了一下。

　　果然,在抽屉的底层,他翻到了,黄渍渍的,已经染有霉斑,兰娣笑得还是那样花俏,跟现在一比,是天上地下。耿土元歪过头,打量床上的兰娣,她被毛病蚕食得只剩一张皮了,她看见他在翻照片,眼睛眨了两下。耿土元带点麻木,带点伤情,用征求的口吻问:"老太婆,就拿这张照片好不好?"

　　兰娣没说话。耿土元自说自话:"那就定了,去放大,挂在堂前,人人都看见你,漂漂亮亮的样子,多好啊!"

大女儿耿娟踏进房间,耿土元就这样吩咐了。耿娟说:"不行,这种场合要正面照。"耿土元悲戚起来,耿娟想了想说:"不要紧,我给你单独放大好了。"耿土元听见兰娣在咳嗽,其实她已经咳不动了,牵一发而动全身,面部的皱褶堆积在一起,痛苦至极。耿土元很想知道她在想什么,一个人面对自己的死亡,是不是觉得一切都是空的?还是充满着无限的痛苦心酸?

耿土元凑近她嘴巴,她呼出的口气充满了污浊味,她张合了几下,还是什么也没说。

小女儿耿华又回上海去了,老板在催业务单子,她临走时,说:"妈有什么事千万记得打我电话。"

你妈还能有什么事?不就是等个死吗?耿土元冲她翻了几个白眼,气得七窍生烟,这个耿华,从小就自私,供她吃饭、读书,现在,拍拍翅膀,飞得无影无踪!亲娘马上要闭眼了,她还只顾忙自己的事情,钱是赚不完的,可娘只有一个……

耿土元心很寒,现在兰娣还没死,在这个世界上,好歹他和她还是捆绑在一起,有形无形,他还看得见她,跟她说两句话,她也会眨眨眼睛,表示她听着呢。一旦她真不见了,那落下的只有无边的黑暗与虚空了,他该怎么办?

果然,过了三天,兰娣落气了。耿华连夜打的从上海赶回来,拖长声调,喊了十几遍妈。人都死了,还有什么用呢?耿土元真想痛痛快快数落她一番,什么时候变得这么虚伪?不该走的时候走,现在哭得上气不接下气,顶个屁用!

丧饭、后事因为有备而来,办理得妥妥帖帖,耿娟是个操持场面的能手,安排得井井有条。耿土元神情木木的,没有大恸大哀

六如偈

了。骨灰盒是女婿捧在手上，耿土元又不好戴白帽子，只系了条白腰带，与一般吊唁的亲戚并没什么两样。

风一吹，白腰带飘起来，总挂到脸上，像老太婆的手，虚虚弱弱地摸他一下。

2

曲终，人散。空落落的房间，只剩了耿土元孤身一个老头子。

楼上热闹得很。兰娣活着时，他们就把楼上三个房间租给了几户打工的外地人，一个月三四百元收入，也好抵点药费。那些男男女女，倒是快活，大声说笑，炒菜做饭，烟熏火燎，还唱歌，夜里还折腾，而且折腾得很强劲。耿土元住在他们楼下，听得一清二楚。

耿土元刚满六十，身坯却结实得仍像头牛，村里的小伙子跟他扳手劲，没有一个赛过他的。远远看去，他皮肤黝黑，身材魁梧，头发只有三分之一见白，走起路来脚步掷地有声，没有人相信他已经跨入六十岁的行列了。

所以，一听到楼上的风吹草动，耿土元的神经就莫名其妙紧张起来。年轻时，他很欢喜那种事，还差点犯错误。兰娣病倒后，他忙着照顾，煎药、烧饭、倒马桶、洗衣服，夜里分床而卧，倒也渐渐淡了。可淡了不等于完全消失了。尤其是这夜深人静时，他看着照片上兰娣花气的眼睛，心里像钻进了一条毛毛虫，难受极了。

关于耿土元的养老问题，几个至亲和女儿郑重其事讨论过。耿土元只恨养了两个女儿，都是泼出去的水。耿娟和公婆住在一起，耿土元如果住过去，肯定后患无穷。耿华在大上海，白天把他老头子孤零零一个关在鸽笼里，不憋死才怪呢！所以，一谈论到这事，他双手摇得比拨浪鼓还要紧。

他打算留在家里，前提是两个女儿帮他把养老金交好。有了养老金，就像城里的退休工人一样，走到哪里都不怕，这就叫，铜钿眼里出政权，胸脯也可以挺得特别起。哪像有些老人，辛苦了一辈子，结果被子女油水逼干，反过来看子女眼色，哎呀呀，那滋味，跟街上的叫花子差不多。

现在，他耿土元每月有固定收入买买香烟、吃吃老酒，吃穿不愁，倒有点像活神仙了。他有一帮老哥们儿，五六十年的交情，一起开船、开拖拉机、赌博、盖房、喝酒，要有多开心就有多开心！这次兰娣入葬，老弟兄们都来出丧葬费了，比几个亲戚出得还多，他们拍他的肩，表情含混复杂，有的替老耿难过，也有的说老耿终于脱离苦海了，是啊！那两年的日子，回头望望，真叫苦啊！

那夜，耿土元和老弟兄们喝得酩酊大醉，一脚高一脚低，回家。他死命地拍门，口里大声喊着兰娣的名字，兰娣！兰娣！恍惚中，兰娣笑盈盈地，开门，接应他，泡茶，让他醒酒，他手劲大得很，一下把兰娣咯吱捏在自己臂弯里，手脚没有轻重，兰娣疼得嘘声一片，但温柔极了，服侍他洗头洗脚，直到他安然睡在床上。

夜色重，寒气逼人，耿土元喉咙口烧焦一般炙热。他"咚咚咚"狠命擂着，兰娣没有来开门。他重重一拳下去，门被他敲出了一个窟窿，手也扎伤了，血渗出来，疼痛让他一下子清醒了。黑漆漆的房间，并没有人上来问声寒暖，兰娣的遗照，甜蜜地，花气地，立在墙壁上笑着。耿土元一屁股坐在地上，哀哀地号哭起来。

中午，耿土元一人喝闷酒的时候，住在楼上的小肖过来坐了片刻。小肖是湖南人，三十五六岁，长脚，嘴唇上参差不齐留着几根髭须。小肖拍拍老耿的肩,意味深长地感慨,说着说着,他把一个女人模糊的形象推到了耿土元眼前。

耿土元起初并不在意,白酒火辣辣的,一口一口窜入他胸腔,燃烧他的大脑,把孤独的滋味狠狠洒到他心田,昨夜的凄凉感又袭上心头,他抓起酒瓶,拼命给自己灌酒。

"那女人,跟我是老乡,嫁了两个老公,都不如意。湖南又是穷地方,她不愿意回去,只想在江苏好好找个老实的男人过日子。"

小肖似乎有备而来,步步为营,小肖说:"可能年纪轻了点,才四十三岁,但女人的看相总显老的,皮色倒雪白,在纺织厂上夜班。"

女人,皮肤雪白,才四十三岁。几个词语,像一簇火花,噼噼啪啪在耿土元的脑海里闪现。他晕晕然,没有一口答应,也没有彻底回绝。

小肖又真心实意地补充,说:"人总要为自己考虑,你看看你两个女儿,绕着自己男人转,谁会想到你这个老头子?"

耿土元眼角处沁出了两坨眼屎,他不想被小肖彻底看穿心思,他含糊其辞,说:"有机会就看一下。"

小肖拍拍屁股,走了。耿土元感觉憋得厉害,揪了张报纸,从后门出去,到茅坑拉屎。兰娣走了,他也干脆得很,不用刷马桶了,他大男人一个,解决起来总是方便的。太阳毒辣辣的,他摊开报纸,迷茫一片看起来。远处,小媳妇王淑娇拎着马桶过来,看他翘着屁股蹲在茅坑上,害羞地一个急转身,躲在树林里避让。

耿土元也注意到了王淑娇,突然,喉咙口发出了几声干干的笑。那四十三的女人,皮肤雪白,很强烈地跳进了他的意识里,鲜活起来,生动起来,唤醒了他男人的某种欲望。他望着火球一样的太阳，很畅快地，将报纸揉成一团，擦净屁股，虎虎生风，去找小肖了。

3

这次见面，安排得很私密。在一家小饭馆里，花色窗帘拉得严严实实，两只苍蝇嗡嗡嗡嗡绕着菜碟不停地兜圈子。女人，坐在耿土元的对面。皮肤是白，但属于苍白，没有血色的白。人，瘦，显得一双眼睛很大。到底是做辛苦活的，又不懂得保养，女人脸上的皱纹细细密密一层，和耿土元坐在一起，并不显得突兀。

女人名字叫李桂芹。

耿土元手指头嘟嘟嘟敲着桌子，完全是无意识地。他居然操起了普通话，很别扭，但勉勉强强，基本上双方能听懂。小肖是个滑头，说出去买包烟，一个小时也不见回来，看来是故意将空间腾了出来。

一开始，耿土元挺尴尬，兰娣才死了两个月，他就偷偷出来看女人。于情于理，都说不过去。而且从年龄结构上看，他当她的父亲也差不多。大女儿耿娟比这个李桂芹只小七岁，被她知道了，不晓得会闹成个啥样？

耿土元小心翼翼地问："你以后想长期留在江苏啦？"

李桂芹并不避讳，摊开两只手，一五一十，将自己的婚姻史全都告诉了耿土元。她的普通话夹着浓重的湖南口音，牙齿蜡黄，口齿里还有股大蒜味道。她像是在诉说别人的梦，恍惚而不真实，面色里流淌着伤感。

耿土元听得很吃力，他支起耳朵架子，全神贯注，生怕一不小心就错漏了许多重要信息。

李桂芹第一个男人，是小客栈老板。小两口在湖南山坳里开出第一家客栈，南来北往，客人像山前小溪里流淌的水，源源不断。于是男人自作主张，请了个小服务员，说做些浆洗缝补铺床之类的活。李桂芹就不大乐意，这些活她都能包揽下来，何必再出份工资养活一个人呢？她看小服务员眉眼细细的，一说话两个酒窝就往外漩，把客人勾得一愣一愣。她下意识里，就有种防贼的感觉，但还是没防住，自己男人也被这小婊子弄得神魂颠倒。小婊子比她小十岁，粉嫩掐尖的当儿，男人看着哈喇子就往外淌，更别说跟她做那种事了。

李桂芹第二个男人——耿土元欠了欠身子，示意李桂芹稍微停顿一下，他喉咙口焦毛得很，需要抽根烟。顺便他换了个姿势。他听得有点惊心动魄，这小女人，经历不浅。

李桂芹抿住了嘴，不说话了，像在卖关子。耿土元抽起烟来像开拖拉机，云缭雾绕。他低下声催促道："说呢！"他对眼前这个女人充满了好奇。

她像蚊子一样问："你觉得小肖怎样？"

耿土元压根儿没思考，回答："不错，是个热心人。"

李桂芹苦笑，说："他是我第二个男人。"

耿土元只觉脑子里有一捆麻绳，打了无数个结，乱得很。他看见李桂芹将手掌翻过来，眼神盯着掌心密密麻麻数不清的纹路，忧伤而无奈，然后，继续诉说。

李桂芹说："我有什么办法呢？一个人拖着十来岁的小孩，总要过日子。小肖虽然穷，却人好，脾气好，经常到我家来安慰我。我比他年纪大，他并不嫌弃。我们领了证，也想养个小孩，可偏偏我的子宫出了问题。"

耿土元还没转过弯,如同拖拉机在山岔口,一时不知道往哪个方向拐,刹车手忙脚乱踩下去,扑通一声,连人带车翻了过去。

李桂芹的眼泪出来了,一汪,很清澈,滴滴答答,掉在菜碟里。她说:"我给他养不了小孩,待在一起也没意思了。我也搞不清楚,我上辈子是作了什么孽,什么都让我一个人扛?"

她抽抽噎噎,鼻涕也跟着涌出来,趴在桌上,肩膀起伏着,满腹的辛酸厚厚一层,铺天盖地向耿土元压过来。耿土元是喜欢心疼女人的角色,他那只手,悬在半空,犹豫挣扎了半晌,不知道该不该搭上去劝慰她一下。她还在哭,苍白的脸埋在手掌里,显得很小。耿土元下定决心,放下去了。他碰着她瘦弱的肩胛骨,她的皮肤很烫,胳膊上细薄的一层肉下垂着,他顺势摸下去,感觉到了女性特有的柔软。

他感觉自己裤裆里的东西起了一点反应,把自己吓了一跳,手赶紧缩回来。有点不像话,第一次跟陌生女人见面,就冒失成这个样子。但这个女人,似乎是有意要委身于她,并不计较,开门见山地说:"现在,我也没有其他想法,只想找一个男人,真正对我好,再不要东奔西跑,安安稳稳留在江苏过日子。"

李桂芹到水龙头边洗净了脸,再坐下时,两人的思路都很清晰,仿佛榫头稳稳落在木凳的隙缝里。他们都有了拨云见日的欣喜。尤其是耿土元,很痛快,他开了一瓶泗洪特酿,有滋有味喝起来。有了女人,就有了生活的味道,哪像前一阵子?喝得都是闷酒,又苦又辣,喝到最后只想大哭一场。

喝着,喝着,耿土元思维活跃起来。他跟李桂芹大讲历史上的大人物。对于这些人物,他如数家珍。大人物的名字在他嘴巴里跳来跳去，他也变得恢弘大气了，有着一挥手而江山改的豪迈。李桂芹转身成了虔诚的听众，不停为他斟酒、夹菜。她的手也会偶尔不小心落在耿土元的手心里，他用力捏一下，她就笑一下。

夏风很爽，一吹，将两人的迷惘顷刻间吹得干干净净。

4

小飞虫很多，盘旋在灯泡下，嘤嘤嗡嗡，像在商量什么事情。耿土元私藏了内心的秘密，猫着腰，从柴垛旁擦过。他家楼上照旧热闹得很，谁把音响开得很大，一个男人嗲声嗲气在唱着"爱拼才会赢"。小肖已洗完澡，趴在阳台上乘凉，后背上流淌着水珠。他看见耿土元，硬生生一个招呼打上去："老耿！"耿土元躲闪不及，支吾应了声，掏了根烟出来，他有点别扭，更有点神气，他妈的，原本你的女人要被我享用了！

踏进家门，兰娣在墙上，笑眯眯看着老耿。他打了个寒战，忽然有了对她不起的歉意。兰娣一直是善解人意的，她会理解他耿土元内心的荒凉。这一点他深信不疑，兰娣是好人，最大的优点就是心善，肯理解和相信别人。

二十年前，他钻到隔壁人家的柴草垛里，透过一个小小的窗口，张望着。里面是一个女人的背影，全裸着，在哗哗哗地洗澡。

有人在喊，也有人抄着农具劈面赶到他家。兰娣的脸瞬时像秋风中的落叶，不断下坠、下坠。她尴尬地给他开门，又似乎无法责备，她默默地用手捂自己的脸。他从前屋窜到后屋，实在无路可逃了，他侧身跳进了屋后的一条小河，死活不肯上岸。兰娣对来人一遍一遍地解释：你们看错眼了。

半夜，他湿淋淋地从水里钻出，一上岸，就被兰娣厚厚的棉衣裹住了。他喉咙口呜咽一声，急促逃窜回家，热水澡也准备好了，跟往日一样。他捂在热乎乎的被子里，百感交集。兰娣把自己剥得干干净净，全面摊开，热泪俱下，问："我比别的女人少什么？你到现在还没看够？"

他说不出，他向兰娣发誓，眼睛再往那些地方斜，就把眼睛戳瞎。

现在，情形更不一样了。他不是个忘恩负义的人，他牵记着兰娣，但兰娣在冥界，他一个人孤单心慌得不晓得生活的滋味了。他再要个女人，是天经地义的事，兰娣想来是不会动气的。

小肖笑得十分奥妙，站在耿土元对面，他像统率全局的将军，笑容里露着几分狡猾和流气。耿土元突然发现他其实是个很难对付的人，他是他的房客，他又主动将前妻介绍给老耿，他葫芦里卖的到底是春药还是迷魂药？

小肖压低声音说："她不错的……"

小肖又很通人情世故，他告诫耿土元，"现在，你还不能跟她接触太紧密，你老婆还没过三个月的祭日呢！"

耿土元想起他上个月的房租还没给，就故意咳嗽，放大音量问："你打算什么时候交房租呢？"

好像这句话伤了和气，小肖脸上有点挂不住，悻悻地，说："月底厂里发工资给你就是了，急什么急，都老常客了！"

耿土元漫不经心递给他烟，掏掏耳朵，转身侍弄院子前种的一排大蒜。大蒜长得粗粗壮壮，跟他一样，亟待着春风细雨的滋润。

住在前宅的秦二妹端了一碗玉米，递过来给耿土元吃。耿土元象征性地拿了一个。秦二妹胖胖的，跑急了就直喘粗气，自从兰娣

六如偈

死后,她来得很勤,隔壁乡邻,相互照应,也很正常。秦二妹是王淑娇的婆婆,前两天王淑娇搓麻将,输了钱,又和男人吵架,顺便把婆婆骂得狗血喷头。

秦二妹心里憋屈,差点在耿土元前落眼泪,她用衣角揩揩脸,一屁股坐在板凳上,说:"老头子死了那么多年,我一人吃辛吃苦,把他拖养大,哪想到讨个媳妇能拆天!早晓得,我随便找个老头子嫁了,也好有人帮我说说话!"

耿土元眼梢扬起来,他不知道秦二妹说这话是有心还是无意。秦二妹胸前鼓鼓囊囊一大块,可惜,像捆在粽叶里的肉粽子,白花花,肥得激不起他任何一丝其他想法。他将玉米粗枝大叶啃了两口,就丢在垃圾桶里。

耿土元斜睨着,立在墙角,细想,这天上不可能掉馅饼下来的,秦二妹这样哭哭啼啼,自有她的小算盘!

谁说不是呢?秦二妹儿子没有好行当,摩托车修了半年就关铺子了。王淑娇也不是省油的灯,是个喜欢吃吃喝喝搓搓麻将的女人,不到半年,就把家里的积蓄啃光了。

秦二妹当然感觉到了耿土元的异样,她只是装作没看见。她还在抹着眼泪,突然,她瞟到耿土元的汗衫上一个大洞,她坚决地说:"老耿,你把衣服脱下来!"

老耿吓一跳,心想,这老太婆疯了,我脱了难道她也跟着脱下来?这像什么话了!

老耿十分坚决地摆摆手。老耿的小腿肚上甩满了泥点子,那是因为刚刚和李桂芹分手后,他心情特别爽快,沿着小路疾步前行,噌噌噌,如同关羽单刀赴会,高亢、铿锵,充满了节奏感。

秦二妹的手指头在耿土元眼前晃了两下,她身上散发着一股鸡屎的味道，她提醒他说："老耿，你的魂飞了。"

耿土元回过神来，索然无味，他伸了个懒腰，困意顿时爬上他头发尖。

5

在小肖的指引下，深夜十二点，耿土元等在了元浩纺织厂的厂门口。女工像潮水涌出来，唯独不见李桂芹，耿土元缩在角落处，又不好明目张胆等，那味道像做贼骨头，很不畅。到后来，女工稀零零几个，全是不认识的面孔，耿土元满腔的热情也被这夜色一点一点搣灭。他转身想走的时候，只听一声"呀"，李桂芹从天而降，立在他视野中央。

李桂芹一笑，耿土元定心了。他推着一辆老式长征自行车，稳稳当当骑上去，然后示意李桂芹跳上来乘后座，她自然是明白人，悄无声息，像叶子一样落下来，耿土元只感觉女人的一双手环着他阔实的后背，他飞速踩踏着，一不小心，脱链了。

他停下来，笃笃定定装链条。他希望时间拉得越长越好。

李桂芹和另外两个女工合住在十平方米左右的房间里，耿土元不便进去，就在门外匆匆告别。临走时，耿土元的喉结起伏了几下，其实，他整晚都在挣扎，想亲她一口，但六十岁的老头，总不能像小伙子一样孟浪，他唔唔嘴，为自己的阴谋未能得逞而感到遗憾。但他已经考虑好了下一步，下一步——去买一辆电动车，这样接送她来去自如；——再问耿华讨个二手手机，给李桂芹，联系就方便了；——最后一步，干脆让李桂芹搬到自家，睡到他家的雕花片子床上，服服帖帖，他想怎么折腾就怎么折腾，像楼上的那些外

六如偈

地人。想到这里，耿土元全身涌过一种久违的情欲，麻麻酥酥。

耿土元躺在凉席上，吊扇吱扭吱扭转着，他两眼随着吊扇一起旋转，久久不能入睡。他已经想得很充沛了，李桂芹在两次婚姻中饱受失败和辛酸，是个可怜柔弱的女人，现在，他要张开他有力的臂膀，来呵护她体恤她，让她晓得，原来这世上，还有——爱！让她切切实实感受到，跟了他耿土元，有房住、有吃有喝、有男人疼，幸福的日历将一页一页翻开。而他，也将重温生活应该有的激情，他才六十岁，健壮，有力，有幻想，也有性的冲动与功能。

过两天，就是兰娣三个月的祭日。大姨子、秦二妹围坐在一起，左右手上下翻动，不停地折叠锡箔元宝。她们嘴上也不闲着，唧唧咕咕，神色暧昧。耿土元浑身不自在。

秦二妹眼睛眯笑成一条缝。她俩何时成了一条战壕里的人？姐姐妹妹叫得那么亲热！元宝在她们手上变成了一艘艘欢快的小舟，她们也成了掌舵的人，自在、轻盈，而且主动。她们压根儿忘记了忧伤，忘记了祭祀这种特殊的气氛。

耿土元看出点眉目来了，他气呼呼地向前进香，手一重，香折断了，兰娣的照片就在他鼻尖底下。他对兰娣说："呸！她秦二妹也想做白日梦，来替代你兰娣的位置，哼，不先撒泡尿照照镜子！"

兰娣以前也评说过秦二妹的胖，那胖是胖得有点离谱，屁股像铜盆，两只大奶子，一走路就左右晃动，胸脯上的赘肉厚厚沓沓，横躺下来可以变成麻将桌，让四双手上下翻动砌长城是绰绰有余。

耿土元在嫌弃秦二妹的当儿，自然联想到了李桂芹。俗话说，货比三家。女人与女人之间是有区别的，虽说上了年纪，但女人的韵味却不能失。二十年前那次，他不经意从柴垛旁穿过，恰巧从一块玻璃里瞄见女人洗澡的背影，女人的身材好得像水波，一漾一漾，蜇得他睁不开眼睛。他的心，跳到嗓子口，脚步不由自主往前移，想凑近点看个仔细，却不晓得踩到了放在露天的洋面盘，"哐啷"一声，女人惊呼起来。他就莫名其妙被人一路追赶。

一直心有余悸，但只要回想那个细节，他就神思恍惚。那个女人，并不是本村的媳妇，可能是谁家的亲戚，恰巧那夜在耿家村住了下来。他有点念念不忘，私下里一个人睁着眼睛望着天花板瞎想。

门虚掩着，蜡烛火一跃一跃，祭台上了放满了全鸡全鸭。耿土元想，兰娣面对这些全荤宴，要打恶心了。大姨子突然提出来，说过两天要去替兰娣关亡，说东桥头瞎眼巧婆，简直就是活神仙，已亡人在阴间的经历和感触，她全晓得。据说她作法的时候，披头散发，口吐白沫，三五分钟后，已亡人的灵魂就在她身上附体，那说话的腔调、眉眼里传达的味道、动作，简直是一模一样，让你不信也得信！

哼！耿土元听到那儿，忍不知从鼻子里喷了一捧灰出来，嚼舌头！他最看不惯的就是这些老太婆聚在一起装神弄鬼。人死都死了，还什么阴间地狱？大姨子压低嗓门，故作神秘，说："已亡人当然最牵记的是未亡人！"

很明显，这个未亡人就是耿土元，大姨子说着把眼神弹过来。耿土元没理会，但受了点惊吓，万一这个关亡真有点灵验，那她们不都全晓得李桂芹啦？晓得这个离过两次婚的外地女人，在短短的一个月，在他耿土元心里深深扎下了根？

耿土元心绪烦躁，闷头走到院前树荫底下抽烟。房客下班回来，自行车丁零零揿得他更加心烦意乱。耿土元摆摆手，像挥只苍蝇一样，内心充满了忧伤和无奈。

六如偈

6

清晨,麻雀在枝上闹腾的时候,耿娟风风火火来敲父亲的门。

咚咚咚,敲得很急,很重。但耿土元没有马上起身,他懒洋洋地,靠着床吸了根烟。敲门声更重了,好像带着怨气。他听得出,还是不想起身。过了很长时间,他才摇晃着身子出来开门,头发蓬乱,眼睫毛上沾满了眼屎。他见耿娟虎着脸,也明白了几分。他并不说话,再躺到床上,靠着枕头,又弹出一根香烟,自顾自抽起来。

房间里有股霉味,被头褥子横七竖八,桌子上残留着隔夜饭菜,好像已经馊了,几只苍蝇盘旋着。空气很浑浊,耿娟打开窗,到了嘴边的话咽了回去。

耿娟确实生气,刚才敲了半天门,老头子也不理睬,她还以为他和那个女人鬼混在一起,一夜都没回呢!

昨天夜里搓麻将,王淑娇牌德不好,明明一只东风扔出去了,眼看耿娟要推牌喊"和"的时候,又出尔反尔,要捞进来。耿娟按了下太阳穴,慢条斯理地说:"哪能见异思迁呢?"

成语用得很文绉绉,牌局上说两句也很正常。偏偏王淑娇咬住了这句话不放,她扑哧笑出声来,说:"耿娟,这四个字应该说你父亲才对,老婆才死了一个月,就和别的女人勾搭上了,半夜三更等在人家厂门外,做护花使者呢!"

王淑娇说得有理有据,不像在开玩笑。跟耿娟要好的小姐妹,也暧昧地附和,"看不出,原来你父亲风流得很呢!"耿娟脸上红一阵,白一阵,她把眼前的牌狠狠一推,调转屁股,气鼓鼓地走了。

好像大家都知道这件事情!只有她蒙在鼓里。

其实耿娟一直很担心这老头子,他固执、任性,做什么事像个小孩子,根本不用脑子思考,也不为小辈考虑。她当然也明白父亲在那种事情上的癖好,因此手中老像拴着根绳子,时不时提醒母亲系紧他。现在好了,母亲死了,他无拘无束,比出笼的鸟还要快活。

耿娟横竖想好了,要劈头盖脸骂父亲一通,母亲尸骨未寒,他怎么能这样胡来!可是,当她看见耿土元十分颓废地枯坐在床沿上抽烟的架势时,她的心软了。

她挽起袖管,开始拾掇房间,忙乎了一个小时,整个儿亮堂起来。耿土元默默地看着女儿,他们的视线里有种对抗和承受,像拉锯战一样,迂回曲折,不分胜负。

"耿华有电话吗?"她问。

"没有。"

"冰箱里还有肉吗?"

"没有。"

"你要不要到姑姑家住一阵?昨晚她还打电话问起你。"

耿土元定了定神,吐出最后一口烟,他把头埋在交叉的胳膊里,哑着喉咙说:"不去。她有她该忙的事,我去了,反而成多余的人。"

多余的人。耿娟愣了一下,什么时候,父亲变得这么敏感?她看见几片树叶飘落在窗台上,一只麻雀停歇在那里,东啄啄西跳跳。在大自然里,什么都不会显得多余,好像与生俱来就是这样一幅情景，和谐，富有生机。人呢？人怎么会这样悲哀？会嫌自己是个多余的人？

耿娟不说话了。

关于那件事，谁都没有提起。

耿娟抬脚出家门的时候，天色阴沉沉的，要快要下雨了，她一路小跑，边跑边深深叹了口气，父亲的日子还长着呢！他的确需要一个女人来打理，可关键是，要寻找一个合适的女人，怎么能随心所欲地拉一个外地女人呢？这是件大事情，万万不可草率行事呀！

她决定给耿华打个电话。

7

耿娟并不提那个女人，是不是表示她默认了呢？

耿土元赖在床上，反复揣摩了很久。她不可能不知道。村上很多人已经明着开他的玩笑，他装傻。他担心的是，怎样过女儿这一关？得讲究些策略，要迂回曲折。他一向觉得自己是笨嘴拙舌的人，可刚才，他隐约感觉到，耿娟在让步。是的，她在让步。

想到这里，耿土元从床上一跃而起。

他将自行车踩踏得更加有节奏感了。锵锵锵锵，在一番旋律铺垫下，他竟然朗声唱起了蒋大为的代表作，"在那桃花盛开的地方，有我美丽的家乡……"，他的嗓音沙哑干枯，但这并不影响他对生活的憧憬。小河水哗啦啦流着，鸭子成双结对嬉戏着，耿土元兴冲冲地，笼头一个拐弯，直向李桂芹宿舍方向驶去。

恰巧是休息日，另外两个女工外出了，只剩李桂芹。她洗刷着一堆衣服鞋子。一双男人球鞋，四十三码，宽宽阔阔，耿土元看着狐疑，她自豪地解释："我儿子的。"

"儿子在一家企业打工，好歹也是坐在办公室里，打打电脑。"她还在絮叨，耿土元看着她的嘴唇，觉得很像雨后的桃花，娇嫩而湿润。他情不自禁，站起来，来摸她的嘴唇。

她垂下眼皮，并没有躲避。相反，她做出了回应，嘴唇在他手上来回搓着——甚至可以说是在亲吻。她的脸一直涨得通红。

耿土元身体里那条充满欲望的蛇终于爬出来了。他急转身，一把抱住了她。于是，在那张狭窄的单人床上，他完成了想念很久的事。

很爽。似乎有几年的光景没有这样爽过了。耿土元赖着，都不想起床穿裤衩。李桂芹麻利地梳洗干净后，给他端茶倒水。他容光焕发起来，好像刚刚服了一颗仙丹。窗外，有几片淡淡的白云，若有似无，一点一点向前移动，如果不仔细看，一点瞧不出它在南移。耿土元觉得，他好像还是那个二十年前有着一身蛮力的小伙子，挑起河泥健步如飞，肱二头肌一屈一屈，在日光下冒出的一滴滴汗珠很像柴油。

不过，耿土元对刚才的事还有一些不尽兴之意，他感觉太快了！快得不可思议！就像一列火车呜呜穿过一个黑漆漆的山洞，还没有完全体验，火车头已经又显露在白花花的天光之下。

耿土元喝了一口李桂芹给他泡的浓茶，脚趾头动了动。

他问："你就心甘情愿跟我老头子了？"

李桂芹不正面回答，问："你哪儿老了？"

耿土元听了这话很舒服，愈发觉得雄赳赳气昂昂了。他内心喷出了一股绵柔之情，他想他是真的喜欢这个李桂芹了，做家务麻利、干净，说话体贴，也不多余，更重要的是，她把他人生的激情

六如偈

焕发出来了。每一片树叶,每一朵云彩,落在他眼里,是多么富有新鲜色彩啊!

他凑在她耳朵旁说悄悄话,意思是,再熬两个月,索性让她搬到他那边去住,彼此也有个照应。

哪想到她嘴一噘,说:"我不去,名不正言不顺。"

这一噘,带着点骨气和可爱,耿土元更加喜欢了,说:"好好,咱们去领结婚证!"

话一跳出口,耿土元自己也怦然心动了,仿佛经过漫漫长夜的煎熬后,人生的另一扇大门即将向他开启。他一骨碌从床上爬起来,继续抽烟,他要把家里好好装修一下,不仅要铺瓷砖,安装抽水马桶,还要装上空调,再弄个太阳能热水器!像城里人一样,一冷一热再也不用去怕它!他和李桂芹,也可以光着膀子,舒舒服服躺在房间里逍遥!

耿土元回到自家院子里,看见租住他猪房的老丁一家人在吃西红柿面条。呼哧呼哧,吃得热火朝天。

老耿有点惭愧,这房屋以前确实用来养猪的,墙上还存留着猪拱过的痕迹,仔细一嗅,还有股猪的尿臊味味隐隐飘来。但老丁非要租,房租费便宜,一个月才三十元,他把两张木长凳一架,木板一搭、褥子一铺,床就好了,一个家就像样了,四口人都睡在那上面,横七竖八。

小肖赤着膊,趿着拖鞋,走过来,一路高声大气,说:"哟,老耿回来了!"耿土元只觉他身材单薄,肋骨一根一根,看得清清楚楚,不禁有种战胜者的笑容浮上来。小肖手里捏着几张烂灰灰的十元钱纸币,递给耿土元。

耿土元一数,"怎么才六十元?"小肖住的房间是楼上,通风,采光好，八十元一个月的房租还算便宜他了！

小肖眼睛挤挤，好像有种难言之隐。他们一前一后，来到屋后边，站到一棵树底下，撒尿。耿土元瞟了一眼，小肖那玩意儿，好像很不景气，蔫唧唧的，射程一点也不远。算啦！耿土元吐了口浓痰，对于本应属于他的二十元钱没有细加追讨。

小肖说："一个女人为我怀孕了，再过两个月就要生孩子，我要回湖南去一趟。"耿土元听着很新鲜，说："小肖，你总算有自己的种了。"

小肖突然一个急转弯，连裤裆上的拉链还没拉好，哭丧着脸，说："耿大哥，我开心是开心，可回去什么都要开销，厂子里的钱才发那么一点，我连坐火车的路费都掏不出来。"

"所以……"小肖的话在喉咙口哽了两下，还是下决心说出口。"我想，问你耿大哥借点钱，三百元，行不行？"

耿土元没有吱声，内心却波涛起伏，暗想，你小子是放小鱼钓大鱼呢！

小肖继续愁眉苦脸，叹他的苦经，说着说着，他蹲下来，越发显得瘦骨嶙峋，蜷缩在树底下，如同秋天的一片叶子，土灰色，憔悴着。耿土元想，好歹，他和另外一个女人有了孩子，而且要回湖南，那就意味着和他前妻李桂芹不会再纠缠不清，倒也很爽气。三百元钱算什么？就算打水漂，也值得了。

想到这里，他拍拍小肖的肩说："起来！男人做事情，要顶天立地，要扛得起放得下，那路费包在我身上了。"

六如偈

8

天边黑沉沉一片，仿佛郁积了很多心事。空气闷热得很，蜻蜓飞得极低，在耿土元的胸脯上擦来擦去。耿华来了个电话，说星期天她回家。上星期，耿土元开口向耿华讨了只二手手机，她也快人快语，已经通过邮政汇到老耿手上，现在正被李桂芹用着呢！

耿土元说："没啥事，你还是安心做好你的事，多赚钱，也好给你老爹汇点香烟钱。"耿华口齿伶俐，说一定要回来，要给娘上炷清香，磕个头。耿土元也就不吱声了。

阵雨还没完全落下来，两辆摩托车呼啸着，冲到耿土元的院子里，是两个舅子，后面载着厚嘴唇大姨。他们神情严肃，有点来势汹汹的味道。耿土元木讷着，上前招呼，发烟，大舅子没接，径直向里屋走去，立在兰娣的遗照下。不消半分钟，大姨子拉开响亮的嗓子，哭嚎起来，"我苦命的妹子啊……"

耿土元想，这几天并不需要特别的祭拜，他们过来，事出有因。他静静地站着，默默看着墙上的兰娣，心里有点发虚。

果然，大舅子开门见山，一点也没有谦敬的意思，他直呼耿土元的名字，说："我二姐尸骨未寒，你倒逍遥快活，勾搭上了其他的女人。"

大姨子哭哭啼啼，鼻涕眼泪混杂在一起，说："我妹子一辈子没吃到你好饭，活着时，就受你的冤枉气，你到处瞎搞，女人一个又一个，我妹子得宫颈癌，大半是你作的孽！"

到处瞎搞女人？耿土元吃了一惊，天地良心！兰娣活着时，他就她一个女人，因此他也常被那帮老弟兄们嘲笑说，有贼心没贼胆！那次他偷看到洗澡的女人顺溜滴滑的身体后，渴得一连几夜都没睡好，但也仅仅是脑子里胡思乱想罢了，还遭遇了一场惊吓，裹在被子里，浑身像打摆子一样直发颤。

大姨子的厚嘴唇翻翘着，她还在控诉，"那天我们去关亡，兰娣就抱着我，说，姐儿啊，我在阴曹地府，是万箭穿心呐！那个贱女人，比我的女儿才大七岁呐，这不是搅得我家要乱伦吗！她要骗光我家的钱，抢去我的房子，到时连我的女儿要给我烧碗羹饭都没个地方了！"

耿土元吓得惊退到墙角，半晌，说不出话来。平时，他最反对巫婆迷信一类的东西，现在，他暗自吃惊，她们凭借什么本事把世事洞察得这么一清二楚？

屋外院子里，不知什么时候，竟站满了人，张头探脑，一个个伸长了脖子，连楼上租住的外地人也涌下来。一霎时，耿土元成了千夫所指的对象，唾沫星子如夏天的一场暴雨，噼噼啪啪不分青红皂白劈面打来。

两个舅子很强悍地坐在八仙桌旁，脸色赤紫，倒显得兰娣的死因是个疑点了，他们砸锅卖铁，也要替他们死去的二姐追讨个说法了。尤其是大舅子，一拳头敲下去，震得桌上的瓷杯子跳了两下。

大姨子还在哭，撕心裂肺，比出殡那天哭得还要厉害。

耿土元只觉眼皮重得很，如同孙悟空当年被如来佛压在五行山下百般无奈。他活了六十岁的年纪，竟随着大姨子的几声哭诉，所有的历史全部改写！他晃了晃沉重的脑袋，自问：我是随便乱搞女人的人吗？

他自己也糊涂了。

六如偈

  大姨子已彻底否定了他是个人的想法，她说："畜生，当初我妈是瞎了眼，才把我妹儿嫁给你！"

  屋子里的气氛紧张、高亢，大有琵琶声越弹越高，趋向断弦的味道。耿土元一句话也说不出。他悲愤地望着兰娣的照片，他倒想让兰娣开开口，来证明一下他耿土元到底咋样！

  可惜，兰娣笑得很花气，抿着嘴，故意不说。

  幸亏耿娟赶到了，说尽好话，才让几个长辈暂时压下心中的怒气。

  耿土元绕道隔河的自留地上，他看见青菜碧绿鲜嫩，韭菜旺盛蓬勃，他蹲下来，粗糙的手指摸在菜叶上，几滴眼泪随即滚落。兰娣走了，没有谁能证明他是怎样的人了！这些蔬菜，吃了一茬又一茬，兰娣有气力时，是她在侍弄，兰娣病了躺倒在床上后，换成他来浇水施肥了。它们看得清清楚楚，他耿土元有怎样的一颗心，这颗心旁边安置的又是怎样一副胆？

  月色也显得有股清寒，河水在月光下一跃一跃，有种说不清道不明的迷蒙。许久，耿土元听见女儿耿娟在喊他，那喊声，一长一短，爸——爸！焦急而担心。他委屈得像小孩子，一时间眼泪簌簌落落。

  房子很暗。黑魆魆的，踢翻了长凳，碰到了茶杯，只有一屋子人的气息，人都走光了，但味道还在，耿土元的心紧缩了几下，感到抽搐后的疼痛。老子活了一把年纪，要他们来管？他突然有了种反击的快感，把压在舌头底下的唾沫喷射出来，狠狠地吐在刚才两个舅子坐过的长凳上。

  什么人？也配来说我？耿土元越想越生气，想到刚才大舅子盛气凌人、不可一世的腔调，简直把自己当成铁面包公了！耿土元一脚踹过去，把长凳踢得老远。他算什么东西呀！常年在外跑采购，一到一个地方就干姐姐、干妹妹认个没完,还带回家,一点也没有羞耻感,大舅子老婆也是睁只眼闭只眼,能怎样呢?得过且过。现在倒是他嚣张了!这让耿土元窝火得几乎想把房子都掀了!

耿娟看他一眼,眼神锐利,他的话就止了。这个家,他只服耿娟。当初兰娣查出得癌症毛病时,他吓得六神无主,瘫坐下来,眼巴巴瞅着耿娟。耿娟是小学老师,说话铿锵有力,做事有条不紊,耿土元依赖这个女儿,似乎也有点惧怕她。

耿娟蹲坐在灶锅前,烧热水,柴火在灶膛噼啪噼啪地响,她还是不提那事。

她站起身揭开锅盖时,一缕头发从额角飘落下来,她的身体呈弧形状,腰部发圆,也有中年发福的趋向了。

她只比李桂芹小七岁。耿土元忽然意识到事实中存在的尴尬了。但他很会自我消化,女儿是女儿,女人是女人,两码事,小锅里的水不会长脚跳到大锅里的。

耿娟冲好了洗澡水,耿土元晕晕沉沉,一脚踏进去洗澡,末了,才发现替换的短裤没拿,又不好光着身子出来,他沙哑着嗓门,喊耿娟。耿娟推门,又不便正面递给父亲短裤,只见那短裤从上方盘旋而来,如同飞碟,可惜耿土元两手没有抓住,落空了,掉在澡盆里,又成了湿漉漉的一条。

他发狠,恨那短裤居然也跟他作对,他一定要娶一个能亲手递给他短裤的女人!

9

小肖还没回湖南,不过快了。那头的女人还有一个月就要临

六如偈

盆,小肖一想到他的亲生骨肉快要从娘肚皮里钻出来,就忍不住要振臂高呼。喝酒!他提议喝酒,要痛痛快快、高高兴兴喝一场!没想到,耿土元很爽气地答应了,这就意味着皮夹子是他老耿来掏,恰巧,老丁做工回来,被老耿揪住了,三人转身就往镇里的小饭馆走。

几杯酒下肚,耿土元心飘忽忽的,饭馆里老板娘来敬酒时,故作风骚,一只手十分绵软地搭在他手背上,他噗噗噗紧跳了几下。他想的倒不是老板娘,而是李桂芹,他觉得,他对她忠贞起来了,外界环境越是凶险,他越要忠贞不渝,来捍卫他和她之间的感情——如果这也算得上是爱情。

他脸红了,为自己的动情。

耿土元想,我是真心要和李桂芹过日子的,回去无论如何要打开天窗说亮话了。

锵锵锵锵!锵锵锵!十一点钟,门被撞开了,三个男人步履踉跄,推推搡搡,满脸酒气。他们三人喝了五瓶泗洪特酿,居然一个也没趴下,那味道,真叫爽啊!

一路上,耿土元唱京剧,"穿林海——过雪原——气冲霄汉——哈——哈——哈——哈!"耿土元尽情地吸着松树那令人陶醉的清香。人,应该是自由的!他有权选择自己的生活。六十岁又怎么了?也许对别人来说,六十早该知天命,得老老实实听从命运的安排啦!他不是这样认为的,他的新生活,才刚刚开始,没有谁能够粗暴地干涉!他是人,是个健康存在的男人!虽然不会像年轻人那样激情,但起码,他需要感情、需要温度、需要气息。否则,他就会像是蜘蛛网上那苍蝇的空壳,一碰就碎,比糠皮还轻,任何时刻都会随风而去。

两个女儿，正坐在客厅等他。耿华什么时候回来的？他自然很高兴，嘴唇牵了牵，但很快，他觉察到了她们脸上的不悦。耿娟眉毛拧成了疙瘩，一副清汤寡水的样子。耿华拉了个钢丝型头发，双手交叉抱在胸前。

小肖打了个饱嗝，上楼睡觉去了，老丁也屁股一转，回他的住房了。耿土元喉咙口似乎有火烧得焦毛味，他手脚用力划了几下，指指喉咙，意思要喝水。耿娟想了想，递给他一个大茶缸。

等他喝净水，落座，谈话开始了，气氛有点沉闷。

耿娟开门见山，问："你们是怎样认识的？她怎样的状况？"

耿土元一五一十，没有偷工减料，也没有添油加醋，怀着对生活的热爱，他叙述得很深情，当提到李桂芹这个名字时，他的嗓音带着甜蜜的节奏感，李——桂——芹，舌尖抵着牙齿，轻快得很。

"就这样。"耿土元摊开两手，看着两个女儿惊愕的表情时，他竟有种从生活底层中跳跃出来的快意。对，跳跃！就像鱼儿挣扎着跃出水面时凌空的那个动作。

耿华推了推架在鼻梁上的眼镜说："她？四十几岁的女人，离过两次婚，心思密着呢！她会心甘情愿跟你这个老头子？鬼才相信！还不是看上你的房子和养老金？"

耿土元说："这你就错了，我们决定过了年就去领结婚证。"

耿娟站起来，倒了些水，慢条斯理说道："爹，你找女人，我们并不反对，有个老来伴，你的生活也充实，我们做子女的也放心。问题是要找个知根知底、年龄相仿的人。你看，我们对那个女人的背景一无所知，离过两次婚，介绍人竟是她的前夫，还住在你家的楼上，这不让人笑掉大牙吗？到时他们神不知鬼不觉把你的东西席卷而空，你还不清楚呢！依我看——索性爽爽气气找个本地阿

六如偈

姨，有个照顾，能过日子，不就行了！"

耿华尖着嗓门，附和着："是啊，就像隔壁秦二妹，就挺不错的！"

她？秦二妹？耿土元习惯性地从鼻子喷出了一捧灰，浑身的鸡屎味，让他和这样的老太婆过日子，生活中还有什么情趣？

耿土元干笑着，问耿华："你开什么玩笑呢？那老太婆尖酸又刻薄，处处打着小算盘，她进门，才是一场祸害！"

耿娟又给耿土元列举了另外几个人选，杏花村，莲望村，夏家桥，赵石基，方圆十里四五个村丧偶的老太婆名字全都报上来。耿土元侧着身，一边用棉签掏着耳屎，然后，将耳屎吹得远远的，慢吞吞说："这些人我一个都不中意。"

耿娟恼火了，声音提高了八度，很不客气地质问起来："你就中意李桂芹吗？你搞过她了？这样一根筋！"

耿土元的脚趾头往后缩了一下。

耿娟忽然也被自己的问话惊吓住了。万一父亲真的碰了那女人，她以此为把柄来要挟，那事情还真没完没了！这些外地人，谁知道会闹出怎样的荒唐事！

耿娟狐疑的眼神再次落到耿土元脸上，耿土元沉默着。他的沉默就像一只地鳖虫，软弱、自私，但又任性、偏执。当年是母亲兰娣屈忍着，为他遮住了种种难以启齿的丑事。想不到，母亲过世了，他脾性未改，依然胡闹着，丝毫不为她们做女儿的考虑。

耿娟看看黄渍渍的墙，母亲在笑，她却想哭了，父亲怎么这么快就把母亲遗忘了呢？还尽给她出难题。

昨晚，她就受了一肚皮的冤枉气，丈夫孙俊回来吃饭，虎着个脸，筷子扔到汤碗里。他反问耿娟，"你父亲到底什么意思？我好歹也是个科长,走出去有头有脸,现在要被他这种丑事耻笑?"

耿娟一口饭噎在喉咙口,吞也不是,吐也不是,脸呛成猪肝色。她没想到,丈夫也被牵连到父亲的风流韵事里了。孙俊原本就对她娘家的人不冷不热,现在更不用说了,眼梢提得老高,一脸的鄙视。

耿娟越想越伤心,呜咽了几声,竟像开闸的水,一泻千里,再也收不住了。

耿华说:"爸,做人不能太自私了,你该替我们想想,总不能——在我们脸上抹黑吧!"

抹黑?我在你们脸上抹黑?耿土元瞪大眼睛往外瞧,就像一只尖嘴鸟被套在鸟袋里。屋里的窗子都关着,有一股许久未散的烟味。

耿华还没消气,又使劲甩出了几张花花绿绿的碟片。耿土元一看,傻眼了,他向楼上小伙子借的毛片,藏在抽屉里,怎么被她俩搜到了?

毛片封面上的几个女人,脱光了衣服,正冲他挤眉弄眼。

10

河面上笼着一层薄雾,耿土元深深吸了一口气,十分酣畅。他骑着电动车,电动车如小驴子,有种欢快的劲儿,这辆车,花了他一千多元钱,他喜欢拧到最快的速度,疾驰,李桂芹就把他的腰抱得紧紧的,他是故意惊吓她,又独独享受起她被惊吓以后的可怜相。

其实,他对李桂芹最满意的地方,就是她从来没问他要过一

六如偈

分钱。钱这东西，谁不敏感？他也不是糊涂人。现在方圆十里，哪个不说李桂芹是冲着他这点钱，才和他老头子过日脚？她的儿子，二十多岁，还未成家，要想在这江南一带落户，没有房子等于是做梦！

在他眼里，李桂芹朴素而优雅，她绝口不提钱字，好像手上有块抹布，会把那种铜钱味道揩得干干净净。她越是这样，他就越欢喜。她的朴素里含着尊严，他要让她把尊严长久地保存。他在枕头上翻来覆去想，枕头也被他头发擦出了一股油耗味，他听见蛙声高低错乱，不知道在吵闹些什么，他想，这世界上的人都不知道我究竟要些什么？兰娣可能明白，但她走了。那么，谁还有权利来支配我呢？我是我自己的。

蒿草丛中飞出许多蛾子，簇拥着，挤在他的眼前，晃个不停，他觉得这些蛾子像极了他身边的人，指指戳戳，成天在胡说八道，他对他们充满了嫌恶。呸！本地人，本地人！他才不要再找本地人当老婆呢！本地人心肠最恶，他们喷出来的口水都是有毒的。

女儿呢？那的的确确是泼出去的水，靠得着什么呢？那夜，他喝多了酒，望着黑沉沉的天，悲从中来，拨耿娟手机，关机，肯定在麻将桌上，怕人打搅。拨耿华电话，忙音，根本就没人接。他靠在杨树根上，呕吐了几次，心想，我要是跌到河里淹死了，也没人晓得，可能要等到三天以后尸体浮起来才会被人发现。风，挺冷，刮在他脖子上，凉飕飕的。天上还残留着几颗星星，似乎也在哀叹他的可怜，他想，人活着，真是孤独啊！

最后，他是拨通了李桂芹的电话。李桂芹夜班回来，摸黑赶到他待着的杨树根前，她瘦弱的肩胛骨撑起他阔实的后背，有点站立不稳。他伏在上面，开始呜咽，他觉得自己活了一把年纪，到头来却像只没人要的狗，蜷缩在荒野里，而她是个好心人，收留了他，给他饭吃，喂他水喝。他双手紧紧攥住了她的胳膊，生怕她一不留神，会突然丢下了他。

这些话，他懒得跟女儿讲了，她们太忙，哪有闲工夫听他扯这些。可能也不会相信。人又何尝不是一只狗呢？转来转去，无非想找一个温暖的狗窝？

耿土元的电动车绕了一个多小时，才到李桂芹的宿舍，不过她人并不在，同屋的人说她去长途车站送人了。送人？耿土元第一个反应是她去送小肖了！醋意顿时像条虫子爬到他眉心，吱嘎一声，电动车向前蹿出百米远。

果然，两个人在车站默立着，耿土元躲在墙角后，暗中观察。李桂芹从随身携带的布包里掏出几件婴儿服和一双虎头鞋，递给小肖，说："你要做父亲了，我替你高兴，没啥送你，这些是我亲手做的，想来你也不会嫌弃。"

小肖斜立着，像株被风吹歪了的高粱，他抹了抹脸，脸有点红，说："老耿是个好人，你和他在一起，应该能享到福了。"

李桂芹看了他一眼，认认真真说："那我更要谢你了！"

小肖有丝慌乱，连声说："同乡，同乡，那么客气干吗！"

耿土元脚底有点发软，心想，我的妈呀！幸亏没说夫妻，如果说了夫妻，他耿土元又算哪根葱呢？

李桂芹又掏出两条烟给小肖，说："这烟麻烦你给我父亲，只是——你千万别跟他提老耿的年龄，老耿是大我很多，但人好，我就贪他这点。人活着，怎样才能算满足呢？"

耿土元平时有点耳背，偏偏李桂芹这几句话滴水不漏淌进他耳朵里，听得他鼻子有点酸酸的。

11

天色完全黑了,鸭子还在池塘里,呱呱呱欢畅着。

耿娟给丈夫放好洗澡水,拿好浴衣,一回头,孙俊的手机响了。孙俊说:"所里有活动,我出去一下。"

耿娟点点头,近乎麻木,她知道活动内容,现在小镇上娱乐业发达得很,男人一律往KTV走,飙歌、美酒、小姐,把她们的丈夫搞得晕晕乎乎。她也好像默认了,他往歌厅跑,她就往麻将桌前靠。说到底,人总有一样东西在支撑填补着生活。输输赢赢,打久了,并不觉得心惊肉跳。有人说,打麻将相当于坐禅,练到最后荣辱不惊,春风秋月等闲度。

时间,真是最好的魔法师,它抚平了人间的忧伤,也淡忘了曾经发生的一切。这一点,耿娟是最有体会的,当时母亲落气时,她眼睁睁看着父亲耿土元向后倒去,那种悲伤,怎么可能是装出来的呢?几十年的夫妻情,十指连心。现在呢?她最怕人家问起她父亲。他倒像周伯通,越老越没记性,越老越糊涂得出了格。

孙俊似乎也因为这件事,看轻了她几分,说话时鼻子里喷气,说:"感情?感情值几钿?"中午,酒桌上恰好说到耿土元,有人就指着孙俊的鼻尖说:"你老丈人挺赶时尚,也属新新人类,真是旧的不去新的哪来?难怪你……"孙俊恼火了,站起来,二话没说,一杯啤酒迎面泼过去,把说话的那人泼得一愣一愣,幸亏旁边的人反应快,劝住了。

孙俊是心高气傲的人,哪受得了一帮鸟人作践自己,因此把火全撒在了耿娟身上。耿娟想，眼不见为净，索性像耿华一样，在上海不闻不问倒也罢了，但她偏偏挨着耿家村住着，方圆十里，哪个不是熟面孔？谁家出了点桃色事件，还不像猴子出把戏一样，要被闲人看个究竟。

上梁不正下梁歪。父亲再胡闹下去，孙俊也就更有资本嘲笑她、羞辱她，然后，光明正大去泡小蜜，那她的家庭岂不是也毁了？

树叶一片一片，开始飘落，落到河里，落到去耿家村的路上。这些叶子黄黄绿绿，根本禁不起一夜风的猛吹。耿娟一起床就感觉头昏恶心，昨夜麻将搓到凌晨两点才收工，讲好十二点结束的，王淑娇不肯，她输得多，一心想翻本，其他人也只好陪下去。耿娟有点心神不定，边搓边猜，她和孙俊会谁先到家呢？结果，还是她先到家了。黑漆漆的房间，摸着门把锁，心也有点寒。孙俊手机关机。最近他的活动越来越频繁，小小一个科长，哪有那么多应酬？前一阵子，耿娟还旁敲侧击，企图用温柔的言语来跟孙俊沟通一下。夫妻之间，沟通最重要了，如果两人仅仅是睡在一张床上，吃在一个锅里，彼此不闻不问，那跟一般人相处又有什么区别呢？

可惜，孙俊只安静了一个晚上，他们的身体暖在一起，像两只氢气球。两人都明显发福了，人到中年，没有了冲劲，只是能歇就歇，何必去拼命呢？孙俊懒洋洋地抚摸着耿娟的胸脯，也没有做那种事的念头。结果，屁股对屁股，睡着了。第二、第三天，孙俊生活一切照旧，说与不说，好像一个样，耿娟立在枝头下，苦苦的，涩涩的，老公毕竟不是学生，可以一把耳朵揪住，让他好好反省反省。

耿娟憋住了，不想让自己叹气，女人多叹气，皱纹也会多生几条。她踩在树叶上，听见窸窸窣窣的响声，这声音细密得很，但让人警觉，耿娟停下来，弯腰捡起一片，掉了两滴眼泪。耿娟想母亲活着的时候，她要忙里抽空，硬是挤出时间，回家给母亲擦身，梳头，喂饭。那时真叫累啊！夜晚两条腿搁在被褥上，都能感觉出骨头里发出的嗡嗡嗡的声音。父亲在厨房里煎药，中药的味道溢出来，闻到最后也习惯了，觉得中药里有股淡淡的香味。母亲看着她，吃力地微笑着，笑容里带着满足。耿娟并不指责妹妹耿华，她是长女，多服侍一下双亲也心甘情愿。所以，那时的日子虽累，却很充实。

现在呢？母亲走了，连同她的生活也空虚了。怎么会这样？耿娟吸了下鼻子，觉得有点不可思议，耿华忙着赚钱，父亲迷恋上了外地女人，孙俊热衷于喝酒唱歌，她却犯上了麻将瘾。这，很不好，她也知道，但身不由己，她能怎样呢？难道把自己关在屋里成天胡思乱想？

12

江南的秋天和夏天连接得那么紧密，就在一片模糊不清的季节里，耿土元穿上了长袖线衣。线衣是李桂芹一针一针织出来的，也不知道她什么时候织出来的。她下班回到宿舍，她还有一大堆活儿，弓着背，锁着眉，在二十支灯泡下一针上一针下做外贸加工活，一直要做到深夜十二点。耿土元替她算过了，一个袖口加工才三毛钱，一晚上撑死了加工二十个袖口，才六元钱，何苦来哉！

她不是这样算的，眼神总是笑眯眯，说："聚少成多嘛！"

房东来收一个季度的房费了，算一算，也要四百五，等于她每个晚上的辛苦活全白做了。耿土元抓住了机会，拼命游说她住到他家去，何必花这个冤枉钱呢？他家的房子空着也是空着，为什么不利用起来呢？二来也省得他每晚摸黑赶路，到底年底大了，有时一脚跨过去，真怕踩到河泥塘里，从此再也爬不上来了。

　　李桂芹犹豫了一阵，她那时的表情，特别像春天到处飞舞的柳絮，有点怅然若失。耿土元唤了她好几声，她才慢悠悠调转过头，说："好吧。"

　　就在那天晚上，耿土元见到了她儿子，挺正气的一个小伙子，眉清目秀，一米八的个头，他喊耿土元伯伯，耿土元胸口被堵了一下，黯然神伤，心想，我要是也有一个身强力壮的儿子，就不会这样孤单了！

　　小伙子叫陈立，中专毕业，在一家乡镇企业办公室管理电脑。

　　别看陈立胡须还没长硬，做起事来却老成持重，有板有眼，他发了根烟给耿土元，下意识带着耿土元来到巷子口，开始了男人之间的对话。

　　陈立说："我妈这半辈子过得太辛苦了！现在，我尊重她的选择，她待人善良，也希望对方能诚心诚意对她。"

　　耿土元连连点头，说："那是，那是。"

　　陈立又说："这次，你请她住到你家去，她考虑了好久，她也不想被人看作是随随便便的人。"

　　耿土元也是个聪明人，哪会等到陈立点穿呢，他迫不及待接口说下去："你放心，过年我就将你妈户口迁过来。"

　　李桂芹搬到耿家村，也算是乔迁之喜，陈立掏出一百元钱，要热闹一下。他们来到小饭馆，老板娘倚在门口，胸脯挺得像刚出笼的馒头，散发着阵阵热气。陈立用手机打了电话，不一会儿，过来一个男人，五十开外，龅牙，酒糟鼻，皮带歪歪斜斜束在毛衣外头，一双皮鞋沾满了泥巴，袜子各不一样。

六如偈

　　李桂芹并不惊讶，站起身，提壶倒茶。

　　陈立的普通话说得比李桂芹标准多了，他做了个手势，介绍道："我父亲，陈国强。"

　　耿土元的大脑瞬间出现了短路现象，他呆呆立了片刻，陈立的父亲？那也就是李桂芹第一个前夫了？怎么这些前夫都生活在她的周围呢？好像关系也都还不错，彼此之间并不像苦大仇深的样子。

　　四个人坐下来吃饭，一人一位。风骚的老板娘还不忘记来敬敬酒，这让耿土元有了一种外援的力量。因为陈立开口一个爸，闭口一个妈，显然他们是一家子，他耿土元搁在中间整个一傻帽。耿土元筷子哗啦滑到地上，老板娘帮他捡起来，捡的时候暗中拧了一下他的大腿，然后撩起衣裙擦了一下筷子，递给耿土元。

　　耿土元惊醒了，他调整呼吸，喝酒！他要喝倒陈国强，喝翻陈国强！这叫气势上压人！他给陈国强斟上满满一碗黄酒，说："干杯！"陈国强酒糟鼻上几根外翘的鼻毛动了动，他面露难色，说："随意吧！"

　　"男人怎么能随意呢？"耿土元沙哑着喉咙说。

　　李桂芹顺势坐到耿土元边上，揿住他的碗，说："你也不要干，你以为你是小伙子，身体要紧。"

　　陈立赶紧打圆场，说："对，对，身体要紧，喝得痛快就行，都不要强求。"

　　气氛缓和下来，李桂芹也不坐回去了，她就待在耿土元身边，夹菜、添酒，有时手还要搭在耿土元肩上，摇两下，耿土元觉得她是故意做给陈国强看的。看来，当年山村里的客栈小老板，生活得也并不如意啊！他跟小服务员结婚后生了两个娃，日子就开始走下坡路，不得已也到江苏来打工。他们那个村上的人几乎都出来了，窝在山村干吗？等着喝西北风？水往低处流，人往高处走，在江苏赚上一年，回老家至少可以花上三年！

　　喝酒喝到正事上了。陈国强也摆出了男人味道，借着酒胆，粗声大气，说："老耿，我陈国强福气没你好，硬是让桂芹从我身边跑了，现在我把她交到你手上，你——今年底——一定要和她去领结婚证！不能糊里糊涂！"

　　陈国强叉着腰，十分粗壮，似乎他代表着正义，说起话来也是那么义正词严。李桂芹低眉顺眼。眼前的状况，很让耿土元感慨，女人的命运啊，正如一片叶子，在湍急的水流里飘来飘去，却不知道归宿到底在哪儿！

　　耿土元把陈国强的酒气当成了豪气，只觉热血沸腾，他也拍胸脯，口齿含糊，说："放心！我耿土元答应的事绝不会当屁一样空放！"

　　回去的路上，李桂芹有些吞吞吐吐，哽了半天还是说出来了，她说："老耿，今天喝酒，你千万别以为陈国强是我叫过来的，是陈立。到底是骨肉亲，这娃惦记着父亲也很正常，做人呐，哪能都那么绝情呢？过去他是太狠心了，但人的心到底不是石头做的，它也会一点点一点点发生变化。"

　　耿土元若有所思，伸出手臂将李桂芹挽得更紧了。路过耿娟的房子，耿土元抬头看了看，耿娟的屋里亮着灯，人影印在窗帘上有点发虚。耿土元看着女儿的身影，竟觉一会儿寒，一会儿暖。他的眉毛耷拉下来，显得心事重重，脚步也飘忽不定了。

六如偈

13

离耿家村不远的夏家桥竟发生了一件凶杀案！处地人租住本地人房子，两家的小孩发生了争执，处地人竟活活将东家小孩闷死，甩在粪坑里。

这血腥事件太残酷了！它让耿家村的老百姓也坐卧不宁，议论纷纷。跟这帮外地人有什么道理可言？他们根本就是法盲，愚昧无知到了极点！村民们开始犹豫了，考虑要不要再将房子租给他们。

凌晨四点多，耿娟还没睡着。失眠，像一只可恶的怪兽追咬着她，吓得她浑身冒虚汗。原因很多，关键还是那件凶杀案，她听得毛骨悚然——她的生活中也被很多不相识的人介入，他们像空气中的尘埃，无声无息，但有极强的爆发力，一不小心，就会把她的世界破坏得不堪设想。

她越想越怕，"咚"的一声从床上跳起。不行！她得去找父亲，她不能眼睁睁看着父亲荒唐下去！

推开耿土元的房门时，她并没有料到房间里正发生着故事。她一脚踏进去，就惊呼着退了出来，脸红得像熟柿子。耿娟逃出耿家村，狂乱的心跳才渐渐地平稳了一点。她觉得她对事态的变化越来越把握不住了，好像谁都很快慰，他们风流快活，逍遥自在。唯独她，惊惧，伤感，而愤怒着。

整整半个月，父女俩没有对话。

耿娟吃不香、睡不稳，天天做噩梦。

耿娟不停地打寒战，她儿子上初中，上学放学都是一个人骑车，如果耿土元有什么事处理不当，那报应不都在她儿子身上？她惊吓得脸色苍白，大口喘气。看来，父亲与那女人是纠缠不清了，她真不愿回想那画面。但人就是怪，越想逃避，它就越像条蛇要往你的心上钻，而且要咬个大大的窟窿，让你哭，让你难受！那天，推门进去，父亲裸着上身，女人留给她的也是光溜溜的背影，然后是刺眼的白。耿娟匆忙收回自己的眼睛，转眼又瞥到地上凌乱的衣服，她的心被重重刺痛！

疯了。真是疯了！

耿娟去河滩边洗衣服，秦二妹蹲在她边上择菜。

秦二妹故意将嗓门压得很低很低，耿娟最讨厌这样的做法了，故作神秘，她很不想搭理。但秦二妹硬要凑过来，还凑到她的耳根边，一字一顿地说："你阿晓得，你父亲和那女人的前两个男人都吃过饭喝过酒，亲热得很哪！小心，他们一帮人就是一个团伙，你父亲是要不过他们的，到时，吃亏受害的是你们小辈啊！"

耿娟沾了一手肥皂泡，泡泡在阳光下闪耀着七彩的光芒，她吹了一吹，说："当心，今晚有暴雨，记得要把门窗关好。"

果然，晚上的暴雨劈头盖脸打下来，一下就是三个小时，耿家村小池塘里的水涨起来，飘满了枯枝烂叶。闪电轰隆一响，恰恰把耿娟家的电视机给打坏了。一缕白烟，"噜"地溢满了房间，焦煳味冲进了耿娟的鼻孔。她神经质地尖叫起来。

征兆！不吉之兆！她忽然对此深信不疑。

早晨，她快快赶到父亲庭院，那女人蹲在墙角刷牙，一嘴的泡沫，她知道耿娟的身份，慌忙立起来想招呼。耿娟勉强笑了一下，就蹩进房屋。耿土元还没起床，靠在床栏上抽烟，房间里烟雾腾腾。耿娟反手把门上了锁，她说："爹，你就准备和她过日子了？"

六如偈

　　耿土元眼睛鲜亮亮。这几天他也在反复考虑，怎样和耿娟把话题挑明呢？他明白女儿的担心，问题的根源是女儿还不清楚李桂芹是怎样一个人。所以，他要竭尽全力把李桂芹的好处说出来。

　　他并不性急，慢悠悠抽着烟，这几个月他的感触太深了！李桂芹的脾性跟兰娣一样温柔，没有火气，做什么事都是为别人考虑，自己吃点亏都不要紧，这样的女人，就是水，滑滑嫩嫩，他和她在一起，也年轻了一大截。李桂芹的双手是闲不住的，把厨房收拾得一尘不染，卧室里更有股温暖的滋味，他耿土元老了，最渴望的就是这家的气息。夜晚，李桂芹温一壶黄酒，他喝一口酒，看一眼在旁做加工活李桂芹，心里就暖一下，他真想跟耿娟耿华说，女儿啊！李桂芹说不定就是你妈安排她到我身边来的，你们可千万不要怠慢她啊！

　　耿土元打定了主意，这年一过，他要陪她去趟湖南，回来就领证结婚。

　　现在耿娟就在眼前，问的正是他所想的，他不紧不慢，让心里话一句句流淌出来，说到深情处，眼泪也掉下来。

　　耿娟不说话，牙齿咬得紧紧的。

　　许久，她说："你干吗一定要领证呢？这样凑合着过过，不就得了？"

　　耿土元瞪大了眼睛，说："那不是非法同居？亏你还是个老师，一点法律意识都没有！"

　　耿娟生气了，冷笑说："你有法律意识？你有没有想过婚姻法里的具体内容！"

　　耿土元张口结舌，一下子愣住了，这些细节他倒没有考虑过，看看耿娟那副自命清高的样子，他就来气，刚才一番情真意切的话非但打动不了她，还拿什么法律条文来唬他，哼！有什么了不起的，明天他就到镇上律师事务所去打探个清楚。

末了，耿娟蛮横地追添了一句："不经过我和耿华同意，你和她结婚，休想！"

"你！"耿土元气得把手边的茶杯扔出去，"哐啷"一声，惊吓到了门外的李桂芹。她来敲门，耿娟不容分说，推开她，风一样疾步往回走。耿娟的眼里蓄满了泪水，她也想哭！狠狠哭一场！

14

耿土元双目紧闭，这是夜间最黑暗的时刻，他猛抽一口烟，吸进了秋蝉衰弱的鸣叫声。

不经过我和耿华同意，你和她结婚，休想！

反了还不成？谁是父亲？谁是女儿？她有什么资格说这种话？哼，说到底，现在结婚程序方便得很，两个人的身份证往婚姻登记所的桌子上一放，谁能阻拦？

那摔破的茶杯又被李桂芹捡起来，用强力透明胶粘好，放在桌子上，他看着就扎眼，耿娟啊耿娟，你设身处地为我孤老头子考虑了吗？人活着，总要活得舒心坦然啊！

李桂芹在被窝里动了动。她并没有睡着。可也不说话。耿土元手伸进来，窸窸窣窣，碰到了她的乳房，软软滑滑。他并不打算摸下去，给她披好被角。

"我女儿是刀子嘴豆腐心，你别动气。"他犹豫了再三，还是说了这句话。

"嗯。"

六如偈

"我俩自己的事,谁能阻止呢?真是笑话,要看她们脸色了!"耿土元愤愤地嘟囔了两句。

"嗯。"

她还是这么一个字。

耿土元发慌了,他不知道"嗯"是什么意思。他俩同居也近有两个月,穿过她沉默的后背,他仿佛看见了小肖、陈立、陈国强三双眼睛,他们虎虎地盯住他,分明在告诫他什么……

耿土元毛毛躁躁,一夜睡得很不是滋味。清早他睁开眼睛时,李桂芹已上早班去了,锅里留着热粥,咕噜咕噜还在泛泡泡。他吃了一碗,反背着两手踱到耿家村的拐弯口时,发现许多村民围聚在一起,谈得热火朝天、唾沫横飞。有人激动得手脚都挥舞起来,也有在树底下暗自发呆。

耿土元心一紧,不知道是祸还是福,伸长脖子去问个明白。

一打听,他的心也高涨起来——因修建高速公路,整个耿家村拆迁。拆迁的原则是按照面积多少提供相应的公寓房。高速公路在这一带呈弧形,穿越整个耿家村,其他相邻的村庄并不妨碍。也就是说,他三间二层旧楼房,可以换上大小两套公寓房。

拆迁工作半年以后要强制执行,红头文件已下到镇里,看来这件事不容更改。这样重要的事怎不让耿家村沸腾呢!

喜悦,像山涧流淌的春水,把他的心缓过来了。耿土元坐在墙根的板凳下,乐滋滋盘算起来。阳光洒着芝麻的香味,为他打开了幸福之门。

他想好了——大的一套,他和李桂芹、陈立住。一家人,热热闹闹,多好!陈立是个不错的小伙子,他打心眼里喜欢。陈立也该到谈婚论嫁的年龄了,将来结婚,就给他腾个新房出来,养个胖孙子,那就更有家的味道了!他耿土元再也不要忍受孤独的滋味,一个人只和自己的影子说话,活着也好像是多余的了。当然,小的那套房子给耿娟和耿华,怎么分配?由她们姐妹俩自己说了算。

他给自己沏了壶茶,好像在招待客人。好,就当个客人,有客人来访:新的基点,新的起点。

他端起茶,慢悠悠地呷上一口。

15

一只小黄狗,整天被拴在耿娟院子里的铁桩上,发出单调而枯燥的汪汪声,听得她心烦意乱。她嫌弃狗,想扔掉算了,可孙俊死活不同意,说狗能带来财运。这不,他屁颠屁颠从摩托车上翻身下来,告诉她耿家村即将拆迁的好消息。

好消息?耿娟倒吸了一口冷气。她对昨天碰到的那个女人佩服得五体投地,她可真有预见性啊!早就预料到江苏的农村会发生翻天覆地的变化,所以三五一伙,合计着找上她父亲的家门。

偏偏她父亲又是个头脑发热、喜欢心血来潮的人,中了邪还没有知觉,一定要见了黄河才算心死呢!

听完耿娟的抱怨,孙俊神情也阴郁起来,他并没有上前抱住疲惫不堪的耿娟,给她安慰,只是冷冷地讥诮,"哼,不赶走那女人,事情有的折腾了。"

他摇了摇身子,像钟摆一样来回挂了两下,又跨上摩托车,留下一股刺鼻的尾气。

耿娟空落落地跌坐在藤椅上。大脑转得很是晕沉,她坚强了几十年,忽然发现自己脆弱不堪,连一片树叶也不如。她顾虑太多,仿佛大都为别人活着——母亲、父亲、丈夫、小孩，一个一个，排着队，结果他们并不领情，走的走了，背叛的背叛，前方是渺茫的荒原。这一场辛苦到底为谁忙？她哀哀地苦笑，像衰败的喇叭花，收拢了曾有的颜色和形状。

不行，说到底她也得为自己争取一份利益！当年盖那三间楼房，她才十七岁，假小子一样，在烈日下，随着母亲搬砖头挑黄沙，眼看着汗珠一滴滴往下淌，湿透了她的内衣。现在，她怎么能随随便便把这份家业拱手送给那外地女人？听凭她坐享其成？她耿娟又怎对得起母亲在天之灵呢？

16

耿土元动了动手臂，忽然醒了。醒来之后，才发现李桂芹并不在自己身边，今晚她上夜班，还没有回家。耿土元听见楼下有声音，有五六个人在粗声大气直嚷嚷，口音都很熟悉。他却并不感到亲切，整个身子如一张弓紧绷起来，借着黑暗中微弱的光线一步一步下了楼梯。

客厅里点着蜡烛，上着三炷清香，兰娣照片下供奉着几盆水果。耿娟面色枯黄，两个多星期不见，她竟然瘦了很多！耿华什么时候也赶回来了？她一脸焦虑地盯着耿娟，问："姐，你乳房上的肿块发现有多久了？"

还有四个人，一字排开，脸都绷得紧紧的，像四大金刚，个个怒气冲天。那是他女婿孙俊、大姨和两舅子。耿土元下意识地去掏烟，但棉毛衫上并无口袋，他的手落空了，就像他的意识，一片尴尬，一头雾水。

那天是兰娣的生日,他却忘得一干二净!他忙着和李桂芹在床上折腾,折腾够了,就憧憬眼前的幸福生活。

他很是羞愧,眼神怯怯地瞥过去,方寸也乱了,他搞不清出了什么问题,特别是看见耿娟的脸黑瘦得脱了个人形,他慌乱中隐藏着惊惧。

"那肿块是恶性还是良性,要到后天才能知道。"孙俊忧心忡忡地回答。

耿娟的泪水哗啦流下来,终于忍不住,哭出声来,说:"妈!你在天之灵,一定要保佑我!"

耿土元脑袋嗡了一下,明白过来。他神色仓皇起来,好像耿娟的毛病与他有直接的关系。果然,大姨子开口了,摇头晃脑说:"妹夫,你做事不能太随心所欲,一定要为亲人考虑!你细想想,为啥耿娟这么快就得病,而且也是妇科病,你的罪孽不轻啊!"

耿华的声音还是那么尖利、短促,说:"爸,没啥好犹豫!明天你就请她出门!"

她?——她特指谁?还用再指名道姓吗?很显然这一屋子人都是冲着她而来的啊!

大姨子说:"瞎眼巧婆已经说了,说她的身上有股邪气,邪里带着恶字,她走到哪里,就会把霉运、厄运带到谁家!你还吃得消吗?"

耿土元眼前有些发黑,他慢慢向门口摸去,看见几颗残星,快了,再过两小时,她就要下夜班回来,而晨曦也将从天边渐渐闪现。

天亮得太快、太猛,耿土元一时有点手足无措,同时一颗心也莫名其妙弹跳起来。昨晚,面对一屋子的人,他似是而非点着头,这头可不是好点的,它意味着承诺,要去兑现,要打开天窗说亮话,把李桂芹请走。他当然心疼女儿,他刚刚失去老婆,怎能眼睁

六如偈

睁看着女儿再染上什么恶疾？三炷清香，心诚则灵，他哆哆嗦嗦，给兰娣磕了三个响头。他再到厨房劈柴点火生炉子，准备烧热水，转身发现一屋子的人散了，都没留一句话，他的泪水涌上来，来回打转。

李桂芹回来，他没吭声，他是个嘴笨的人，三言两语，他说不清楚，只等隔个时辰再提起，于是慌慌忙忙拉上被角睡去了。一夜睡得很累，梦中乱七八糟的人向他发脾气，却看不清面孔。

醒来，发现李桂芹又不见了，可能又去忙田间农活了。

老习惯，他依靠着窗栏，不想起床，把被子掖好，点根烟，脑子还是昏沉的。把电视打开，早新闻，报道着一场诈骗案，主角是个女人，在监狱里蓬乱着头发，黑瘦的脸埋在手掌心，很不愿意被镜头拍摄。耿土元突然坐直了身子，思维中两个点很蹊跷地连在一起，——他怀疑起来，昨晚的一幕，极有可能是经过精心设计的！目的是什么？跟这宗诈骗案一样，钱！——他的两套公寓房！

这样的分析似乎又太过武断，万一不是这样呢？他怎能去怀疑他嫡亲两个女儿呢？尤其是耿娟，她疾病缠身，万一查出来真是可怕的消息，她怎么面对生活呢？耿土元掐了把自己大腿，觉得这样的胡思乱想有点过分。

快过十一点了，李桂芹还没有回来。他忽然觉得胸口很闷，他体内一种器官像是毁了，他第一次有了老的感觉，没有一点力气，没有一丝希望，飘飘荡荡，恍恍惚惚。很多东西在毁灭，他又很不忍心，扑上去，心在痛。是的，很有可能，他的心脏出问题了。

他有气无力，揿遥控器。没有一个节目能中他的意，所有的人，都装模作样说着什么。他算是看透了。

再换一个频道，点歌台，有个披着长头发的歌手唱得声嘶力竭，似乎要把心都抠出来。那首歌歌名叫《私奔》，很暧昧的一个词语，字体大大的，跳跃在屏幕上。

他忽然来了兴致，带上老花眼镜，看屏幕上滚动而出的歌词：

> 把青春献给身后那座辉煌的都市，
> 为了这个美梦我们付出这代价，
> 把爱情留给给我身边最真心的姑娘，
> 你陪我歌唱陪我流浪陪我两败俱伤。
> 一直到现在，才突然明白，
> 我梦寐以求是真爱和自由。
> 想带上你私奔，奔上最遥远纯真。
> 想带上你私奔，去做最幸福的人。

因为耳背，他不断将遥控器音量向上摁，音乐震耳欲聋，把进门的李桂芹吓了一跳，她叫了一声耿土元的名字，他没应。她再叫一声，他还是没听见，她忍不住冲到他耳根边，大声叫唤，"耿——土——元！"

耿土元回过头来，脸庞上亮晶晶的一行热泪，他唏嘘一声，动情地问："桂芹，今晚我也带你私奔，走得远远的，到一个谁也找不到我们的地方，去做顶幸福的人，你看怎样？"

李桂芹听得莫名其妙，"扑哧"笑出声来，不紧不慢说了三个字："神经病！"

刊于《上海文学》2008 年第 11 期
转载于《中篇小说选刊》2009 年第 1 期

六如偈

附记：父亲与我的小说创作

我很少回乡，母亲过世一晃也近三年。说来有点伤感，在老家的屋子里，几乎找不到我童年时代的印迹，它们全被一些外来打工者生活填补、充盈。几对夫妻共同租住，他们大声说笑，烧菜做饭，烟熏火燎，音响开得很大，有时放邓丽君的《甜蜜蜜》，有时唱闽南语歌曲《爱拼才会赢》。

我的父亲，和他们生活在一起，朝夕相处。我父亲离奇的故事，也从这里蔓延。当父亲和我诉说他情感历程时，我保持了沉默。小说可以虚构荒诞，但生活一旦脱离了原有的轨道，便会被认为荒唐，被人耻笑。

说到父亲，我的神经常会在霎时间疼痛起来，不可名状，爱恨交加。正如我在散文《过滤黄昏》中写道的：

"在舔舐了感情的无数伤口后，我悚然发现，原来许多就像萨特指出的——存在即是合理，无论是欢笑还是忧伤的。解读父亲如同解读我的灵魂与血液，亲切而棘手，但不依不饶，无法忽视。"

父亲有一种骨子里的任性，或者说，他在追求人与生俱来的自由感，他单纯的思维推倒了一切世俗的樊篱。在某种程度上，我和他有种惊人的相似：固执，任性，孤独而自负。

父亲的形象常跳到我的小说与散文创作中。有一次，深夜归来，发现父亲竟在翻看我的文稿，他并没有觉得什么不妥，只是脸上有隐约的不快之意。我像一只鼹鼠，在时间的秘密通道里不停地将往事中晦涩、暧昧、阴鸷的细节掘发出来。这种不知疲惫的挖掘过程又像上了瘾一样，明知前路黯淡，但身不由己……

起初，我很怀疑故事的动机。父亲却很严肃地说，她很真诚。我们和父亲躲在隐蔽的角落辩论，揣测整个事情的端倪，我们觉得事情的发展云遮雾绕，很多情况让人始料不及。我们争辩的声音越来越响，后来，父亲哭了，嗓子口被卡住了，他哽咽，继而号啕，说："我要的只是一个最简单不过的家……"

那一刹，我们不说话了。我承认了我们的自私、狭隘和偏执。我们生活的世界交织着重重矛盾与无奈，原因是我们只从单一的方向出发，而忽略了人最微薄的想念、需求与愿望。

于是，在阳光下，世界之音也变得沉寂和稀少。

我开始创作《去做最幸福的人》，现实中的父亲和小说中的耿土元不断交叉重复。他时而沉默，时而激情，时而兴冲冲，时而像被霜打过的茄子完全蔫了。他孤独的个体在现实里冲锋陷阵，迎来的却是误解和讥讽。谁能耐下性子听一个老年人不常态的心灵陈述？

小说的结尾处，耿土元用"私奔"这一词语去驰骋他的自由了，这种飞翔的快感也让我体悟到小说文体的酣畅。在下意识里，我鼓励耿土元私奔，从此他便奔向最遥远纯真，去做最幸福的人，这是一个多么浪漫的设想与

六如偈

意念啊！我甚至在脑海里展开了耿土元私奔后的下一个情节。可是"她"出来了，"她"不紧不慢说了三个字"神经病"，所有的幻想与浪漫也因此戛然而止了。

就像秋天的一条路，刚扫干净，又为枯干的树叶所覆盖。

小说完稿了，也刊发了。我始终没有告知父亲这一事。那天，雨下得有些大，我们把微醉的父亲送到家门口，远远地，看见黑魆魆的村庄掩在夜幕下沉寂，父亲的房间亮着一盏灯。那儿有一种温暖的气息在等待他。

我们似乎也心安了。

天色青青

1

经过公园的时候，郁湖珍挎着菜篮子，结果篮子被扔到树底下。

那里，男男女女欢快地在跳着露天交际舞。

郁湖珍知道自己是个高大丰满的女人，有肉感，不少男人斜眼偷看着。有一个瘦小的男子，颧骨突出，嘴里仿佛含了一颗话梅。他走到她面前，含糊说了一句话，她也没听清。但是这小个子男人做了一个邀请的姿势，她喜悦里有尴尬，还推托什么呢？她跨前。小个子男人的手贴着她身体，他嘴里全是话梅的酸味，脚步也不娴熟，有几脚踩着了她，她小心翼翼往后缩，可是他贴得更近，像一只苍蝇跌在甜面酱里心甘情愿地挣扎着。她知道，她的身体是温暖

六如偈

的，能给人抚慰。小个子男人甚至不敢正面朝她笑，眼神飘忽不定地看着别处，怕一不小心让怀里的这只母鸭惊飞了。明白了这一点，她不再推拒，应承着，尽量将舞曲的点子踩准，四拍子，《甜蜜蜜》，老得掉了渣的舞曲，可是在这样的氛围，她依稀触及一丝柔情和甜蜜。

可是，这公园的环境不够好。树木萧条，新芽还没有来得及冒出，满目是一种苍凉的味道。几条开裂的水泥凳子上蹲着几个神经不大正常的人，木木地自说自话，突然一个急转身，惊得林子里的鸟四处逃散。其中一个旁若无人地站在树下撒尿，把过往的行人吓个正着。音响也不行，喇叭有破窟声——更让她感到恶心的是，舞池里有几对是男人搂着男人在跳舞，其中一个翘着兰花指，扭得肚脐眼也露出来了。

郁湖珍别过脸，这个时候儿子肯定和巷子里的小孩疯玩，这孩子读书不用她操心，玩得再疯也能考个好成绩。太阳晕沉沉地晒在她发红的脸颊上，她都听得见鱼行街喧杂的人声，全是下班的人，自行车电动车钢圈滚在青石板上，"噗啰噗啰"吵个没完。平日里就听得心烦了，似乎全都一副雄赳赳气昂昂的模样。她没钱赚，下岗了，当然也没班上。整天坐在窗户下做些最低级的加过活，修线头，一角钱一个毛衣袖口，盯得眼睛都花了——厨房里水龙头还在滴水，拧不紧，她使足了狠劲也没用。眼看着水滴滴答答往下淌，她只能拿个塑料盆来盛着，好留着晚上盥洗用。窗户关着，有一只瘦小的苍蝇飞得相当乏力，她也懒得站起身。

小个子男人的手在上移，她注意到他长着一副鬣狗形的长脸，眼珠若有哀怨，好像在求她再给他一点宽阔的空间。他摸了她的乳房。她像女孩一样羞涩地笑了，牙齿露了半截，她闻到树林里飘过来香樟树叶的味道。她的身形很大,小男人在她怀里,倒像是她儿子武南。夜晚她搂着武南,反反复复摸他的屁股,滚圆、滴滑。武南已经开始发育,手臂、手掌、脚掌明显都大了一圈,她不管,还摸他屁股,从小时候生出来起就摸了,摸到睡着才算了事。武南的确是在一日日长大,似乎懂得羞耻了,他推开她的手,问为什么他们两个大人都不去找工作?她有些讶异,含糊解释说自己年纪大了,现在用人单位尽挑些花枝招展的小姑娘。他开始不满地嘀咕,说,班上有几个人知道我家是低保户,看我的眼神都异样了——我就不信,像他这样一个大男人会找不到事情做?武南说话口吻俨然是个小大人。郁湖珍诧异地抬头,看见他的脸憋得通红——他知道要面子了。武南被识破后,愈发委屈,恨不得漩出泪花。她上前抱住他,亲他,那湿湿的小嘴唇里裹着一种咸味。

小个子男人如同一只悬挂在槐树上的狐猴,乱挠、乱抓,也乱了她的心绪。她忽然放下脚步,像虚构着一段故事一样想草草结尾。巧得很,破窟声喇叭竟在这个时候彻底坏了。舞池里的人嘟嘟囔囔,一个个意犹未尽散去。她没有和谁打招呼,捡起树底下的菜篮子悄无声息地走了。

郁湖珍当然知道她男人丁顺果去哪儿了。——又出去找双眉弄口头的阿三了,他们轧姘头不是才一年半载的事,时间长得可以跟她儿子岁数相当。阿三看中她男人什么了?又穷,又酸,最多叼烟的姿势露点痞相。她反正麻木了,不稀罕!更甭提爱不爱他了!她随便他来去,深夜几点钟回来她也不追究。他游手好闲,弯点子一个又一个,自己没有正式工作,也不鼓励她去找,说就坐在家里,每月有政府发的最低工资,有救济粮,有爱心基金,饿不死——据说鱼行街拆迁也是早晚的事,快了,也就这一二年吧,一旦拆迁总

六如偈

是先照顾低保户的,文件上说的。他晃着脑袋,踮起脚尖张望着,似乎那好日子眼巴巴地就跑上门了。

鱼行街是该拆迁了!电线像蜘蛛网拉着,性病的小广告贴满了电线杆。这条街上的居民原先是以卖鱼为职业,所以走到哪里,还都能闻到发臭的鱼腥气。一到夏天,苍蝇蚊子满天飞。郁湖珍每天在纱罩旁放一张粘蝇纸,哦哟,早晨起来只看到密密麻麻的蝇头堆积在一起,她颇有成就地将粘蝇纸折好塞到煤气灶火中,"丝溜"一声一股烧焦的尸味窜入鼻孔。

丁顺果会靠在床栏上抽烟,然后拧着眉毛抱怨,你作死啊!引起火灾怎么办?

郁湖珍最瞧不起丁顺果的样子了,整天拎着公文包,抹得油头粉面,好像很有来头的样子,实际上皮夹子里不会超过二百元。他强调自己是在做生意,当然你知我知天知地知,不好让政府知道。阿三或许知道,她却是心疼她姘头,经常倒贴钱给他,叮嘱他买一点保健食品内衣内裤啦。他也不避讳,还脱出来给郁湖珍看,今年是他本命年,买的是印有毒蝎子的红短裤——郁湖珍撇嘴说,阿三就是只蝎子。丁顺果也不恼,捏她脸蛋。她朝他脸上啐了口水,他讪讪笑着,抹掉,两人屁股对着屁股睡去。

郁湖珍埋怨他好吃懒做,十足的无赖相,他笑嘻嘻地,屁股摆得像装了发条的挂钟,然后重重一捶坐在藤条躺椅上,阴兮兮,哼,这社会归根结底就是靠关系吃饭!你看鱼行街的米痴,仗着自己老爹是工商局局长,不用死任何一个脑细胞,照样坐在家里收钱!咱小老百姓累死累活,白搭!

郁湖珍不跟他辩驳。偶尔,丁顺果也会跟她在床上劳作一下,时间很短,可能都在阿三那里耗掉了精力。她望着茫茫黑夜,把睡衣敞开，袒露出胸膛，脑袋尽可能地往后仰，她听见武南在隔壁房间里磨牙说梦话，他在喊：不要逼我——不要逼我——你们不要逼我！

武南时不时会梦游，这让她很伤脑筋。黑夜里他走到客厅里对着台灯撒尿，把她叠好的衣服一件件撒开来，他的眼睛是睁开的，与平常无异，但神情非常诡异，微笑里含着淘气，还有一种不管不顾的专横——梦境里，他听不见旁人的呼喊，如果硬是把他抱住制止他的行为，他会恐惧地朝阳台方向奔去。

丁顺果曾一本正经地交代，武南是他的命根子，好歹得给他养好了。他说话的样子很蛮横。凭什么呀！是你的命根子难道就不是我的命根子，凭什么你对我指手画脚？郁湖珍十分恼他说话的腔调，但又无能为力，正如对自己眼前半死不活的婚姻，她实在想不出有什么更好的办法来改变。

她要去买菜，总得吃饭，一日三餐。她放下手中的活儿，毛衣线头粘得她浑身都是，噗噗噗噗噗拍了一通。出家门时她还忧心忡忡，不知道买什么好，青菜豆腐加少许的肉，武南吃得都厌烦了。换家菜场或许有新花样，就像换个男人或许能过个新日子，她只能自寻开心了——菜还未买，她就碰上了公园春天里第一场露天舞会。

2

武南的脸陷在枕头里，还在睡觉。他听见母亲在厨房转悠的脚步声。有葱花蛋汤的香味飘来。他在梦里踢球，凌空一脚，把巷子里修轮胎黄拐脚的窗玻璃打碎了。黄拐脚骂他小贼坏，骂他父亲吊儿郎当，当儿子的也流氓兮兮。武南一脸坏笑，打了个响指，五六个小孩一溜烟把黄师傅包围起来，狂吐口水。气得黄拐脚挥起手中

六如偈

钢丝钳,恨不得一顿乱敲。武南说,撒!立马小屁孩们作鸟兽散。武南把黄拐脚修好的轮胎用钉子一一戳穿,大摇大摆往家门口走,只听耳边呼呼风声,竟是黄拐角龇牙咧嘴追上来拎起他耳朵直往运河里扔。

妈哦!——武南喊。

妈妈哦!——武南惊惧地瞪大了眼镜,扑通从床上跃起,一头直往墙壁上撞。郁湖珍吓得扔掉了锅铲往卧室里奔。武南乖,武南快醒!武南头上硬生生添了一个红肿的大包,郁湖珍软了脚,抱着武南往怀里放。武南过了好一阵子才苏醒过来,迷糊着问,妈,你抽噎什么呢?

武南穿三十八码的鞋子,上初二。武南有时像小姑娘,心眼细,受不得委屈;有时纯爷们儿,拉大了嗓门八百里行军往前冲。武南眼里最干净的人,一个是他妈郁湖珍,一个是《神雕侠侣》里的小龙女,可是同学们笑话他小龙女都被尹平志那个过,你还拿她当偶像?武南不睬他们,一脸不屑,好像他就是独臂侠杨过。武南感觉自己仿佛就是杨过,他没有父亲,那个活着的丁顺果可以忽略不计。

武南背着双肩包回到鱼行街时,发现电线杆后面的电动车铺,黄拐脚正往涂着强力胶水的轮胎上哈气。武南摸脑门上的大红包,觉得很蹊跷,突然上前,拽住黄拐脚的衣角,嘤嘤呜呜低嚷——你打我!是你打我!

郁湖珍跟黄拐脚解释半天才让人明白了一点,这孩子——梦游成癖。你说,是病吧?还算不上,再长大一些会自行消失。武南现在看上去很安静啊,明亮的眼睛,澄澈地盯着天边一道绛紫色的云彩,那颜色,真少见,像小龙女身上的纱衣,挥过处彩蝶飞舞。

3

　　郁湖珍打开收音机，左拧右拧，终于拧到有怀旧型舞曲的频道。

　　就是这种气息，像水荡漾着波纹一样的旋律，让她有一点点的眩晕。她在读高中的时候，班上举行过几次联谊会，她长得不赖，有幸被男生邀请过，所以在公园露天舞会她的表现算是落落大方、举止文雅。那长着鬣狗形长脸的小个子男人说实话入不了她的眼，她一遍一遍地回想当时场景是因为她被这久违的暧昧氛围给牵动了心。他摸了她的乳房。她坐在藤椅上，将手探进自己毛衣，那里圆鼓鼓的，她使劲揉搓了一下，有肿胀和疼痛之感。她差点失声叫出来，鱼行街电线杆上停着两只麻雀，歪着脑袋好奇地看着她。她手一挥，"噗"的一声赶走了这两只爱管闲事的小东西。嗯，继续。《绿岛小夜曲》蔡琴富有磁性的嗓音贴着她探进毛衣的手慢慢蠕动，她使劲嗅了嗅，有天色刚亮时青草吸足露水挺直了腰杆散发出的草腥气。

　　整个上午她看上去魂不守舍，提着水瓶找水瓶，漫不经心地洗衣裳、扫地，也懒得去做修线头的加工活儿。时间很快到了下午二三点钟，她出门，什么也不带，只装了一串开门的钥匙。公园里人稀稀拉拉，树木仍旧是无精打采的模样，天色混混沌沌，不似昨天明朗。好像一点没有露天舞会的迹象，真怀疑昨天的场景是一场梦！她看见开裂的水泥凳子上，一个大脑袋歪嘴巴男人在冲她傻笑，馋唾水滴下来挂成一条水珠。——别的公园也会有

六如偈

舞场，她念头一转，马不停蹄开路了，运河边的澹台湖公园，视野开阔，空气也清新，果真，还未踏进公园门口，她就听见悠扬的舞曲。啵嚓嚓，啵嚓嚓，好似一只只欢快的天鹅在波光粼粼的湖面上冲天而起。

整整一个星期，郁湖珍在各个公园的露天舞场穿梭，她乘着公交车，每天选择新的场所，她喜欢变化着的环境，柳树的枝头绽开了新芽，飞絮迷迷蒙蒙，迎春花、山茶花、杏花、桃花挨挨挤挤开得满公园都是香味。她身上也有香味，一堆人扎在一起，各种味道都会互相传递。她把自己跳得浑身湿漉漉，这感觉很好，真的很好，她好像恢复到读书时活蹦乱跳的状态。和她搭档的男人，各色人等都有，老的，少的，胖的，瘦的，皮肤白一点的，晒成墨炭黑的，她都一一欢欣地接受了，跳支舞嘛——又不会把你生吞活剥给吃了。事实上她温暖的身体恰如散发着热气的馒头，一曲终了，让舞搭子们忍不住回望。

半个月下来，郁湖珍又归纳出露天舞场种种弊端，比如说，音响很不过关，跳着跳着说不定就喇叭腔了，每个人还都得摊交电池费；舞者素质良莠不齐，有些下流坯存心就是来摸一下捏一下，且将你踩得双脚乱跳；另外，太阳明晃晃地照，公园里观看跳舞的人里三层外三层，指不定有熟人回去告诉丁顺果，其实告诉他也不要紧，她只是怕被武南晓得。

她的念头转得真是快，没有谁怂恿她——那念头有了就有了，无论什么理由也说服不了自己。昨天傍晚急匆匆回家经过水香路时，她眼神一瞄看到了"娱心舞厅"的广告牌，侧耳一听，还真有隐隐约约欢畅的快三舞曲传出。她高跟鞋踮起，差点在马路上独自跳了起来。回到家，快三舞曲仍萦绕不去，那儿应该有一个标准的舞池，灯光影影绰绰，音响设备一应俱全——男男女女衣着高档，他们互相搂着做一场又一场风花雪月的梦。

她打开抽屉，果决地从菜金中抽出二十元钱，心想，去体验一次，也不枉来世上一遭了。

郁湖珍出现在娱心舞厅门口时，两手斜插在口袋里，惶惑地寻找卖门票的人。十元钱一个，茶水供给，暖水瓶自拎。舞池果真如她想象着的一样，旋转着醉生梦死的舞客，一阵阵喧声笑语荡漾着。她紧张又兴奋，手足无措，若有所待，五分钟过去了，没有人注意到她，她垂着手，孤独感油然而生，一屁股跌坐在有高大靠背的沙发里。一个剃着平顶头的男人迎上前，举止文雅，眼里含着笑，很明显他邀请她跳舞。他身架摆得很挺，高度也适合她，手上的力度拿捏得非常准，他让她真正像只天鹅，"扑棱棱"在春天快要消融的冰面上一下子飞向了万里晴空。他自我介绍说他是这舞厅的调音师，姓蒋。

他说，你长得很像关之琳，香港的那个女演员。

郁湖珍闻到他头发里散发着香樟树叶的清香。

他又说，你很有舞感，这种节奏感是天生的，有些人努力了很长时间也学不来，下次来最好穿裙子，旋转起来更有坠感更煞念。

他脸长得很开，眉毛之间的跨度相当大，好似天上的二郎神。他三两句就把郁湖珍的陌生感消除了，然后急匆匆地放开她的手，说，我要去音控室了，这是我正事，如果不妨碍，你跟着一起来好了——

郁湖珍随着姓蒋的男子走进一间单独的音控室，迷迷蒙蒙，似觉有千万朵云在身前身后漂浮。音控室里却是一片宁静。她坐下，欠了欠身，又像要起身，说不清自己想做什么。姓蒋的男子抚了一下她灼烫的脸，把她的手拉到胸前继续说话。

4

　　车铃的叮叮声嘈杂一片。生煎馒头，葱烤鲫鱼，腌鲜，臭豆腐。武南不停咽口水，从书包夹缝里好不容易翻出两个硬币，买了两个小生煎，吞到嘴里一下不见了。葱烤鲫鱼母亲做得很拿手，他能吃两条。只是很少尝到鲈鱼的滋味，历史老师讲了，那春秋的吴王僚就是嗜鱼成癖的人，据说专诸赤身供上鲈鱼时，他就被香味逗引得身体前倾。武南能想象鲈鱼香味在吴王僚眉宇间徘徊的场景，盘中那一尺半长的鲈鱼，身上的热油吱吱地响着，又悦耳又诱人。鱼翅还在左右摆动，鱼嘴还在上下开合。王僚陶醉于美食中。接下去的环节让武南屏住了呼吸——千钧一发，真正是千钧一发的时刻，专诸此刻的动作，非是人的目力所及，几乎是风驰电掣一般，空空的玉盘落入王僚手中，鲈鱼摔在地上打滚，一只雪亮的鱼肠短剑从鱼腹中抽出，已经执在专诸手中。他双膝一撑，手中一个美丽的弧线腾起，短剑只一闪，已贯通了王僚的三层宝甲，穿透了胸背。

　　武南情不自禁地发出赞叹之声，老师目光严厉地盯了他很长时间。武南无所谓，武南在想那鱼肠短剑到底是匕首还是剑？如果是剑的话根本藏不下，那只能是匕首，非常小，超短型！武南在纸上画出了这把迷你袖珍剑，旁边注了一行字：形虽短狭，砍铁如泥。此剑连夜发光。

　　母亲郁湖珍和丁顺果昨晚又吵架了。母亲伸手向那个贼男人要钱，开门七件事，柴米油盐酱醋茶，哪一样不要钱？这是母亲常挂在嘴上的。丁顺果拉下脸来,也不给钱,也不说话,闷闷地喝茶。母亲说,你正儿八经找份工作吧!不要老和阿三那女人搞不清,一晃之间半世人生都过去了,真没滋味。丁顺果鼻子里喷火了,阿三有啥不好?房里的电视机还是她出了一半的钱呢——你们女人整天唠叨些什么?我有我的考虑,再熬一年,这鱼行街统统拆迁,又给新房又补钱,自然有好日子过呢!

丁顺果香烟沾在嘴唇皮上,说话时香烟一翘一翘的。他浑身上下将自己摸了个遍,搜出五个硬币,一排齐整整地叠起来,推到郁湖珍眼前。

母亲捂住脸,哭了。

窗外的野猫咕噜咕噜,传出一长串叫声。层层飞蛾围着黄昏的路灯打转。野猫叫得更猖狂了,终于有人忍不住,推窗,扔下东西吓唬。

阿三个烂货!武南掏出刚才画鱼肠剑的纸张,写了五个字,用笔太重,把纸都戳破了。他当然知道阿三,双眉弄口卖水果的老板娘,整天涂脂抹粉脸圆得像铜盆。她老公好像很早以前就得了小儿麻痹症,缩在家里,也不出门。有一次武南放学回家,听见三四个女人在鱼行街口谈论阿三,说阿三男人那方面肯定不行了——她们嗓音压得很低,武南贴着墙根,像蜗牛慢慢向前爬,耳朵竖起,一门心思捕捉她们的语言,她们肯定接下去会说到他的父亲丁顺果。武南心里噗噗跳,可是一晃她们人影全不见了,巷子几乎是空的,路灯也亮起来了,不算太亮,武南踢着青石板,心里如同打翻了五味瓶。

武南闻到猫尿味,仔细一瞧,湿乎乎一摊就在电线杆背面。他一抬头,看到上面贴着小广告"一针灵,淋必治",顿时面红耳热,浑身竟起了痒。燠热之间，不禁联想到电视里播出的一条科技新闻：雄性老鼠会利用猫尿气味来突显自己的雄性特征，进而对雌老鼠构成更强的性吸引力。

武南冷笑，如果他手上有剑，会先将雄猫下体多出来的一截东西割掉。

5

姓蒋的男子有个敦厚的名字，蒋立平。郁湖珍叫着蒋立平名字的时候，心底很舒畅。他满脸含笑，站在她后面轻轻将手搭在她腰上。郁湖珍穿了条她表妹淘汰下来的裙子，裙摆很大，像荷叶，盈盈叠叠。两人之间配合越来越默契了，快三、慢四、小伦巴，她在他引导下跳得相当投入。刚刚一曲是慢三，《雪绒花》，曲调委婉忧伤，郁湖珍仿佛触摸到自己的人生路是何其曲折与跌宕，可如今蒋立平牵着她的手，他深情款款，将步子拉得十分悠远，刹那之间的对比和恍惚让郁湖珍一下子有了感慨：

管他娘！咚的一声锣声响，不知何处是故乡！

这是舞厅中惯用的顺口溜。她也学会了。她贴着他的脸，身子依着他坚实的腱子肉，舞曲悠扬，自己似乎飘飘欲仙，仿佛在高低不平的人生路上攀援，她终于也体验到潇洒走一回的快感。

接下来，是慢四。舞厅节约成本，"啪"的一下灯全灭了，黑踢嘛蹋，郁湖珍反倒很沉静。他们说过很多话，她知道他比她大四岁，离异，过独身日子，身上收拾得很整洁，裤子笔挺，衬衫领头挺括，据说都是他自己熨烫的，以前裁缝出身。他前妻脾气不好，暴躁，喜欢赌钱，完整的一个家庭就一日日散架了。如今他一个人过日子，倒也无欲无求——这是他的原话。郁湖珍相信,虽然在舞厅上班,他身上没有邪气,对女人亲亲热热但又客客气气,绝没有揩油耍流氓这些举动。偶尔,他的手会抚到她耳际边的一缕头发,动作那么轻柔,像是怀揣着什么宝贝似的。郁湖珍早逝的羞涩、活跃和饥渴,仿佛全被那一缕轻抚过的头发给唤醒了。她放心大胆起来,借着漆黑布景,她把她的生活全盘托出,包括她无赖丈夫丁顺果。

男人喜欢"嗯",一句顺着一句"嗯"下去,表明他在听着。他也开口,但不诋毁丁顺果如何不是,只说你得好好想想,总得要自食其力,我表姐开了个超市,帮你问问是否缺人手。

慢四舞曲特别长,足足有十分钟。他们紧搂在一起,像是一对情人或密友在低语。他的下巴抵到她的眉心,多亲切男人的气息!郁湖珍忽然凑上身去,觉得人和人之间就应该有情有义。

末了,她随他到他的单身住所。八十个平方。五斗橱,落地菊花电扇,旧冰箱一台,饭桌上有一只纱罩,笼着一碗青蚕豆和几片咸肉。一米五宽度的床,床单拉得平平整整,没有一丝皱褶。步步高DVD、音响一套,七成新,搁在床前的电视柜上。蒋立平说还早呢,看会儿碟片吧,说完塞进去一张不知道什么名字的片子。窗帘拉得很密封,他们坐在床沿,眼睛盯着廿四寸小屏幕。那种片子,郁湖珍后来知道统称叫毛片,威力很大,看着看着,郁湖珍和蒋立平如同剧中的人物一样扭到那被窝里,结结实实睡了一场。

起床后,郁湖珍顶着鸡窝一样的头发到卫生间用马桶,马桶旁边搁着一个小台几,乱七八糟堆放着一些男士用品,剃须刀、大宝乳液、领带、几本刊物。郁湖珍感觉很新奇,翻了两页,又急急忙忙合上书。从卫生间窗户往外探,发现原来下面就是一所中学,体锻课时间,运动员进行曲放得十分嘹亮,孩子们像一只只迅猛的小豹子冲来冲去。郁湖珍心一紧,歪七拐八,搞了半天,她原来是在武南学校隔壁的六层楼上和一个男人做爱。

她于是跟他讲,她的儿子武南在这所学校读书,或许人就在操场上疯跑,她踮起脚尖,恨不得将武南的身影从密密的人群中淘到,挖出来给他看一番。但找不见。她翻出自己的皮夹子,里面夹着武南的照片。武南和她一样,双眼皮,酒窝儿,笑起来一双眼睛月朦胧鸟朦胧,十分花气。

蒋立平说,嗯,儿子长得像母亲——将来有饭吃。

然后又问:读书如何?

郁湖珍得意起来,神采溢满了脸庞,哗啦啦说了一堆,突然想起问蒋立平,你的孩子呢?不小了吧?

蒋立平拉开抽屉翻出一张皱巴巴的相片,神色寡淡,说,被他妈带走后,生了一场恶毛病,没了。

6

武南画鱼肠剑的小纸片不慎飘到前排女生李琳的脚底下。李琳眼尖,看见"烂货"这两字就气喘心跳,半天没有将心思定来下做作业,她知道"烂货"特指女人,没有人对着一个堂堂男人骂烂货的。小纸片交到班主任赵老师手上,赵老师大不悦,将武南找来,劈头盖脸训了他一番,她问,阿三是谁?你为什么说她是烂货?你知道烂货是什么意思?怎么可以随便形容?武南慢吞吞地,从牙缝里挤出一行字:我知道,烂货就是跟老公以外的男人睡过觉的破鞋!

嘘——赵老师差点当场晕厥,什么话呀,这孩子脑子里成天装的是什么东西呀!她脸上挂不住了,想,这也不是三两句能做得通的思想工作，得好好找个时间和他家长沟通一下。

　　武南对另一个剑的故事入了迷，那就是干将莫邪剑。莫邪的儿子赤为父报仇，独自背着剑寻找仇人，结果一壮士挺身而出，将他人头取了献给楚王，乘机也将楚王人头割下。故事中最让武南惊叹的是三个人头在滚烫的沸水中仍怒目相向，撕咬攻击着，太有创意和震撼力了！极富神巫色彩。武南看着天边黑沉沉的乌云即将笼罩大地，摆出它那副狰狞的面孔时，迅速在纸上画出一柄长剑，旁边又注了一行小字：削金如泥，吹毛得过，佩在身上已剑气横溢，令人心生怯意。

　　武南跟踪丁顺果的时候，想象着自己就是赤，佩戴着莫邪剑飞檐走壁。他不是寻父报仇，而要弑父解恨，当然能吓唬吓唬他就此罢休也不错！他受不了母亲抹泪，窗户里透出微弱的呼吸声，那是母亲坐在阴暗的角落里叹气，这个房间沉重得让人窒息，而罪魁祸首是他的父亲丁顺果，吊儿郎当，不务正业，靠吃软饭过日子，孬种！

　　他看见丁顺果弓着背钻进水果铺子。光线不是太明亮，父亲猥琐着和圆盘女人阿三搭讪，阿三拧了他的屁股，两人嘻嘻哈哈向里面去。武南张开嘴巴，想喊却又喊不出什么。剑呢？他所佩戴的剑呢？他四处张望，看见铺子旁边斜靠着一根棍子，顺手操起对着一堆堆鲜嫩桃果一顿乱打。如鲁智深拳打镇关西，红的，黑的，紫的，都绽将出来，好爽！等丁顺果拔上鞋跟急匆匆赶出时，武南飞得早已不见了影踪。

　　武南飞回了教室，他是利用中午时间去跟踪丁顺果的，想象着丁顺果蔫头耷脑听那阿三训斥的模样，武南很解恨，他张开双臂，十分夸张地笑了。他对着转过头来的李琳轻言慢语：领略过莫邪剑的魅力吗？酷毙了！

144

六如偈

武南放学回鱼行街时候，发现谁家将一排咸肉用尼龙线穿起挂在竹竿上，形状各异，有的肉表面长有霉花，苍蝇绕着乱飞。咸肉冬瓜汤，再放点虾米，味道应该很不错，武南又在咽口水，不知怎么，近来一直觉得肚子空瘪瘪的。

7

郁湖珍因为经历了不同寻常的一次，做起菜来格外勤快，她花样翻新，十八般武艺都使了出来。小葱豆腐碧碧青，葱烤鲫鱼香喷喷。每天早上还省吃俭用从牙缝里挤出钱来给武南准备一袋牛奶，发育阶段，营养千万要跟上。

蒋立平和他表姐联系过了，一个月以后有个员工合同到期，到时就让她去上班。一个月，这也意味着她还有一个月的时间与蒋立平耳鬓厮磨。自从那次有了实质性的接触后，两人之间的恋情迅速升温，舞厅里且不说，那种环境原本就适合男女之事，就连青天白日下，蒋立平也要将手搭在她腰上瞎摸一番。郁湖珍羞怯怯，总觉不妥，想要抵挡，可他的手臂有力如老虎钳，落到处又柔情似水。她感觉春天的颜色和空气全都展现在她面前，一阵风的扬动，一阵嗡鸣，一种树的气息，都以最美好的方式向她袒露，她为什么不好好地去占有和享受呢？

蒋立平要送她回鱼行街，不好吧——邻里街坊熟人多得是，蒋立平说没事，谁没有一个蓝颜知己呢？正常交往，怕什么？她想想也是，点头了。他们挨着走，手臂和手臂贴着，热烘烘的，似乎要烧起来。昨晚他们在蒋立平八十平方米的空间里，又大展拳脚。郁湖珍发现原来做女人可以这样舒坦，如在湖面上飘荡一番怡人自乐。他满头大汗。窗外的运动员进行曲十分嘹亮雄壮,她想她的武南也在冲锋陷阵,武南长大会很男人,他身上有股霸气和倔脾气。这孩子,竟还对着她说,妈,我不会让你吃亏的!

到了鱼行街,看得见黄拐脚的电动车铺,也看到了臭豆腐摊。生煎馒头油滋滋乱响,自行车电动车丁零零鱼贯而入。该分手了——可是蒋立平要照例吻她,吻别——这意味他们的感情纯洁又缠绵。她窘得两耳发烫,连连摆手,这哪行呢?蒋立平一把将她拉到离人群很远的电线杆后,他嘴唇濡润,凑上来盖住她。郁湖珍两眼眯起,可从眼缝里她瞧见天色青青,像鸭蛋壳上呈现出的一样,有种通体透明的青涩感,似未成年的男子,一清如水。再看天底下的世界草一团一团,花也一簇一簇,着实让人感念生活的美好。

小巷依旧,风火墙的颜色深了一圈,是那种黄渍渍的被剥蚀过的强盗色。水泥电线杆粗壮结实,能遮挡住很多要紧的事情。油锅里寸把长的鲫鱼仍想往外跳,她拿起锅盖,猛地一下将鲫鱼摁回锅中。谁家的门口隔板上养着几盆山茶花,开得欢喜又妖娆。郁湖珍从蒋立平的吻中告别出来时看到的景致极其动人。她缩头夹颈,如一只麻雀跳跃着,匆匆回了家。

武南在画剑。武南有一定的美术天赋,画画儿时线条拉得十分流畅,绝不拖泥带水。武南画的每一把剑都闪着寒光。寒光双刃剑,会应声出鞘——武南注了一行小字。郁湖珍凑上头来看时,武南嬉笑着将纸推到母亲眼前,妈,画得怎样?

郁湖珍点头称好,忽然想起给武南买的两块海棠糕落在蒋立平的房间里了。海棠糕是豆沙馅,上面撒着芝麻、红绿酥、冬瓜糖,是武南最喜爱吃的食品。她却忘记了,她轻轻走到武南身边,俯下身吻了吻他的头发。武南趁机抱住郁湖珍,一只手习惯性伸过来在

六如偈

她胸口乱蹿。母子正打闹着,有人敲门。

班主任赵老师捏着一张小纸片,武南想溜,却被赵老师一把按住了头。武南振振有词地对赵老师说,阿三就是烂货,不信你问我妈!郁湖珍脸上红一阵白一阵,支支吾吾不知道从何说起。赵老师手一扬将武南放了。赵老师是个四十多岁的中年妇女,她大概明白了郁湖珍的情形,娓娓引导:家庭中不健康的因素千万别影响到小孩子的发展,注意他们是在关键的青春期。

郁湖珍张大嘴巴,老师不愧是老师,一下子就指出问题的核心。她眼睫毛湿了一层,阿三个烂货——可怜小小的武南都晓得他父亲的下三烂行径。剑画得杀气很重,字也充满了刻骨仇恨。郁湖珍心里紧了层,不知道他小脑瓜被什么东西缠绕着,怎会有如此念头?

说实话,她对阿三没有特别的愤怒。她只恨她男人丁顺果是爬不上树的刘阿斗。蒋立平说了,对老公要会发嗲,对自己要会享福,关键是自己要有自己的皮夹子,男人女人发生关系再深也不能让钱伤了感情,否则就变得恶俗低级了。很朴素的平民哲学,郁湖珍听着连连点头,眼波荡漾,蒋立平陡然也会生发出一阵羞赧,两人鱼水之欢更是充满了柔情蜜意。

赵老师抬眼仔细打量这个家庭的所有摆设,咳嗽了几声,慢吞吞地清嗓子,说,武南脑瓜子聪明,如果全放在学习上,将来考个重点高中估计没问题。你们做家长的要全力以赴为他清除障碍啊!千万不能让他在混沌迷糊中失了方向。

郁湖珍听出了老师的弦外之音,她的心好似湖底旋起了一股股暗流,而她整个人要被这股漩涡掀翻。她赔着笑脸将老师送走,一屁股坐在藤椅上,凉一阵热一阵,汗津津出了一身。

和丁顺果联系,关机。这死男人连续两个晚上没回家。武南说，妈，你就当他死在外面了！郁湖珍惊讶地捂住他的嘴，哀哀地乞求：小祖宗，可别胡说！

8

武南和李琳发生了争执，是一支钢笔闯的祸，他写作文时用力甩了甩钢笔尖，坏了，一团墨水飞出去，恰巧飞到李琳裙子上。李琳眼圈马上红了，这条裙子好不容易从上海买回来的，刚穿第一天。——武南就是故意的，恨她上交了那张破字条。他仇视女人，他骂女人是烂货，他心里肯定也是这样仇视她李琳的——

李琳一下子在课堂上哭出声音来，非常委屈，接着号啕，似火山爆发，把任课老师也愣住了。班主任赵老师闻声赶来，把两个人全都拎到办公室。武南觉得非常莫名其妙，但也只得耐住气。赵老师问，武南，你还想不想上重点高中？

武南说，你问这句话和整个事情有什么关系呢？我正认真地写作文呢——你知道，我最喜欢写作文了。

赵老师是数学老师，并不领会武南有多少细腻的文学细胞，她继续追问，你脑子里成天想的是什么？你对李琳有意见是吧？恨她揭了你的小秘密！

武南被噎住了，没有回应，眼睛朝着天花板。赵老师说，把态度放端正点，眼睛看着我。武南头颈歪倒一边，故意看窗户外树上扑腾的两只鸟。

赵老师提高了嗓门，你对女性缺少应有的尊重，知道吗？尊重！我不知道谁是阿三，但烂货这个词，辱骂的就是女性！你现在必须道歉，向李琳道歉，向我道歉，向所有女性道歉！

六如偈

向阿三也道歉吗？开玩笑了！武南不屑地说，李琳哭得更厉害了，她堵住耳朵双肩发抖，仿佛武南这话就是在冒犯她。赵老师也惊呆了，他居然当着她班主任的面说如此的话，真是无可救药了！她的脸涨得通红，狠拍了下办公桌，她说，你不用上课了，明天直接到校长室办理退学手续好了！

武南回答得更干脆，不上就不上，老子谁稀罕？

说完，武南如同荆轲在易水边同燕国太子丹一别，非常决绝地扭头而走。他快步穿过校园游廊时，紫藤在架上亮丽地开着一串又一串的花，它们垂挂下来，绊住了武南的头发与耳朵。武南用手捋开，脑海里闪现出刚才写作文时一句话：我们被骗了，汉代后侠客不复，侠客精神不复，而宋代之后刀剑归库，民间不藏。

武南撞到了巷子口修车的黄拐脚。黄拐脚电动车铺左上方挂只鸟笼，里面养了只画眉，画眉鸟一早上还活蹦乱跳的，中午黄拐脚到对面快餐店吃了个盒饭回来，就发现它直挺挺躺下了。黄拐脚汗津津的，正对着空荡荡的巷子骂娘，武南闯出来，小赤佬跑得满面通红，古古怪怪。

黄拐脚一把揪住，小贼坯，慌张什么？

武南不想跟他辩解，但黄拐脚的手像老虎钳，夹得让他动弹不得。黄拐脚说，人家都在学校读书，你出来做啥？莫非你想动什么歪脑筋？

武南嫌恶地冲他吐口水，要你管？黄拐脚突然将手指戳向笼中死去的画眉，狐疑地说，画眉鸟是你弄死的？你跟它有什么仇！

武南诡异地笑了，他走上前，拎起画眉鸟的一只脚，真死了？怎么会死的？他忍不住十分夸张地笑开了，像电视里周星驰的那种笑声——黄拐脚怒气冲冲，上前就一巴掌，小贼坯，弄死了我的鸟还笑得出口，我让你笑——

黄拐脚准备扬手打第二巴掌的时候，武南像头小豹子发作了，他将头低下狠命冲到黄拐脚腰间，抡起拳头在他胸腔中间乱搋。黄拐脚被顶到墙壁上，他顺手将案板上的一把钢丝钳操起，正要施力的时候，被一双手按住了。抬头一看，是个剃平顶头的陌生男人。

男人说，欺负小孩，你还有理吗？

武南眼泪鼻涕挂了一脸，但没有要擦的意思，发狠说，你的鸟就是我弄死的，怎么啦？你准备也把我弄死，来偿你的鸟命？

平顶头男人拍武南的后背，推推搡搡，带他到水龙头边洗净脸，说，这也不是你的年龄说的话，换了我也会生气。告诉你一句话——好汉不吃眼前亏，好好回家，该干吗干吗！

9

武南垂着头懊丧进家门的时候，郁湖珍正在抚平床单上的皱褶，她头发刚刚盘起，颈脖里的皮肤白中透红。郁湖珍没有预想到儿子会在这个时候回家，先是讶异，臊红了脸，接着发现儿子脸面上乌七八糟一堆，顿时慌了手脚，急忙将他拉到怀里，问怎么了？武南伏在母亲的臂弯里哭得上气不接下气，但不知道如何说起。郁湖珍心里发毛，怕中午和蒋立平在床上的孟浪被武南瞅见了——但情形不像，武南仍在向她胸口拱，他的手碰着她的乳房，如同沾着强力胶水取不下来了，他的脸蛋上淌着泪珠，抽抽噎噎，可怜的，她抱住他，轻轻揉搓他的头。

手机响了，是丁顺果的声音，这个死男人一个星期没见影踪了，她懒得搭理，但这时候来电话，不免有点心惊肉跳。今天她原

六如偈

不想带蒋立平回家的,两人跳了一场早舞,浑身湿漉漉的,她想回家换身衣服,他笑眯眯地跟着她,七拐八弯,穿过弄堂时,黄拐脚的画眉鸟叫得很欢,"咎——咎——咎——",蒋立平说它想要只雌鸟好求爱呢!她轻手轻脚开门,窗帘被风吹拂起来,她下意识明白此刻是整条鱼行街最安静的时候。

你个瘟女人——怎么管教儿子的?丁顺果破口大骂,声音比破窟声喇叭还要难听。郁湖珍脑子里轰了声,并不知道怎么回事,于是犟着嘴作答:你是恶人先告状呐!

十三点!丁顺果继续骂人,武南要被学校开除你知不知道?你给我先看着这臭小子,等我回来收拾——手机挂了,只剩嘟嘟嘟忙音。郁湖珍茫然地转过身看武南,他迷迷糊糊趴在床上,又累又乏的样子,似乎要睡着了。

对呀,她还没问他,怎么好端端从学校里跑出来呢?郁湖珍晃着脑袋,猛吸一口气,吸得整个上身鼓起来,才好像清醒了一点。她立起来,屁股有点发麻,正午的太阳有点刺眼,从窗户口斜射进来,落在武南脸上。他嘟嘟囔囔地自言自语着,郁湖珍一个字也听不懂,——她根本不想费心去听,他已经睡着了,开始说梦话。

武南梦见日光西沉,余晖映入斗室,地面拉长着的,是刀剑的影子。旧木交椅和茶几古色古香,木纹黄褐浅黑相间。茶几上一瓶酒、一只杯、一张巾、一把剑。他向后退了一步,他从来没有发现如此接近完美的剑,它寒光四射,剑身肌里精美,上面还有无数细密的花纹似云雾缭绕,有一种流川一泻千里、直达剑尖的威慑力。

武南敛声屏息,几乎不敢相信自己的眼睛——莫非这就是魔兽世界里巫妖王的"霜之哀伤"剑?最近几周,他一放学后就到网吧玩魔兽世界的游戏,这里的战争太富有现场感和刺激性了。他几乎是迷恋上了。他也喜欢王子阿尔萨斯，王子拿起这把被诅咒过的"霜之哀伤"后，获得了力量，却变成了一名死亡骑士，他弑父夺位，掌控了洛丹伦王国，成为新的巫妖王。武南为此十分纠结，但没有办法，他必须和网络上并不相识的二十四人组队合力攻击巫妖王。歇斯底里超现实的气氛让他心跳加速，有人倒下了，也有人继续挺身而上，他握住鼠标的手在发抖，两眼喷火。而"霜之哀伤"势不可挡，它拥有着强大的邪恶力量，诱惑和腐蚀着一个又一个斗士。

武南虽然接触魔兽世界时间不长，但已经成为一个很好的首领，尤其是率领二十四个不认识的人一起将 boss 轰打得灰飞烟灭时，一种只可意会不可言传的兴奋感让他忍不住想大叫一声。

武南正凌空穿越茫茫天空时，忽然，蹿出一个怪兽，一口咬住他的脚直往水里拽，他拼命挣脱，可是水呛进他的鼻子、嘴巴，他极力呼喊时——被重重的一巴掌击醒了，睁眼一看，却是父亲丁顺果。

丁顺果气势汹汹，不仅如此，他手上还提着一个扫帚柄，他一把扯下武南的裤子，结结实实捶下去。武南感觉屁股上顿时有了一股热辣辣的伤痛感，他挣扎着爬起来，可是丁顺果按住他的手，"嗖"的一声又打下去。屈辱和痛苦占满了武南所有的空间，这种卑俗猥琐到极点的男人居然能打他？还理直气壮地打他！武南压紧了牙关，绷紧肌肉，好，你有种再打，我早晚有一天用剑劈死你！母亲扑上来了，扑在他武南身上，郁湖珍在声嘶力竭地哭，你想活活打死他吗！他犯了什么天大的错？要打，你就先打死我好了！

丁顺果朝墙壁吐了一吐痰，他妈的——全是你这瘟女人教的——是不是？阿三是烂货，不是你教的，他会想得出说这样的话？我平日里怎么跟你说的？全忘了，是不是？——让他读好书，读好书——现在班主任来电话说学校要将他开除！

六如偈

丁顺果越想越窝火，真的一扫帚柄砸下去，砸中了郁湖珍的后腰。她面色苍白，晃了两下，武南接住母亲的身体，软塌塌的，丁顺果蔫了，惴惴问了句，没事吧？

那个午后是武南来到人世十六年里感觉到最为耻辱的一段时辰，他梦境中的余晖血牙红一团正以妖艳的颜色泼洒在他眼前。"霜之哀伤"不翼而飞，他的母亲瘫软在旧木交椅上，刚才还穷凶极恶的男人拔腿跑了。日影斑驳，而他的屁股辣花花地生疼，每走一步，他都得用尽全力。——谁欺辱了他？

士可杀不可辱。他悲愤地掉了一行清泪。还是母亲疼他，躺了一会儿爬起给他做晚饭，葱烤鲫鱼、鸡蛋汤。母亲说，吃吧——吃了明天去读书，我陪你去——你得靠它翻身立命。

第二天清早郁湖珍卑贱地站在班主任赵老师面前，一个劲地说，对不起——。武南去拉母亲的衣角，她依然固执地说那三个字。赵老师明显缓和下来，她笃悠悠地喝水，一会儿点头，一会儿摇头，最后，她叹了口长气，转身慢条斯理地跟武南说，学校会随便开除一个学生吗？这只是手段而已，希望你吸取教训，把心思放在学习上，别再想那些乱七八糟的事了。

武南木然应了，他只是难受母亲的低三下四。李琳在偷眼瞟他，眼神里却有种羞愧之色，武南只当没看见，装腔作势什么呀，以后也不是什么好货色。他坐在教室椅子上，天马行空神游。

10

疼，郁湖珍感觉到疼。后腰上一片赤紫，要拍片、吃药、休息。郁湖珍躺在蒋立平一米五宽度的床上时，忍不住放声哭出来了,把自己哭得空空荡荡。蒋立平伸出手给她揉,越揉她的心就越悲伤一层,原本下周就可以去超市上班,现在好了——

蒋立平将电风扇开大一档,他烧了菜,毛豆子炖猪蹄、炒腰花,吃什么补什么,医院也是他陪着去的,他拎着一袋子药,像是个尽职的老公。他说,不着急,我跟表姐说一声,你再休息几天上班。

郁湖珍好不容易挨到上班的日子,齐整整地将自己收拾一番,去超市干活了。蒋立平说得对,女人也要经济独立,一个月拿1200元,薄薄的几张钞票,但足够让她欣慰。她后腰伤处的颜色已经恢复正常,但只要一碰到,总觉得有股隐痛。那死男人头两天还装模作样看了看她伤处,后来脚底抹油又往阿三那去了。最近又涎着脸讨得一个晚上欢娱后,他就呼噜呼噜打鼾到天明,清晨,他通报了最新消息,下个月——下个月,街道办的人就要来和每家住户签字画押,办理拆迁事项。

我们能拿到80平方米的经济适用房,这什么概念啊?现在的房价,你攒了一辈子钱也买不起!丁顺果对着镜子梳他几根稀稀落落的头发,忍不住继续数落。我为什么要痛揍武南?——读书的心思要摆正,咱们家我小事不管,大事一本账却清楚得很。你女人头发长见识短,别再叽叽歪歪!街道办一来人,你一定要第一时间跟我联系。

说罢他束好皮带,拍拍屁股上的灰,抬脚走人。郁湖珍盯着他逐渐消失的背影,怅然若失,呸!她一点也不稀罕这男人,两相对比,她已经明明白白感觉出蒋立平的好,昨晚她就梦见她和蒋立平成了夫妻,脚底下全是汪洋大水,他俩手挽手在菜市场买菜。他说买只乌骨鸡给她补补,她攀着他的胳膊舍不得放开。飞来一张地毯,两人坐上去,飘飘忽忽,一会儿就到了住所,宽衣、解带,先

六如偈

来一番欢爱,她亲昵地称他是"欢欢",而自己也得了"爱爱"这个美名。

她表达过这种意思——她想离婚,只不过懊恼的是蒋立平依旧对她好,却绝口不提婚约之事。他五斗橱里有一双绣花拖鞋和一双皮拖鞋,女式的,洋气又精致,能想象出当年是怎样一个涂着指甲油的女人整天拖着它踢踏踢踏地走,但绝对不是他前妻。郁湖珍翻他的抽屉,进口打火机、春宫挂历、韩国指甲钳,什么都有。他洗完澡后就会拿起指甲钳,小心地修剪指甲,DVD里放着邓丽君的歌——"你问我爱你有多深,月亮代表我的心",甜蜜又忧伤,月色朦朦,蒋立平会跟着旋律哼上几句,浑厚、低沉的嗓音让郁湖珍默不作声。

郁湖珍感觉得出蒋立平对婚姻的念头是很淡的,一旦习惯了单身,他就不想去打破原来的格局。他甚至教唆她怎样对丁顺果恩爱和睦,怎样把家庭料理起来。他和她齐头躺在席子上听着电风扇喀拉喀拉转动的响声,目不斜视,他将手枕在头下方,说,嗯——好好地,把日子过下去。

郁湖珍眼里含着一汪泪,在它没有滚出来之前她赶紧用手掌揩掉,一个翻身,紧紧抱住了蒋立平。

蒋立平却是腾出手抚她头发,从上到下,轻轻柔柔,满含着怜爱。他的嘴努过来,眼珠墨黑,不知道想些什么。电扇仍在头顶上方匀速飞转,她听见他的心脏怦怦跳得也很匀速。一会儿,他起身,说,你再歇息会儿。她听见他在厨房里锅碗瓢盆忙开了。丁顺果结婚至今是从没为她烧过一顿饭的。她欢喜里叹着气,想,人比人会气死人的,我还是不要再比了。

蒋立平将白煮的草虾一一去了壳,放在调好的醋碟中,待草虾入味后，再一一攃给郁湖珍吃。

11

冗长的蝉歌和杨树叶呼啦啦的声响没有把武南从梦中叫醒。他梦见了李琳，李琳穿着一条好看的碎花连衣裙，简洁干净，胳膊上的汗毛在阳光下闪着亮晶晶的光芒，李琳在帮阿三往篓子里装苹果。武南紧张地咽了下口水，躲到墙角后。可李琳的裙子太诱人了，风一刮，裙摆飘过来把武南的眼睛都蒙上了。他眩晕着，往后倒退，嘴里还在嘀咕，她们俩怎么会凑在一起？奇怪，那一刹，他对李琳一点也不记恨，他看见李琳脖子里挂着一串星星组合在一起的饰物，一闪一闪。李琳仿佛看出了他的心思，一脚跨前，她的手伸出去，去摸武南的胸脯和下体。李琳的那串饰物，撞在他牙齿上。啊——武南叫出声来，流氓！流氓！——流氓！武南羞耻极了，他本能地抗拒着。阿三在不远处吃吃地耻笑他。武南转过身，他捂着耳朵抱头鼠窜，内心无比悲怆。

武南从床上一跃而起的时候四肢仍在挥舞着，他撞翻了椅子，也踢倒了垃圾桶，神色仓皇地在客厅里乱窜。郁湖珍正拎着一包蔬菜开门，她听到了屋里的动静，惊吓得魂飞魄散，肯定是武南又在梦游了。慌不迭丢下手中东西，武南已经把自己脸部撞得乌青，他说着一串谁也听不懂的话，呜咽着。

武南——武南——郁湖珍急呼呼拍他手掌心，挠他，抠他，武南才渐渐苏醒。

武南醒来后，并不和母亲多说话。他闷闷地坐了半个小时，就出门了。星期六的鱼行街慵懒散漫破败，也好像刚刚从种种幻象中

六如偈

疲惫醒来。太阳很毒，街面有一股烟毛气。老人在树荫下摇蒲扇，揩汗，吃冷开水、大麦茶。收音机里评弹仍在唱，有气无力。几个赤膊男人挺着西瓜肚，恨不得要剥皮。黄拐脚像个浑身喷水的水龙头，汗一股股往外冒，他手上乌漆麻黑，瞧见走过的武南蔫头耷脑，喂了一声。武南好像听见了，也好像没听见。黄拐脚又叫了一声：喂——。武南慢吞吞转过身，黄拐脚用水擦净污渍渍的手，递给他一双塑料凉拖鞋，新的——他含糊其辞地说，送给你，那天我火气太大，其实鸟怎么死的关系都不大，天气这么热，总有东西要死的。

武南没有接拖鞋，也没答话。他瞧见不远处阳台的竹竿上晾着一条碎花裙子，在风中晃啊晃的，他脸上的肌肉抽搐了一下。有一个身强力壮的小孩抢掉另一个孩子的雪糕，彼此用恶毒的语言辱骂着。武南快步走，拐角处音响店放着震耳的音乐，几个小混混叼着香烟吞云吐雾。武南若有所思羡慕了几分钟，又朝前走。一个妇人，邋遢地抱着几个月大的婴儿坐在树下的石凳上歇息，婴儿哭将起来，妇人撩起薄薄的一层衣服就喂奶，天哪，黑乎乎的一团乳晕将武南惊得毛发根根竖立。阳光里到处有浮尘在跳跃，无数粒，像子弹一样撞击着武南的太阳穴。

武南立在原地，一动不动，很久，才有勇气面对这烫得发热的街头。空气中依然回荡着喧嚣声，像热气腾腾的烟雾慢慢渗入他的身体。他的胃开始翻腾，耳朵里嗡嗡作响，他撒腿奋力奔跑时感觉到鼻子里在流血，他已经闻到血腥味儿了，他抿了抿嘴唇，把舌头伸出来，舔着嘴唇上的血。

这血十分像剑刃上的血，晶莹、透亮，泛着夕阳血色光芒，它微微颤动，又悄然滑落。一定是"霜之哀伤"在挥舞！它青光耀眼，寒气逼人！——武南疾步穿越鱼行街时猛然醒悟到自己就是骑士,他手上正持着一柄坚韧锋利的"霜之哀伤",霍霍霍霍一路冲杀着,——小心——闪开!武南一路默念着:我就是王子阿尔萨斯,阿尔萨斯就是我!

12

武南做好了准备,如果丁顺果再对他和母亲动武,他就扑上去,毫不客气刺他下身的那个东西。那家伙已经藏在他床头的抽屉里有一周了,双刃剑,两边逐锐,头尖而薄,他好不容易央求他一个铁哥们儿从家中偷出来的,哥们儿说了,英吉沙小刀,特别酷!武南只说他喜欢刀剑,喜欢得要死了,要一睹真容,要亲手抚摸它,这样便是死也无憾了。

最近几天,李琳看到武南后低眉顺眼特别乖巧,她主动借给他笔记,给他苹果吃。武南怀疑那是从阿三水果铺里拿出来的,嗡了一声,狠狠啃下去。李琳说,五班有个女生特别喜欢你武南,要我来传话。武南刚啃下去的苹果差点噎在喉咙口,喜欢我?

——嗯。李琳的声音低弱得几乎听不清。她说,五班女生说你身上有种桀骜不驯的帅气。

×——武南口头禅又冒出来,李琳早有承受之力了,她微红着脸,转身伏在桌子上开始假用功。武南昂头出了教室,口袋里藏着几根烂灰灰的香烟。他走到鱼行街电线杆后,嚓的一声燃起了火,他手插在兜内,叼着烟,将视线往远处抛,在这样一个黄昏,他看见天空上的云层呈现出鱼鳞状,橘红色的,一大团一大团。

母亲上夜班,要十点钟才回来。临走时给了他七元钱,叮嘱他自己去吃份快餐。说吃完了别在街上瞎转悠,赶紧回家复习功课。

六如偈

　　武南喜欢自由空旷的感觉，他迫不及待走出鱼行街，拐弯到了空空如也的公路边，遥远的山脉在天幕之下，鸟儿叽叽啾啾，一会儿迅疾向远方冲刺，这很像他的心情。天还没有完全黑，焦黄、干燥，如同一张被岁月烧烤的纸，盖着他的头上方。他想象有了一匹马，纵身跃上，腰佩"霜之哀伤"，虎虎生风，迎着天际线狂奔。

　　结果，他碰上了一个女人。女人开着一辆三轮电瓶车，车子上装满了苹果、梨、菠萝等各种水果。货太多，车子压得几乎变形，加上车速又快，左拐弯的时候，一条野狗从马路边蹿出来，胖女人惊吓得整个人从电瓶车上飞了出去。她那张抹得像铜盆一样的圆脸卡在绿化带里，哀哀地号哭起来。

　　阿三！那女人就是阿三！武南虽不能百分之百地确定，却也有八九成的把握，好像就是她，那圆脸，那肥硕的屁股，与他一个月前在水香街偷眼瞧见的并无两样。

　　武南发现她粗壮的双腿呈外八字形。他想，丁顺果就喜欢这长着浓密粗毛的腿吗？她在号哭，乞求的眼神看着这个十六岁的少年。她不知道我是谁？她活该！自作自受——武南想到了米其林轮胎，他看到对方的肉身在下坠，她好像出血了，额头上已经挂彩。苹果、梨、菠萝滚了一地，五颜六色，如同开满鲜花的草坪——她在呻吟，仿佛深夜里拂过的莫扎特的小夜曲。他想走过去对她恶狠狠地说，报应！报应！你如今的生命就像一片血纸，四仰八叉地躺在人间，然后等待黑夜死神的来临吧！

　　武南走过去，一句话也没有说，他从她摔得很远的手提包里翻出了手机，拨通110。这个女人太沉，他根本搬不动，只任由她哼哼唧唧，他的表情开始变得严肃，远远地听见警车的呼啸声后，他就像一只敏捷的猿猴蹿出很远。他骑上他想象中的骏马，狠抽一鞭，奔腾而去。

　　天整个儿沉暗下来。一连三个小时武南都在街市晃荡，他吃了一碗爆鱼面，抽了两支烟，又在报廊边停下，煞有介事地读了十分钟的新闻，呸——那些事情真的还是假的？真真假假，谁也分不清了，武南的嘴角挂上一丝捉摸不定的冷笑。还有一个小时。他去了网吧，在虚拟的冰冠堡垒上，继续和素不相识二十四个玩家合力攻打巫妖王。

　　夜深了，武南踢着一块石子朝前走，鱼行街由原先的喧嚣渐渐恢复了平静。

　　他在想，丁顺果死哪儿去了，他既不往家里跑，也不帮助那个女人运货，他乐享其成，成天屁颠屁颠晃悠，他简直是可鄙，可鄙到可以消失的地步了！武南蹩进巷子贴着墙根撒尿，尿液浇在墙上酣畅淋漓往下处游，很像一条蛇。武南颤动着扶正他的小东西，继续。

　　忽然，耳根旁传来窸窸窣窣的声音，他扭头一看，一男一女扭在一起走路，几乎看不见谁是谁的身形。他赶紧把脸别过去，拉上裤子拉链，对着墙壁上的蛇形致了个敬礼。

　　他小心翼翼再转过脸去，发现那对男女藏在刚才他吸烟的电线杆后，他们嘴对嘴接吻着！武南脑子轰的一声被炸响了，墙脚跟的蛇也以迅雷不及掩耳之势蹿到他跟前，邪恶地吐着蛇信子。他看见男人的头拱在女人胸脯里，月色很白，女人的乳房都被撩出来了，白得比阳光耀眼，比牛奶柔软。

　　武南怔住了，很久的一段时间，他感觉自己就是田螺里的一坨肉，谨慎地趴在贝壳里，收缩着浑身的肌肉，疲惫不堪。他又忍不住探出头张望，女人在呻吟，男人越发大胆了，他还想干什么——武南想，再看下去他要崩溃了，因为他身体的阀门正在被洪水冲撞。他费了好大劲才使自己默然对着墙壁屏息。对面没有更激烈的声响，一会儿，男人拍拍手，转身走了，他的影子投在鱼行街的垃圾桶上，变形了。

女人在往前走，往他武南回家的路上走。她往前五步，武南也往前五步，她拐弯往前五十米，武南也拐弯往前五十米。她掏出钥匙来开门，武南恍惚疑虑着，武南想这是梦，是梦，他在梦游，这不是真的，他大口大口地憋着气，忽然趴在墙壁上热泪纵横。

约莫过了十分钟，武南才拖沓着脚步回屋，他对一脸诧异的郁湖珍说，我刚才去游戏房了。郁湖珍一怔，有些愠怒，但也只是匆匆忙忙口头批评了几句，然后就忙不迭催他睡觉，他说，我想跟你睡——郁湖珍心无芥蒂地拧儿子耳朵，多大了啊你？他面无表情继续要求，说着他爬上了母亲的床。

13

当晨雾还淡淡地萦绕在月亮上，尚未完全消退的时候，郁湖珍起床了。她提着菜篮子，在他耳朵低语了一句说，星期天，你可以睡个懒觉，我去买菜——话未说完哧溜不见了人影。武南睁开眼，他眼清目亮，他就是阿尔萨斯，统一洛丹伦王国，整个王国都使用剑。他的一柄，"霜之哀伤"，正静静躺在他床头的第三个抽屉，他取出，轻轻呵了一口，发丝飘成两段。他身轻如燕，一会儿就看见了他的母亲郁湖珍。

郁湖珍立定脚跟，左右张望了下，就侧身拐进一个破旧的红漆木门，上楼，楼梯吱吱嘎嘎发出响声。武南顺着她的背影潜入，他看到一个超大红箭头——娱心舞厅，向上，再向上，他听到舞曲了，妖娆、鬼魅，像女妖在施魔法。武南掐了下自己大腿，提醒自己要警戒。

　　武南的"霜之哀伤"佩在腰间，擦着他的髋骨，他伸出手指头挪动了个方向。他藏在天鹅绒窗帘后面。舞池里空空荡荡，没有其他客人，他母亲手上的菜篮子早已不知去向，她正不知羞耻地偎依在一个男人怀里，随着音乐的节拍还在往前移动脚步。男人就是昨晚的那个男人，他的头凑在母亲的耳朵边说着什么悄悄话，母亲笑得花枝乱颤。武南在费力思索，他好像在哪里见过他的——平顶头——鱼行街——正午——从他的家中出来，从他母亲的身体上下来……

　　诺森德山脉起伏，上面白雪皑皑，沉寂了几千年的冰雪在太阳下发出耀眼灼人的光芒。他是阿尔萨斯，力敌千钧，无人能及。他终于将瑟瑟发抖的肩膀控制住，吸足气，拔出"霜之哀伤"，向着母亲的腹部一阵猛戳……平顶头男人醒悟过来，去夺他手中的利器时，武南又成了巫妖王，用邪恶的"霜之哀伤"一阵狠刺，男人躲闪着，并不以暴力还击。

　　男子像狗嘶叫了一声，熄火了。武南捡起利器，跌跌撞撞跑下台阶，他穿越红漆木门，奔跑在鱼行街的青石板上，奔跑到空旷的马路，他看见那些花花绿绿的苹果还散落在绿化带里，只不过已经摔得稀巴烂。

　　武南从来没有梦见自己是在梦中，这回他确信是在梦中。晨雾里每一样东西都显得玲珑剔透，薄薄的，青青的，轻纱一层，笼罩在每一处灌木、每一棵树木、每一粒沙子、每一片尘埃之上。聒噪的蝉此刻阒寂无声，他只听到他心脏有节律的跳动声，那响声越来越大，直到发出尖利的回声，一会儿又轻柔下来，就像眼前的雾，缥缈、柔情。

母亲说，星期天，你可以睡个懒觉，我去买菜——母亲肯定又买了鲫鱼，只是鲫鱼刺多，一不小心就会被刺到。他其实已经吃厌了，不好意思跟母亲说。

那柄"霜之哀伤"淌着一滴血，该死！他又出鼻血了！每逢特别兴奋或紧张的时候，他鼻孔里的毛细血管会崩裂，会出大滴大滴的血，母亲曾经听人说随随便便鼻孔出血可不是闹着玩着，于是动足脑筋带他去医院做了一次深度检查。医生说，没事，气候干燥而已，多喝水，多吃水果。

水果，对！他见着了，一大摞侧翻在马路边上，红的，绿的，想吃什么都有啊！不削皮，直接拿起来啃，绝对的维生素 C 统统吸收到他的身体里。李琳来了，她来干什么？她居然说她爱他！她居然这么讲？她怎么可以这么讲！早知今日，当初她为什么要用那副态度恶狠狠对待他？

晨雾散了吗？武南不相信。他不相信太阳的光芒已经驱散了层层雾霭。他将自己的头发，湿漉漉一层，鸭蛋青的雾色仍挂在树梢，像软面条。他的手指弹出去，摸得到这虚幻的细微之物，他喜欢朦朦胧胧的烟霞之境，这样他就知道自己仍在梦中。

14

鱼行街已成一片废墟。这里尘土飞扬、垃圾堆积如山。丁丁当当刺耳的施工声连续不断。书包、牙膏、塑料拖鞋、破轮胎、脚盆、抹布……都带着主人生活过的迹象，参差散落。真快，拆迁的力度在当今这个时代是最大的，短短一个月，政府办的人从动员到签订安置补偿协议全部搞定了！没有一个钉子户，鱼行街老百姓配合得出乎人们意料之外。

一辆土黄色出租车驶过，后排坐着蒋立平。一刻钟前，他站在医院大门招手，司机问他，去哪儿？他沉吟了一下，说先去鱼行街。鱼行街不是拆了吗！司机提醒他。他瓮声瓮气，继续说去鱼行街。司机一脚油门就踩出去了。

蒋立平望着窗外的废墟无语良久，他曾经溜达过多次的鱼行街如今面目全非，塑料袋呼呼飘着，弄旁的便池完全裸露着，蚊蝇冲撞。只有贴着性病广告的电线杆，依然高大威武地矗立着。打夯声、搅拌机声混杂。他的心脏也随着"咚——咚——咚"夯声疼痛起来。那个有一对酒窝儿，眼睛长得十分花气的男孩这时又在什么地方流浪逃亡呢？当他举起匕首猛刺他母亲的时候，蒋立平就认出他了，许是太突然，他根本来不及阻拦，眼睁睁看着女人在血泊中挣扎。男孩又对他施力，他矛盾重重，怕伤着他，一味躲让，结果反被他连刺二刀。

事后，他托人四处寻找过武南，只要有一丝线索，他就会不遗余力去把他带回家，可是音讯全无。那女人似乎在漫漫长夜里无声注视着他，他心慌、惊悸、冷汗直冒，孩子啊——孩子——你到底在哪里？

司机问，还去哪里？

蒋立平想，能去哪里呢？躺在医院的病床上整整一个月，他想得太多，想得脑子都要爆裂了，却找不到答案，因为一切都迷糊着，他根本理不清脉络，那就这样吧——就这样，他想出院第一件事要去鱼行街看看，看看那个可怜女人生活过的地方。

司机等不及了，又问，到底去哪里？

六如偈

他挥一挥手，往前开吧——

他看到了卡在椅背上的数月前的《姑苏晨报》，随意翻读。

  本报讯（记者 于国光）昨日我市发生一起重大刑事案件，造成一死一重伤。市公安局指挥中心在接到报案后，立即组织有关单位展开现场勘查和侦破工作。
  案发现场地在水香路中段娱心舞厅。被害人郁某，女性，38岁，某超市员工，胸部被刺三刀，造成失血性休克死亡。另一被害人蒋某，该舞厅音响师，重伤，已送往医院抢救。据蒋某说，歹徒很可能是跟踪跳早舞的郁某至舞厅抢劫，蒋某阻止，被刺中小腹。歹徒一人，身高约一米七八，三十岁上下，身强力壮，操外地口音。另据警方调查，有市民曾见郁某儿子丁某从案发现场惊叫着跑出，神色激愤，明显受过强烈刺激，他很可能是现场目击者，警方寻遍全城，未果。
  目前，市公安局正组织精干力量，积极展开案件侦破工作，望知情市民提供线索，联系电话110。

蒋立平终于忍不住凄恻动容起来，在颠簸的昏旧的石子路上，他像一只信天翁，用巨大的翼骨掩住了自己的脸。

很久，他才抬起头，车窗蒙着一层灰尘，透过玻璃，他看见天空呈现出一种介于青灰与浅蓝之间的颜色，沉郁、混沌、驳杂。此刻，黄昏里暗淡的云像泅墨一般铺展开来，速递快得超过了马路上行驶的任何一辆车。

听尺八去

1

宁晴踏进隐谷寺大殿时，发现青花布鞋的脚尖已经湿了。义工部签好名，一个叫小王的男子就吩咐她去打扫会客室。拖把、抹布、水桶都是专用的，不可搞混。另外，他还叮嘱了声："拖把要拿到外头的河里去洗清污浊，不可偷懒。"

宁晴白净的面颊既不微笑也不悲戚。

每年她都给隐谷寺捐功德钱5万，可她依旧怅惘。雨点洒在石雕的观音脸上，庭子里积起了一汪水。宁晴弯腰，擦一个玉壶春瓶，里面插着的几只枯莲蓬头已经有好几年的光景了。就如那时，她和冯雪峰在玄武湖边最初相识。

"你怎么又不理我了？"冯雪峰开口就说这句，把她吓一跳。

六如偈

他嘿嘿一笑，露出虎牙，衬衣敞着怀，雪白的 T 恤挺耀眼的。

"别见怪！他是个诗人，帮我们一起来负责策展。"南京接待办的同事解释。

宁晴"扑哧"笑出来，平日一直和西装笔挺的银行人打交道惯了，现在碰到个诗人，还真觉新鲜。尤其是开口那句话，仿佛他们好过、吵过，像断桥边的白素贞与许仙，又磕碰上了。

策展一下子进行了五天，几乎都是冯雪峰在替她出谋划策。还别说，这诗人点子一个又一个，像放烟花，各色各样，绚丽缤纷。大领导很满意，专门嘉奖。宁晴受用的是和冯雪峰在一起的感觉，风清、月白。她离异整整十年了，坐在企业高管的位置，真有高处不胜寒的孤单感。雪峰待她，是自家姐妹那种亲，也有对邻家女孩那种疼，更有，她说不上来……他眼神扑朔，玄武湖里的水轻快地翻腾着，一会儿绿，一会儿蓝，他凑在她耳边酥酥痒痒地说："我会到乔平来看你。"

他还真到了乔平市。他来以后，和她一下子熟到骨子里。第一夜，她就轻而易举被他俘虏了。她不是小姑娘，但也不轻佻，高管的位置也让她慎之又慎。但是，在他面前，她就是小姑娘了。他又装作可怜兮兮的样子，摇尾乞怜说："你怎么又不理我了？"她把他捧在心窝，如果他把她当作一块酥糖点心一口吃了，她也愿意。

雨下得越来越大了，小王说："这两天有台风，把窗户关紧一点。"他侧过身子，瞄了一眼，说："你加快速度呢，等会帮我一起收拾杂物间。"小王腰里别着一大串钥匙，说话像她的大领导。他应该是义工部总管。

一会儿，宁晴跟着去了杂物间。小王说："你把这几根钢管搬到隔壁墙角去，这儿犄角旮旯都要收拾干净。"宁晴皱了下眉，小王没看见。宁晴试着搬了三四根,真的很重。她悄悄说了句:"我想去听经。"小王狐疑地看了她一眼,不容分辩地说:"你跟得上他们诵经?一样的,一样在做事,一样在修行。"

宁晴还是乘着空隙溜出来了。大雄宝殿里在做法事,三位法师身着袈裟,青褐色,还有皂色。六位居士身穿黑色袈衣,磕头作揖。诵经如仙乐。木鱼声不断,它应是在念:"是日已过,命亦随减,如少水鱼,斯有何乐。"宁晴不敢贸然闯入,只在殿外站立,默默听,雨丝飘飞不断。

冯雪峰总是嬉皮笑脸地看着她。

有好几次,她试探性说:"要不,你就到乔平来工作?我们生活在一起彼此有个照应。"他不吭气了。他的家在西宁,有老婆,有七岁大的儿子。他默想了下,说:"我觉得这样蛮好,双休日咱们聚一下,何必天天在一起?豪猪之间都要寻求距离感,更何况人呢?"宁晴知道他是不愿意伤筋断骨,这样的伤痛自己又何曾没有尝过?一个人吃着冷饭团子去上培训班夜课,丈夫在别处莺歌燕舞,女儿在哇哇啼哭,她恨死了那些不要脸的女人。黄昏的冷寂凝了起来,她拼了命加班,凄哑的秋虫声,夹着些幽冷的霜菊,哪想到她一熬熬出了头,事业青云直上,前三年把女儿送去了美国读书,她听见鸠啼越发落寞。

大厅里传来人声,原来又来了几个义工。宁晴避开她们,绕到后院禅房更为冷僻清幽的地方。

没料到,太湖石、花窗背后,传来一阵缥缈空灵的乐曲,如同一道渐渐淡去的弧线,勾勒出空中铃音隐隐而逝的痕迹。宁晴听得出了神,倚在太湖石上一动不动。吹奏这曲子的乐器,不是箫,也不会是笛,神秘得让人感觉乐器之音无首无尾,却又绵绵不绝,不知音乐来自何方,却又让人无法释怀。宁晴只觉自己在空寂的山谷,簌簌衣巾上落了一身的野花。

曲停。宁晴迈步上前,见一僧人气质沉静,清瘦,背挺得很直。宁晴双手合十,念了声"阿弥陀佛",她见僧人手里拿的乐器,确实不是箫和笛,竹器根部偏大,她忍不住问师父。

师父说:"这是尺八。"

她问:"我能学吗?"

师父说:"尺八是法器而不是乐器,吹尺八的人也不是演奏家,而是修行的行者。"

她露出淡淡的伤感,又追问道:"我修行到何时才能学?"

师父说:"吹尺八时,一切声音从吹者心中自然流露,心自清澈、天地感通。"

宁晴若有所思,若有所叹。

"如果你一定要学,你去找我的师弟,他已经还俗,专门传授尺八和古琴。"

师父转身时缓缓说了句。

2

那还俗了的僧人原来法号同渡,现在俗名柳承。他在乔平孤山脚下开了一家"明照道馆"。乔平小城市,宁晴不消半天就打听清楚了。

择了一个好天气,阳光松柔得像一团团蚕丝,宁晴开车去找"明照道馆"。并不是她想象中在青山绿水雾霭之中,也没有晨钟暮鼓声,七拐八弯,却是要穿过农贸市场,在一个小区里。一只猫悄无声息沿着花坛走过。垃圾桶敞开着盖子，苍蝇乱飞。小区楼梯墙壁被层层叠叠的手机号码盖得喘不过气来。

幸好，四楼，不算高。

有人开门。一脚踏进去，真是别样的世界。黄花梨几案上摆着一只两尺高青天细瓷胆瓶，瓶里插着一大捧干枯了的芦花。一股檀香幽幽地从里间潜出。绕过玄关，进大厅，宁晴也算是开了眼界，一面墙上挂着三只古琴，暗紫色流苏垂下来别有情韵。左半边置着一堂紫檀硬木桌椅。落地窗挂上了竹帘，地面铺了竹席，还放了竹垫。茶具、小盆景、点心一应俱全。

一个小伙子迎上来，眉清目秀，唇齿间更比常人多一分清逸。平顶头，中式烟灰色唐装，牙齿白净，一侧天光照过来显得格外莹亮。宁晴已猜出他就是道馆的主人柳承，既然已还俗，不好开口就是"阿弥陀佛"，她不晓得如何称呼，柳承却是双手合十，把她迎了进去。

今天道馆有活动，雅聚了三五人。两个做生意的男人王总、李总互相乱捧。宁晴本身在生意场上混，对这类人有天生的看不起。还有一位女士，是电视台主持人。大家寒暄几句后，活动正式开始。电视台主持人叫小薇，熟门熟路，给各位泡上了金骏眉，宁晴喝一口，只觉舌尖生香。还未等各感官完全打开，泠泠七弦琴已经拨响。《阳关三叠》，正是宁晴平素爱听的曲子，缓慢而又蓄满了无数的离愁别绪。阳关，冯雪峰出生的地方更是在阳关之外，每次他说要回家暂居一两个月，她就说不上来的郁闷。他儿子七岁，在电话里奶声奶气地向他汇报："爸爸，我的蚕宝宝开始结茧了——"她藏他手机，藏他的车票，恨不得把他的人也藏起来。她知道自己这样不好，那个女人没有得罪过她宁晴，她为啥要平白无故去掠夺

六如偈

他人的幸福？宁晴孤苦地流一行清泪，知道自己是陷进去了。

柳承端坐着，身体随指法微倾，似一个人在松间静听风吟。

终了，他抚平琴弦，默坐一分钟，起身。小薇带头鼓掌，她年龄应该比宁晴稍微小一些，会打扮，银灰洒朱砂的旗袍，配一条黑红绸巾，走起路来一摇三摆。声音更不消说了，电视台主持人，磁糯中夹着蜜糖一样的销魂味道。在这道馆中，她就是新闻发布人。她说："诸位，下一曲，《落叶》。"

柳承抬起头，望着众人微微一笑，跪坐下来。他一句话也没有，只是用他的肢体传达意思。宁晴终于再次见到了尺八。柳承双目闭上，安静地吹奏。宁晴也跟着闭上眼，啊，那轻盈而又神秘的声音再次萦绕在她的耳畔，风吹过竹林，一叶飘零，空转迂回……

她忍不住睁眼细瞧了柳承，平头打理得一丝不乱，衣服毫无皱褶，白色的袜子纤尘不染。比冯雪峰还爱干净。她喜欢干净的男生，要指甲不藏污垢，齿缝不留黄渍，当然冯雪峰的干净是随性，柳承的干净是一种细节和习惯。

叶子依旧在翻飞，清幽而不幽怨，空寂却不孤独，宁晴听着听着，却是领悟到了一种超脱尘世之后大彻大悟的空旷与淡定。余音袅袅，风流云散。

柳承睁开眼，说了一句："诸行无常，是生灭法。生灭灭已，寂灭为乐。"

众人唏嘘感慨了下。王总、李总嚷嚷着要小薇唱一段昆曲，说："换换气氛，你这女梅兰芳给我们亮亮嗓子。"。

宁晴觉得有些诧异，但新来乍到不便多言。小薇在两男士的吹捧下眼皮也轻佻起来，她打开描金乌漆糖盒，挑了一块松子糖，伸出舌尖舔了几下。然后立起身，笑吟吟抚腮，说："啊呀，那献丑了，就来一段《游园惊梦》吧！"

　　宁晴更觉有点意思，依旧不作声。柳承取来了笛子，呜咽开来，小薇身段撒开，一对黑水银眼睛在柳承脸上滴溜溜溜转着，只一句"原来姹紫嫣红开遍"就一唱三叹将袅袅身影儿摇了无数回。王总、李总吃吃笑，肥头大耳的生意人，说话做事都一览无遗。

　　王总说："你这媚眼应该抛给我和李总。柳承是修行人，不吃你那一套。"

　　李总在一旁掺和，连说："是呀，是呀。"

　　众人后来把话题转到新来的宁晴身上，宁晴只说自己是全职太太，家居休闲，时间无处打发，想来学点东西。

3

　　从外相看，外头人是无法揣测出宁晴身份的。她素面朝天，扎一个马尾辫，白净的脸上，掩着几分说不清楚的晨雾，你说她单纯也好，低调也好，宁谧也好，总之，她坐在那里不会高声喧哗。但又并不显示她没见过世面，她起身敬酒，端杯的姿势，说话的语调，都是恰到好处——像枝百合，悄然开放。她身材小巧，臀部的肉不多，显点骨感美。穿的衣料材质也好，颜色不张扬，配上一点吴侬软语，外头人觉得可能她就是居家太太，舒雅、端庄。

　　从生意圈子里人看来，宁晴可是个响当当的人物，有压场的本领——酒席上有了她身影，那这场华筵必然以皆大欢喜的氛围结束。她浅浅低语两句，总裁就会点头，她是凭真实力在沟通，她的英文水平可以与汇丰银行、花旗银行的高管直接对话。寒窗酷暑近二十年的拼搏，造就了一个小女人的魅力。思维敏捷，办事利索，

六如偈

关键是她不骄矜——她从容、轻盈地入座，服务员递上热毛巾，她会说谢谢，男士请她跳舞，她也不推托，微微一笑。

唯有在冯雪峰面前，她宁晴失了心魂，分不清自己是什么状态。

冯雪峰初到乔平那次，约在咖啡馆见面。闲聊几句后，她就发现冯雪峰的T恤衫怎么线头子都露在外面，再细一瞧，整个衣服都反穿了——她也不揭穿，想象出他心猿意马匆忙出场的情景。他手无意识瞎摸，想掏根烟，哈——脸羞红了，急着问，卫生间在哪里？——逃窜过去，将衣服穿正了出来。她已经笑得上气不接下气，因为实在憋不住了。他从背后抱住她腰，说——别别！笑坏了你的小蛮腰，我赔不起！

肉贴肉搂在一起，她脸噌地红了。从没有在公众场合这样过。她急忙摆手。他装模作样傻傻地问："为啥摆手？要不我们换个地方。"她只好点头，理好裙衫钻进车里。他一坐到副驾驶位置上，就把头凑过来。她触摸着他的气息，是玄武湖里的水在潋滟晴空下蒸发的气息，他身上哪里还有半点北方人黄沙味道呢？之后，她就喜欢倚在他胸膛上，听他念他写的诗歌。

她喜欢他的样子，斜挎着腰包，疾步而行，他走路的姿势，甩动的手脚，板寸头发，透露出的完全是一种少年行侠的气息。记得有一次，他们在一个城市的浮桥上走，他忽然在桥面上趴下来，做俯卧撑状，头探下去看个究竟，这木舟是怎样连接起来，怎样用钢缆、铁锚固定在江面上？——诗人的思维是随性跳跃的，她永远无法猜透他的下一个动作会是什么。但感觉得出，他和她一样对浮桥产生了不可遏止的好奇和迷幻的联想。后来他说，浮桥上残损的圆木桩、木板与木板之间的缝隙、生锈的洋钉，仿佛身体里的穴位，在呼唤着每一个体验过的黎明与黄昏。

"命运，一卷在手的伤心／蜷缩的，一丝不挂的诗／风从田埂上把我的生平吹来／于是我在灯下端坐，一如／你初恋时莫名的容光"

诗歌散发出淡淡的伤感，对她来说，像一种不可遏止的魔力。

和他在一起的日子，她觉得她的灵魂变轻盈了，她也忘了自己究竟是谁。

柳承也以为她只是居家太太。正式授课是在一个星期之后，柳承建议她先学古琴，吹尺八要求太高，还要看修行的缘分——窗外的蜜蜂正围着一团粉色的桃花转悠，她放下心态，不勉强，如果要真学会古琴，也要下番苦功夫的。她手型好，有悟性，勾挑之间已经有了样子。柳承的夸奖像清水淡墨，渐渐地晕染开去，师徒两人都很受益。

有一次，她是应酬之后去道馆学古琴的，也没喝太多酒，她是能把持住的人，但一进"明照道馆"，她贴身文胸沁满了汗珠，脸色也有些酡红，其他徒弟都告辞了，只剩她和柳承面对面坐在窗户下。

宁晴感到一阵微微的眩晕，一股酒意忽然涌上脑门似的，刚才灌下去的两杯花雕开始渐渐着力了。柳承取来冷毛巾，敷在她手下。一杯普洱慢慢入喉，她想起了远在异国的女儿和自己漂浮不定的情感，视线朦胧起来，眼圈也红了，不一会儿，泪珠子簌簌竟掉在琴弦上。

琴是反正学不成了。

柳承称呼她晴姐，柳承说："晴姐，世上多有烦扰的事，我们真要学会心无挂碍。"宁晴睁开眼的时候，见柳承细长的眼睛流出水一样柔软的东西。月色朦朦，洒在他清白脸庞上，有种摇曳生姿的恍惚感。他的手搭在宁晴的肩膀上，但不僭越，只是一种关心和

六如偈

安慰。宁晴定了定神,想起他出家前的法号:同渡。百年修得同船渡,她相信人和人之间是有缘分的。她轻舒一口气,说:"柳承,晴姐要求的很少——安安稳稳过日子,舒舒坦坦地拥有女人的惬意,一点也不过分。"柳承点点头,也不多话。客厅里挂钟当当敲了八下,柳承才记起自己还没有吃晚饭。宁晴捋起衣袖至厨房,煮了碗葱花鸡蛋阳春面,色泽俱香,面有嚼劲,吃得柳承龇着白牙,朝她直笑。

窗外满天星斗,他们聊起天来。她问他当初为何出家,为何又还俗——说出来也是一段伤心事,五岁死了母亲,兄弟姐妹六七个,家里穷得丁当响,父亲苦巴着脸,只能任人将幺儿带去了江南的隐谷寺。五岁的孩子,一个人默默看着天空发呆,数手里的念珠想家人,寂寞恐慌得像只山上的小羊,只能咩咩叫。整日扫地、念经,所幸的是当住持的圆通法师见他聪明伶俐,教会了他弹古琴和吹尺八。

——至于还俗的原因,柳承没有多说,宁晴望着他葱一样的鼻梁,嫣然一笑,说:"恋爱过吗?还了俗你是肯定要娶妻生子的。要不晴姐给你介绍一个?"

滴水观音叶子在窗台口显得异样翠绿。一只从佛堂里抱来的猫被柳承养得油光水滑,它弓着背轻轻巧巧走,有时呜咽一声钻到宁晴怀里撒娇。

宁晴忽然起身,说:"我们去看电影吧,3D版的《泰坦尼克号》。"

他摆手,被宁晴强拉了去。电影宏大凄婉,主题曲如泣如诉。晚场,人不多。宁晴乜斜着眼,发现柳承眼光莹莹,动了情缘。

4

冯雪峰发来短信,说他公司新换了领导,三年合同期内的员工一律重新调度,可能会把他派到武威,这简直就是把他打回他老家,也好,回家看老婆孩子方便了。

宁晴接到短信时正在一个工程的奠基仪式上,戴着一朵胸花,高跟鞋沾了些泥巴。这项工程投资30个亿,现在看这里是黄沙泥土灰蒙蒙一片,但两年以后会花红柳绿高楼乍起。宁晴蹙眉,手有些微微颤动,她还要代表公司总裁剪彩。她不习惯这样的场景,摄像机对着她的时候,她感觉自己不知如何微笑了。

上卫生间时,她把鞋跟上的泥甩掉。她给冯雪峰短信说:"辞职吧,到乔平来。"

他没有回音,每次问到他这种敏感的话题,他就装傻。

诗人就是孩子,这是他和她说起过的。嫁给两类人是痛苦的,一是神经病,二是诗人。当时她听这语言忍不住发笑。后来就习惯了,她把比她年轻几岁的诗人搂进了怀里,面腮贴近了他的耳朵,轻轻地、柔柔地说:"我愿意痛苦。"

她看见过冯雪峰老婆的照片,很敦厚,胸脯饱满,齐耳短发,她是镇卫生院的护士长。冯雪峰的父亲有糖尿病,她每天下班后负责给公公扎针。冯家养二十只羊三十五亩苹果树,她是顶梁柱,每到丰收季节,她会从单位请好假回果园安排妥当。雪峰咧嘴评价说:"嘿,这女人,比男人还有韧劲。"

难道我没有韧劲?宁晴心里暗暗想。当然这不是数学题,用不着放在一起比大小。

　　他揉搓着宁晴的乳房时说:"真小,像只小鸽子,但指不定会扑棱棱飞起来。"宁晴脑海里就闪现出老婆的样子,——她的乳房一定鼓鼓囊囊,如出笼的大包子。这样比较着,她的兴致就成了变本加厉的折腾和索取,自己也说不清,她人小劲儿大,竟把雪峰掀翻过来,鸳鸯戏水的苏绣靠枕全都滑到地板上。

　　欢爱过后,他赤条条趴在枕垫上,说了句:"我假如真和你结婚,咱得婚前财产公证。"宁晴哧溜吸了鼻子。"你的还是你的,别让人以为我冲着什么来的——"他扯着嗓子叫了。宁晴笑着说:"依你,都依你——"她搬上来一道菜,清蒸全鸡。琥珀色大碗冒着热腾腾的气,雪峰裸着上身吃了一大半。

　　三年了,雪峰一直这样,模棱两可,她不好逼急他,怕一不小心将他逼回宁夏。

　　其实现在就是了断的最好机会,他若真随公司去了武威,他们之间的关系可能也终于此了。不可能再像以往一个星期幽会一次,翻云覆雨,各自倾诉。很可能他就在她生命里渐渐淡去,既没有期待的忧伤,也没有幽会的甜蜜,一个人,又恢复到孤独妇人的场景——她吸了口凉气,脚跺着,头摇得像拨浪鼓,不要!她不要!

　　卫生间的门没有关紧,冲进来一只土狗,小小的,黄褐色的毛。宁晴起初有点惊吓,但小狗摇头摆尾,喉咙里咕噜咕噜发出讨好一样的声音。也不知道是谁家的,工地上到处乱跑。宁晴轻抚了它两下,转身离开了。

　　这一周末雪峰来,得好好和他摊开来讲。在乔平市安排一个职务,对她来说还是三个手指捏田螺——十拿九稳的,关键是,她要任他挑,文化局还是旅游局,还是报社?文化人进文化单位编制,合情合理。一年的收入可以抵他苹果园十年的收成。

前几天,她就在张罗柳承的事情。

柳承还俗,也还是一个穷字。父亲磕磕碰碰找到寺院时,眼泪一把鼻涕一把,说:"你二弟患了白血病,躺在床上干瞪眼瞧着天花板——你大哥快要四十岁还是光棍一条。我这是造了什么孽?总不能把他们都送进寺庙一了百了?"父亲眉毛倒插,眼圈开始溃烂,眼睑内粉红色的肉露在外面。同渡法师双手合十,在雨中默立,既然是要帮助众生度一切苦厄,自家亲人哪能不闻不问呢?佛说受如水泡,下雨天,雨点落在水池上,一点一个水泡,一点一个水泡,一下又破了。喜怒哀乐、悲欢离合、最后一笔勾销。这一生的感受过去了,来世再一生,生生世世……

他应了父亲,还俗,出来挣钱,帮助受苦的亲人。幸亏寺庙里一些居士人脉广,没过两个月就帮他把"明照道馆"建起来,生源也还可以,但解决不了燃眉之急。他对着狭长天井里几朵月季花写书法:

"一花一世界,三藐三菩提。"

宁晴把道馆客厅里的灯全捻亮了。

宁晴说:"你的雅集可以范围更大一些,档次也更高一些,我来帮你策划,以慈善的名义募捐,来帮助一切在苦海中浮游的人。"

这个建议好。宁晴请了专业人士过来,宣传、会场布置、活动程序各个环节都安排得妥当而又别致。来的都是有菩萨心肠的企业老总,手一挥签张上万元的支票还是轻而易举的。首场就募捐了十五万元,柳承盘腿坐在竹席上,竹席的凉意他是习惯了的,他吹起尺八,他需要进入冥思状态,风,山间的微风在吹来,竹叶飒飒,唯有那一片已经脱离了母体的叶子在打旋,在翻飞,在飘过溪

六如偈

水，在轻轻吟唱。

在明照道馆，宁晴也会不经意看见一些女人用的饰物，纱巾、耳环、明月菩提念珠之类。她微微一笑，嘴角暗牵，这柳承动了情缘，是否一部分归功于她呢？

5

宁晴一个人在家，安静得听得见池子里锦鲤鱼噼啪戏水的声音。

冯雪峰说好要来，但已经迟到了足足两个小时。打他电话，忙音，再拨，说不在服务区内。不知道胡搞什么。她有些生气。诗人的生活是不打草稿的——他总是这样揶揄自己。练了一会古琴，只觉心浮气躁，琴音也是混沌粗劣的。

十点钟模样，她接到一个陌生号码的电话，说话结结巴巴，他问："你是宁晴吗？今天隐谷寺有法事，来的人特别多，厨房缺帮手，我看你那天来做义工挺手脚勤快的，你如果有空的话，现在能过来帮忙吗？"宁晴听出来了，他是腰间别着一大串钥匙的义工总管小王。

她想了想，去了，把手机调成静音状态。忙里忙外，倒也一点不得空。大殿内僧人居士数十人年念经超度，拜大悲忏。听着禅寺里吟诵声，她默默蠕动着嘴唇，一下子心清心静下来。

穿过走廊时，宁晴又见到上次吹尺八的僧人。他的僧袍被风吹起，衣角上扬，显得更清瘦了。他目光凝神聚在观音菩萨身上，无一句声响，沉静似水。

宁晴忽然想起了包里的手机，急匆匆掏出来看，十来个未接来电,都是冯雪峰的。

冯雪峰显然有股火药味,但没有太发作。下午一点半两人才坐到宁晴公寓的桃花心红木桌椅上。她赔小心,他鼻子里呼呼喷气,她到厨房间上小点心,保姆已经被她放假回家。她给他递拖鞋、泡脚、捶肩,把自己当女仆一样去侍候他。

他抹把脸嘿嘿笑了,说:"我以为你真的不理我了——"口头禅一样的玩笑话,此时听得她心里好像针扎了一般。她小心翼翼提出了那个问题。他还是那副老腔调,既不接话,也不辩驳,晃着个膀子。宁晴径自点了根烟猛抽起来,她在室内转了两圈,居然发现无计可施。

冯雪峰歪着身子躺在沙发里,颈脖里挂了块和田玉,他摩挲把玩着。男人的身体也像块玉,白皙透明,她摩挲过无数回,痴迷地恋着,可是这没心没肺的人,就是不给她一个明确的回音。

他的手机响了,屏幕上儿子的头像一闪一闪的。宁晴不晓得哪根神经被牵错了,竟抓起他手机径直往窗外扔去,手机"啪嗒"撞在花坛的瓷砖上。

冯雪峰傻了眼,面孔赤紫,他穿上衣裳翻窗而出,好不容易找到手机,屏幕坏了,无论怎么摆弄,手机漆黑一团。宁晴也脸色煞白,她不响,胸脯抖得厉害。

冯雪峰气咻咻说:"我明天出远门。西藏——内蒙古——,所有的信息都储存在里头。你又何必?"

他的每一次远游、历险对她来说,都是致命的向往和痛苦。他说,有一次,他在雅鲁藏布江游荡,身无分文,胡子拉碴,徒步走了两天,遇上成群的牦牛,兴奋得手舞足蹈,幸好不是狼群啊。不远处——他说,马泉河就像一条银色缎带,铺展在烟云缥缈的雪山

六如偈

脚下，弯弯曲曲把无数晶莹夺目的小湖泊穿缀在一起。牧羊女野性的目光直瞅着他，有丝挑衅，有丝渴盼，他仰面躺下去——澄净、辽阔的高原蓝啊——他抒情着，却隐瞒了后面的故事。

有时，是一大群诗人，乘着火车，纵情达旦地欢乐、饮酒、作诗，他们睡通铺，也有人在墙角旮旯里做爱——他们依旧在高声诵读，男男女女，笑得没有了日夜。宁晴害怕这种没有节制的生活会带来心灵的崩溃。

"摆什么臭架子？你以为有钱就可以颐指气使了？"冯雪峰说话从来没有这样损人过，今日是发狠了，面孔上青筋也暴出来。

宁晴脑子里嗡嗡一片，她没有想到会是这样的场面，说话也不利索了，她说："我讨厌你——总是模棱两可的样子——总是逃避——总是只顾自己！自私！"

他可能啥也没听进去，继续骂道："我平生最厌恶的就是没知识、没文化的泼妇——"

宁晴气得咬牙切齿，纵身扑上去，咬他肩膀，两人竟像两只野兽恶狠狠地抱作一团，撕、咬、啃、啮，极尽心中的恶气。折腾到最后，两人气喘吁吁地剥掉了对方的衣裤，裸露的身体白花花地化成一团。眼泪、鼻涕也是黏糊糊地沾了一面孔。

"死腔！"宁晴骂了句乔平话，冯雪峰听不懂，只在一旁傻笑了。他说："你刚才的样子，倒是我从来没有见过的——你这女人，辣手的。"

宁晴啪的一记耳光落在冯雪峰脸上，她哼哼冷笑了声："我索性就做回泼妇了，让你厌恶！"

冯雪峰抚着半张脸，做半笑半哭状："我服输——可是，我手机里的号码假如都取不回来，你怎么个赔偿？"宁晴小声嘀咕：

"取不回才好呢，你就当自己人间蒸发了，哪儿也不用去！"

两人似老夫老妻在床上又磨蹭了近一个小时，屁股贴着胸脯，全无一点遮拦了。吵架竟似一剂补药，把两个人关系揉得更浓了，哼哼唧唧抱在一起，嘟嘟囔囔，不知不觉宁晴身体变轻，时间变慢了。

冯雪峰一只眼睁一只眼闭，以奇怪的姿势进入了梦乡，一条腿搭在宁晴的脚上。宁晴拨开那腿，脑海里却是回想到了她当年和前夫作战的场景——前夫在外头和不干净的女人厮混后，常常半月廿天不回家，回家又如饿疯了的狗儿急吼吼想上她的身。她裤衩口袋里藏了小剪刀，剪刀是张小泉牌子，亮锃锃地会晃了人的眼。——她苦煞了，眼巴巴地指望男人回到自己身边，可是一想起他和那些不干净的身体在一起调笑做事，她连吃下去的隔夜饭也能呕吐出来。前夫洗了身子，穿着短裤，晃晃悠悠进了卧室，把她逼在床角，正要强行突破时，她甩出了张小泉剪刀，还没待她说什么，前夫变了色，连声音也有些战栗，说："你这女人，想不到，这样辣手！"收场，于是彻底和她告别了一纸婚书的束缚。

6

柳承电话宁晴，说明照道馆要推一场"禅定"的雅集，麻烦晴姐再介绍一些有佛缘且喜乐施的企业老总来参加。时间定了，地点也定了，主持人也定了，关键是哪些重量级别的人到场。宁晴在手机通讯录里圈点了几个人物发短信过去，果然都一一应允了。

主持人却是上次见过面的小薇，这回人多气场也足。小薇打扮得更入行了，雪纺对襟立领裙，配一串明月菩提念珠，她和柳承的服饰搭配显然是动过一番脑筋的。主题是禅定，所以一进道馆檀

六如偈

香就一缕一缕暗送过来,听得见水流、鸟啼,还有若有似无的古琴声。有人小声问:"禅定是什么意思?"小薇就迎上去轻轻解释:"是修菩萨道者的一种静心方法。"

宁晴原想她出场不太方便,但细想都是她牵过去的人,不去也不好。只想依旧保持低调,和这些熟识的人微微点个头,大家也心知肚明了。她挑了件面料好但款式普通、色调暗沉的裙子来了,坐在花窗下静静地喝茶。上次见过的王总、李总也在,他们眼睛咕噜咕噜乱转,似乎注意力全在小薇身上。宁晴呷了口茶,盯着窗外一棵水杉树默默瞧了一会儿——这个小薇,在电视台也属于有些小名气的人。小薇主持民生节目,天天会在新闻节目里露脸,老百姓自然关注得多,据说她闪婚,又火速离婚,和电视台台长关系暧昧,凡是重要新闻报道都有她的份儿。

小薇柔声说:"来,我们一起坐到竹席蒲垫上,可以单盘,也可以双盘,总之盘正了,两肩放松,收下巴,牙齿紧闭,眼睛垂下,不要看外面,要看自己的心,让自己的呼吸慢慢均匀。"

众人窸窸窣窣跟着做了,宁晴不动声色也一起做。小薇继续说:"坐禅能使烦恼永远止息,获得究竟解脱。"宁晴眼睛半闭,她发现小薇挂的那串明月菩提念珠和上次在柳承寝室里见到的一模一样。有些年头了,油光发亮。

柳承上场,吹尺八,弹古琴,一道道程序下来,不觉日光已移到西窗。企业老总们冥想了半天,也终于觉得有些收获,与佛结缘,是求也求不来的事,所以纷纷解囊惜福以求福报。

又是王总、李总起哄,要名主持小薇表演节目来作为压轴戏,在场的男人一律叫好,似乎这场"禅定"的雅集真是太素了,素得让人吃不消。宁晴只看不说话。

小薇的身子微微倾向后面，晃过来，晃过去，突然爆发出一个劲儿，唱了几句："晓色朦胧 转眼醒 大家归去／心灵儿随着转动的车轮／换一换 新天地 别有一个新环境／回味着 夜生活 如梦初醒。"

道馆里传出满堂喝彩声。宁晴辨识出她唱的是周璇的《夜上海》最末一段歌词。似乎是中式餐配了西洋甜点，老总们心满意足，小薇笑意盈盈像只蝴蝶穿梭在他们中间。宁晴始终觉得味道不大对劲，找了个空当悄悄出门走了。

隔日，她就电话问柳承："小薇是怎么回事？"

柳承并不多解释，只说："她也是苦命人。"

宁晴没有追问，进厨房把半盘的糖醋蹄子全倒到垃圾桶，柳承说："晴姐，你空了再过来，我新教你一曲《关山月》。"

宁晴想了一会儿，问："这次雅集募捐了多少？够你兄弟治疗白血病的费用吗？"柳承的声音像在云朵里飘："大半有了，手术也定在下周二。"

宁晴猛地出了一句话："小薇拿提成吗？"

柳承支支吾吾，没有正面回答。宁晴已经明白了，三两下拨开落地窗帘，院子里栀子花开得雪白招人，香气一团一团扑过来。她并不是十分喜欢这花，香味太浓有时会诱发她的鼻炎，叮嘱了保姆好几次要她去拔掉拔掉，却只当耳边风。

宁晴清了清嗓子，说："柳承，你听晴姐一句话，别和小薇轧得太紧。"

搁掉手机，宁晴心绪明显浮躁起来，说不清什么原因，垃圾桶里馊味溢出来，她赶紧吩咐小保姆将它扔出去。

锦鲤鱼噼啪噼啪在池中甩起了水花，宁晴定期给它们换水，很少喂食，天热，鱼也要吃得清淡，才可太平无事。前日无聊，她分

六如偈

别给四条鱼取了名字，一条叫宁晴，一条叫冯雪峰，一条叫柳承，还有一条，她想了想，取了远在美国女儿的名字。这四条鱼一路尾随着，绕过水草和鹅卵石，自有乐趣，除了那条叫柳承的鱼略微会发呆。

7

冯雪峰和宁晴厮混了两天，又回南京了，关于工作上调动的事只字未提。宁晴干着急也没有用，只能温火里煮青蛙，慢慢将他降服。 诗人最是自由散漫，他本质上向往的就是时间的自由和心灵的自由。和他轧了这几年的辰光，宁晴多少能感悟到这一点，因此只要在可允许的范围内她绝不干涉。有一次，两人在乡下河边散步，江南鲜藕菱角，微风宜人，野鸭在水面上玩轻功掌上飘的把戏，扑棱扑棱，把两人逗得直笑。宁晴说："这水面开阔，大概游到对岸要十五分钟。"雪峰与她争辩，说："不消的，五分钟就可以了。"宁晴眉毛一挑，表明对他的话不以为然，哪想到他立马脱了上衣、外裤，只剩一条三角裤衩留在身上。他脆生生地说："你给我计时！"说着"扑通"一声跳进了河中。一泓白水，上下翻动，宁晴急忙环顾四周，幸亏没有其他人。果然，他似水浒里的浪里白条，不断劈波斩浪，游速相当快，到对岸冒出头来恰巧五分钟。宁晴笑得肚皮都疼了，说："我还以为你是旱鸭子一只呢——"

那个下午，她就跟着他躺在草地上仰看蓝天，什么帐篷、衬垫都用不着。草尖戳着她的脸庞痒痒的，白云朵朵，似千奇百怪的动物蹚河而过。率性，她多么喜欢雪峰的率性啊！如果换作是她身旁的高层领导，谁竟然敢在三秒钟内脱了衣裤扑通跳下去？这简直就是不可思议的事情。

雪峰说:"我和我老婆结婚,是因为当初我家里逼急了——说我游荡惯了,赶紧找个合适的对象成家,她恰巧受人欺负,想摆脱那破地方,我们俩各有所需,成了。"

"省了好多步骤,晚上就睡在一张床上,一做事,哈,还真是个黄花闺女!她脾气直,性子爽,老的少的,现在全由她照顾。"

宁晴说:"她最大优点就是任由你在外面像风筝一样乱飞。"

雪峰说:"那是,她读书不多,但晓得外面世界精彩,将来也想让娃儿到北京、上海大城市去感受感受。"

宁晴不知道该怎么评判,她听见野风吹在枝丫上,一只灰色鹡鸰鸟掠过河面时发出一警戒声。宁晴想说:"你这样对待她是不公平的。"但咽了下唾沫,终究没讲。白云慢慢浮到她的眼前,她觉得困死懵懂,懒懒地,靠着雪峰的臂弯,眯了会儿。

夜里应酬。宁晴接到银行老总秘书通知,说分管基建、文教的副市长会到场。宁晴素颜化了些淡妆,选一条宝蓝束腰裙子,气质衬得典雅沉静。宴席摆在五星级酒店,仿古铁艺水晶花枝吊灯照得人影影绰绰。两位副市长姗姗来迟,宁晴和老总们一律笑脸相迎,两位市领导一左一右竟都挨着宁晴坐下。20年青花郎酒,喉咙里灌下去真有一剑封喉的刺激性,一小盅一小盅碰杯,宁晴眼睛也有些朦胧起来。酒酣耳热时,一只陌生手,无声地滑过来,静静一搭,落在她腰间,然后又收回。宁晴吃不准是左边伸过来的手,还是右边方向的手,只能两边会意,嫣然巧笑。后来终于找到机会和负责文教的副市长依偎密谈时,她说:"文化人才的引进对推动一个城市的文化产业发展有至关重要的影响,您作为副市长高瞻远瞩,敬仰!——我一个朋友,全国著名诗人,对咱乔平这块宝地情有独钟，您看——"话说了半截，副市长要她干了杯中的酒，忽然，他脑袋一拍，夺下她手中杯子，全部倒入扎壶，还把自己的酒也加到壶里，说："你用壶搞一下！"宁晴头皮有点发烫，半壶酒实在超出她的限量。

副市长眼睛直盯着半壶酒，眼睛笑得眯成了一条缝，一只手无意识地搭过来，恰巧落在宁晴腰眼上。宁晴脖子一仰，火辣辣煎熬了片刻，竟也无事。她顺水推舟，说："您也要到位！""当然！"副市长喝酒像吃白开水一样，不需要前奏，径直往嘴里一倒。他喷着酒气的嘴巴凑到宁晴耳边，问："啊满意？"她的脸如赤霞一般云雾蒸腾。她喃喃低语，"我诗人朋友的事要交代给您了。""一句话。"副市长言简意赅。

那夜怎么离席的？宁晴出现了阶段性的失忆，死活回想不起来。

还好，小保姆开门，服侍料理周到，第二天她小心翼翼对宁晴说："姐，酒会伤肝，你啊记得起到底喝了多少酒？你又吐又是哭，弄得我心里也酸酸的，今后还是少喝一点吧。"

宁晴煞得脸也白了，她问："我没失态吧？谁送我回家的？"

"你们公司的吴秘书。你到家时还很正常啊，放心喽。"小保姆可爱地吐了下舌头。

宁晴终究有点不放心，冒昧和负责文教的副市长发了条短信。不消一分钟，手机有了回复：宁总风度怡人，如空谷幽兰，牵挂。

8

宁晴十天没去学弹古琴，柳承来电话了，问晴姐是否生他气了？

这话问得宁晴有些莫名其妙，但也不必太过表示，她轻咳一下，表示没那回事。她反而关心起他兄弟，问："手术如何？护工请好没有？有难处跟我说好了。"

柳承的声音在电话里也像一片竹叶在飞。

"明月出天山，苍茫云海间。谢晴姐操心，都安排妥当了。你若有空的话，今晚学弹《关山月》。"

好像有极淡极淡的心绪，但他又不表露。也许的确没有什么事，宁晴也不愿意去太多过问。那一晚的白酒让她几乎调养了整整一个星期才缓过来。幸好，副市长时不时有短信过来，文山会海中他也需要风花雪月来调节，言语并不轻佻，还兼有一定文学修养，譬如说他会引用"众里寻他千百度"、"有美一人，清扬婉兮"等诗句，实属罕见。

黄昏，有一丝朦胧的云缠绕在天边。宁晴开了车在城里瞎转，脑子里七想八想，不一会来到了孤山脚下"明照道馆"。一推门，就闻到一种上好的沉香。柳承说："这是泰国黑油皮，味道很特别，我给晴姐你留了一些。"

宁晴细看柳承，清清白白，颀长，身体的态度，可感可亲。她有些摇晃，四十岁的女人，到底禁不起酒精的强力冲击，她发誓再也不会这样胡喝了。柳承要扶住宁晴，宁晴摆摆手，微笑着自嘲："还不至于那么老眼昏花。"

道馆里没有其他人。

沉香袅袅，竹帘轻微浮动。

宁晴喜欢这样清清静静，和柳承面对面坐着。喝的茶是阳羡红，茶汤色泽很纯。柳承把古琴架好，先调音，一根弦一根弦拨弄，侧耳倾听瞬间已经有了清幽味。长风几万里，吹度玉门关。宁晴喜欢李太白的这首诗。哎，绕来绕去总离不了冯雪峰生活的大西

六如偈

北。把杂念赶掉，先学了琴再说——

柳承凑近身来，提醒她弹泛音时左手徽位要准，速度要快，一触而起，否则泛音里有了散音就不好听了。泛音与天对应，声音空灵缥缈——他示范了下，果然，空旷苍凉的气息袭上来，渐渐淹没了柳承。

柳承完全沉浸在他的世界里了。黑色上衣，白色袜子。手指拂动，身体微倾。宁晴怔怔地，目不转睛地盯着柳承，他刻意在奉承她吗？没有，他弹琴时一贯如此投入。那丝云朵飘悠过来，透过竹帘映衬到他洁净的脸上。他好像有心事，又好像什么也没有。心无挂碍，无有恐怖，远离颠倒梦想，究竟涅槃——这是他常对她提起的一句佛家语言。

他身上的气息，随着身体的态度，也在拂撒过来。青柠味。

宁晴一下子不知道该说什么了。

柳承说："你来试试吧。"

宁晴不伸手，只讲："你弹，我听。"

柳承笑了，白皙的牙齿露出来。"怎么？晴姐今天也赖学了？"

他俏皮地去刮她鼻尖，宁晴整个儿人的心飞了出去，一定神，她板下脸，抿嘴说："不许和晴姐打闹。"

柳承还是有点嘻嘻哈哈，说："把手心朝上，挨老师板子。"话没说完，就去抓宁晴的手，瞬间宁晴慌张得如有只鸽子在胸间乱闯乱飞，这个小子愈发无礼了！——他手指修长，握着她的时候铿锵有力——她的心噗噗急跳，她听见钥匙转锁孔的声音，果然，有人推门进来了，谁居然会有他房间的钥匙——她赶紧抽回双手，正襟危坐，脸颊绯红。

柳承脸上也是惊愕的表情，但赶紧回了原位置。

那人绕过玄关进了大厅。宁晴定睛一看，吸了口凉气，是小薇。

小薇也颇觉意外，随即脸上堆出笑，说："呦，晴姐现在成稀客了，难得过来。"

宁晴听后只微微一笑。她不想再坐下去，说："有事，先回了。"转身时她对柳承又落下一句话："雅集这种活动不要随便去开展，事先得和我通个气。"

柳承一口应承："是，是。"

小薇手上还拎着一把鸡毛菜、一条鱼，俨然她是来当女主人的。她惊异地瞧着宁晴说话时的姿态，一直以来她就把宁晴当成居家太太，不问世事的那种，哪料到一开口，气场十足。

柳承送宁晴出门，而且执意要送她到楼下，宁晴也不拒绝。下楼梯时两人一前一后，柳承忽然变得笨嘴拙舌，喊了声晴姐，顿时又语塞了。宁晴猜得到他心里的矛盾，也不去数落他，仍旧似往常一样轻声慢语地说："有一些浑水你趟不得。"

临走时，她给柳承翻了翻衣领，长姐一样拍拍他的肩膀，说："好自为之。"

车子七拐八弯，宁晴开着，差点又迷失了方向。最近一直是这样的状态，脑子不听使唤，这不好——细细分辨，无意识中她竟开到了隐谷寺。寺庙的大门已关闭，边门还开着。三只黄色土狗见了她摇头摆尾。挂着一大串钥匙的王总管恰巧抬脚出来，见到宁晴，很欣喜，说："明天月半，香客多，你来帮忙。"

9

宁晴答应了去寺庙当义工，就把其他事情都推了。

六如偈

  手机也开成静音状态。擦桌、抹凳、淘米、洗菜，一样一样心平气和去做。香客一茬接一茬，烧香磕头者前呼后拥。这隐谷寺和其他旅游景点的寺庙有区别，它从不会宰人一刀乱收钱。凡是香客，进庙免费赠送三支香，功德钱自愿。无论你是贫富贵贱，进庙后一律平等。乡下老太们心甘情愿赶两个小时路程来磕头。初一、十五自然是门庭若市。宁晴喜欢平时日脚，尤其是下午，师傅们休息，整个寺庙安静极了，她伏在进庙处的台几上打个盹，三只黄狗在她脚边绕来绕去，听风吹铜铃叮当作响。宁晴有时想，这个境界现世很多人是感受不到的。

  小王说："风是野风。水是活水。隐古寺的风水是最好的。"

  小王是附近村民，从小结佛缘，结婚生子后还是喜欢到寺庙做事，庙里大小杂活全由他招揽安排。小王从不问宁晴家事，只说她面善心慈，有旺夫相。

  宁晴淡淡一笑。其实一天忙下来，胳膊、腿关节处还是挺酸痛的。回到家，小保姆要给她按摩几个时辰才能稍感舒服。不过这是两码事。冯雪峰不晓得她还有这些事要忙。

  出门时，宁晴又遇见了柳承的师兄。他法号圆胜。数月不见，更俊朗雅逸。宁晴从他身后经过，看他背影，只觉清气满乾坤。

  冯雪峰说下午三点到。小保姆在，她给他另开了酒店房间。他提议晚上到云湖边吃大闸蟹的。别的西北人一听说去吃大闸蟹，眉毛都会拧成一团，怕烦——蟹脚蟹壳剥起来烦死人，一不小心还会戳破嘴唇。冯雪峰倒好，地地道道成了江南人，要蘸镇江香醋、鲜姜，慢条斯理，一只蟹吃半个时辰，慢工出细活，十足一个美食家。

  三点模样，宁晴从寺庙出来，手机里跳出无数短信，其中一条是负责文教的副市长来的。他说："蟹螯即金液，糟丘是蓬莱。且须饮美酒，乘月醉高台。今晚2046公馆金秋蟹宴。不见不散。"文绉绉几句，属于他的风格。宁晴一下子犯难了，肯定要去赴这个宴，2046公馆她也清楚，是乔平城顶级的几家会所，但不清楚有哪些人出场，自己穿什么服装合适？

冯雪峰看见宁晴，也像寺庙的几只土狗，摇尾乞怜。关好门，拉好窗帘，生吞活剥，一番活计。雪峰说："我要做一个蟹文化的策展。索性自己先好好去尝个鲜。"

宁晴斜躺在床上，云遮雾绕含糊了一番，才说出今晚临时有应酬。通常情况下雪峰都是通情达理，晓得她在这个位置上免不了有大大小小应酬。今日却似孩子铆上了劲，一脸不开心。问："哪个约了你？"

宁晴应了声："市级重要领导。"

雪峰又问："哪个重要角色？"

宁晴愣了片刻，她怕直言相告会伤了他，待事情成功后再迂回曲折告诉他也无妨。

她莞尔笑了："你管那么多干吗？我得陪总裁一起去，还不是银行贷款这类事！"

雪峰说："你可以提前离席，能早则早——我在房间等你。"

从酒店出来，宁晴行色匆匆直冲家门。冯雪峰就是那样，诗人性情，孩子脾气，哄哄就会好的，不必过分多虑，眼前事最重要，若能把冯雪峰作为文化人才引进纳入编制的事情敲定，就万事大吉了。

梳洗、打扮、换衣裳。宁晴一边穿真丝双绉琵琶襟旗袍，一边在疑惑，她实在吃不准副市长是请她单独赴约，还是一个小圈子？又不好短信去问。旗袍开叉有点高，到大腿根部，是否合适？时间流逝得太快，不消一会儿，已经五点多了。高峰段路上堵车堵得厉害。2046公馆在孤山山坳深处，要绕一个湖，爬一个山坡才到。风景是绝好的，登临送目可以俯瞰整个小城。

　　宁晴定定神，踏进2046公馆时已是霞色漫天。果然，她的疑虑是有道理的。副市长一个人在包厢里拱手恭候她的驾到。副市长就是姓傅。他即使做到了正市长也被人称作副市长，委实有点不舒服。但现在人聪明，只呼"市长"两个字。副市长见了宁晴，定漾漾的眼神有了流光溢彩。这儿没有第三者，无须掩饰。宁晴料想自己能吃得定他，反而不慌张了。芙蓉炒蟹粉、蟹肉炒虾仁、蟹黄意面、姜蓉清蒸大闸蟹……各色各样的做法，让人眼花缭乱。副市长说吃蟹要配花雕，绍兴二十年的女儿红，煞念。

　　宁晴想花雕也是她可控范围之内，并不推拒，一人两瓶放在桌上。言笑晏晏间，公馆领班还安排了评弹。女的圆襟旗袍，和宁晴有的一拼，男的一身银灰长衫，俊逸自然。琵琶弦子，拨弦三两声，就开唱了。唱了《珍珠塔》选段。"想你千里迢迢真是难得到，我把那一杯水酒表慰情。与你是一别无料两载外，害得我么望穿双眼遥无音。"声声婉转清幽。蒋调、尤调，副市长都能辨识清楚，看来是个评弹迷。夜风拂来，有丹桂甜香。山间蟋蟀虫雀啼叫数声，添了几许清净。

10

　　宁晴做了一个梦。
　　梦里进了一个宅院。宅院的前厅只摆放着一堂精巧的红木几案，几案上隔着一套景泰蓝的瓶尊，一只观音尊里斜插了几枝万年青。一个海清长衫的男子，影影绰绰，从屏风后闪现，面孔清白，像是柳承，又像冯雪峰，也有几分像唱评弹的先生，再细看，似乎是副市长。

搞七捻三，真是弄不清楚了。头晕沉沉，一脚又踩在棉花里。宁晴想自己人到中年，依旧有不知身栖何处的漂泊感和虚无感，不觉流下两行清泪。懒洋洋穿着好，好像手心里一股蟹腥气，怎么洗也洗不掉。她打冯雪峰手机，忙音。她没有气力和他生气。关节处酸痛得厉害，胳膊抬不起来，脚迈不开来，只剩一颗心脏有气无力地跳动着。

打酒店电话，无人接听，问前台，说客人大清早已经退房了。

编制差不多已经落实了，人却跑了——宁晴想不至于这番狗血，雪峰只会闹一时的情绪，终究还是会回过来的。她想想雪峰的老婆，一年四季任男人在外面乱飞，早没有了夫妻之实。但她扛得住，种苹果树，服侍公婆，料理孩子，期待着孩子到大城市闯天下。她比宁晴年轻得多，才三十四岁，如狼似虎的年龄——却不急躁不恼怒，不贪、不嗔，是真正有佛心的人。宁晴轻舒一口气，看见太阳在浅蓝色的天空里，亮得化成了一团不成形的白光。

迷迷糊糊在床上歪睡到晌午，拨冯雪峰电话，关机。

宁晴有种不祥之兆，但不愿往深处细想。再等等，人生太多的事情急不了。公司总裁要她去主持下午三点的会议。投资30个亿的工程目前进展一般，开工没多久就出现了安全事故问题，一个工人从五米高脚手架上摔下来，造成痴呆和半身瘫痪，家里人哭哭啼啼，轮番坐在公司大厅闹事，这种事情最棘手了。宁晴心里默默念了几声"阿弥陀佛"，洗洗脸，出门了。

会议上，有人小声嘀咕："索性摔死了，倒好处理，现在半死不活，有的烦了。"

六如偈

　　宁晴又紧念了几声"阿弥陀佛"。整个下午虚汗不断，手脚发麻，这是血脉不通的症状，或者是肾虚所致？她迅速用手机上网查了下，果真，近日来脱发现象严重，卫生间到处是她细细密密的长发；夜尿增多，折腾得一晚根本不能好好入睡——这些都是肾虚表现。她脑壳嗡嗡作响，昨晚月移花影，人鬼情未了——那一刹，她竟又联想到了她的前夫，又脏又丑又臭的身体。可惜昨晚，她身上没有勇气来藏张小泉剪刀。假山上的流水淙淙，在半夜里格外清晰，她闭着眼睛，还听见风声，呜呜呜地吹，风里应该有竹叶在飘飞。有一首诗，竟从脑海里跳出来：听了雁声，动了乡愁／得了慰藉于邻家的尺八／次朝在长安市的繁华里／独访取一枝凄凉的竹管……

　　这是冯雪峰推荐给她现代诗人卞之琳的作品。那一阶段，她迷尺八迷得要命。回到别墅就把音响打开，听幽幽曲音流泻而出。可惜，尺八虽源于中国，但南宋以后一直在日本得到传承和发展，甚至被称之为日本民族乐器。冯雪峰说到此处，就愤愤然，"小日本！什么都和我们争啊抢啊！"冯雪峰较劲起来，比牛还犟。他抵制一切日货。吃的，用的，凡事和日本搭边，他都拒绝。宁晴知道他脾性，好好好，不跟他争，由他去！

　　两天过去了，冯雪峰一直关机。他可能在雪山之巅，或者喀纳斯湖边，也有可能躺在格桑花盛开的草原上，一个人，真正地把自己放到天涯海角去流浪。

　　从脚手架上摔下来的工人昨天夜里脖子一歪，死在急症室里了。家里人不知有什么神功，居然偷尸，大清早将尸体运到公司门口，亲戚朋友数百人拉起手搭成了人墙，号哭、抗议、110联动、公安系统都出动了。总裁生气得要命，要宁晴出面首先将媒体的嘴巴封住，千万别被他们八卦得离了谱。其次是消除社会不良影响，怎么有用怎么支着。第三搞定这些家属，无非就是钱嘛——咱不差钱，但不能无原则乱给，要花最小的成本去解决问题，但得让他们坚决不能再闹事。

柳承也听说了宁晴面临的头痛事。特地赶来，和宁晴在花窗下喝茶，他带了嵩山古寺里请来的定神丸送给宁晴。丸子小而黑，晶亮晶亮，柳承说专治心气虚弱、神志不宁。宁晴看上去略略有些憔悴，眼角细纹如一夜之间画上去的。柳承轻轻说："去给死者超度吧，或许他们家属心里会好受些。像他这种非正常死亡的人做鬼是很痛苦的，每七天都会把死亡的过程重复一遍。所以，超度能让他和他的家人都得安宁。"

宁晴黯然中点了点头，刚要联系对方，柳承揿住她手说："先别忙，你得告诉他们，我们会请修行最好的法师来做，到时亲朋好友参加的越多，法事的效果最好，因为毕竟有亲属血缘关系。至诚感通，精诚所至，金石为开。我们会多做几次法事，让死者安息。"

柳承看着宁晴，很温暖的眼神："这种事情要当面谈，显得诚恳。"

"我陪你去。我来讲。"他扶住她肩膀。

事不宜迟。两人赶到棚户区。苍蝇与他们擦肩而过，恶臭气随处散发。柳承清白面孔、颀长身材出现在这样的一个地方，确实很有定力。他的嗓音低沉，似乎追随着这样的嗓音可以上天入地。话不用多说，五六句，七八句，听的人心服口服，连连点头。定好日期，返回。

六如偈

11

香炉里的烟，已经燃尽了。

宁晴心灰意冷。冯雪峰的手机连续关机一周。他可能真要自己当空气一样在人间蒸发了。不会出什么意外吧？宁晴越想越毛骨悚然，汗毛倒竖，幸亏最近几天新闻里没有狞厉恐怖的事出现，前一阵子还听说下水管道堵塞，结果挖出来一具无名男尸——那个社区的居民大都呕吐了，有的还发了癫痫症和抑郁症。真是难以想象，乱了，好像一切都乱了阵脚。宁晴的心悬在半空，手颤颤抖抖，终于打电话给他们公司，对方说他辞职了，去哪儿也不清楚——宁晴慌得手机也掉了。好半天缓过神来，还好，他没死，只不过跑了。他喜欢流浪的，喜欢永远在路上，喜欢漂泊无依的感觉。这是他以前一直强调过的。

她算是明白了。

以前，他们争论过一次人生观的问题。

他说："心无所依，是最高的境界。"

她吃吃笑他，说："我要心有所依。"

他辩驳说："一定要有依靠依恋，太累。人生要活得自在。"

她面对白墙，期期艾艾说："我是女人啊！"

他笑了，"女人男人一回事。"

她又说："我是凡人，你是诗人。"

她希望花好月圆，好景常在。谁能料想等到事情有了眉目即将成功时，他却临阵脱逃了？宁晴做了一道菜，土豆泥芙蓉蛋，把剁得极细的土豆泥,用高汤调匀,再用已煎好的蛋饼裹了上蒸锅。他最喜欢吃这菜。现在只好一个人来品尝,吃着吃着,噎了,一边呕一边流泪。

她原想电话打到他老家去,但问了又有什么意思?他老婆并不挂念他,却有很自在生活的状态,洒扫庭院、种植果木,与公婆孩子相处和和睦睦,没一点怨气。她宁晴若真打了电话,才显得可笑。

乔平的秋雨一层比一层寒。巷子里,早已冒起寸把厚的积水。雨,淅淅沥沥,洒在屋檐上,发出沙沙沙的微响。宁晴看着黑漆漆的夜,全无睡意。她脑海里满是隐谷寺那次偶遇别人做法事的场景。诵经如仙乐,木鱼声声。法师们穿着青褐色的裟衣如在梦中穿梭。"是日已过,命亦随减,如少水鱼,斯有何乐。"她记得当时自己有当头棒喝的顿悟感。

宁晴长叹一口气,暮色中揉揉自己的太阳穴,酸痛不已。碰到鸳鸯戏水的苏绣靠枕,凉飕飕的寒意像长着一百只脚的蜈蚣直往上蹿。黯然中宁晴抽泣了几声,仿佛人生的命运又回到原来的状态,虚无、空荡荡。

好不容易睡着觉。突然之间,宁晴感觉有千斤重物压身朦朦胧胧喘不过气来,好像一种莫名其妙的力量直逼全身。天哪,一团黑乎乎的暗影压着她,逼着她行那事。他似乎长着角,又似乎青面獠牙。宁晴想喊又叫不出来,想起身,想要张开眼睛,却无法动作。嘴巴像被锁住了一样,根本无法开口说话。她颓废仰躺,全身肌肉张力瘫痪,只听一阵阵嗡嗡作响,羞辱的泪水流下来直接淌到耳朵里。挣扎好长一段时间后,宁晴才缓缓使上劲,睁开眼,却是噩梦一场。

宁晴已是满头大汗，羞愧难当。

"鬼上身"只是以前听村子上老人说起过。哪料到今日应验到她宁晴身上，她吓得魂飞魄散，但身子骨一会儿重，一会儿轻，是行了房事后的感觉。屋外雨还连接不断，水流啊流啊，从巷子青石板缝隙一直流到下水道……通到河里，转一转，滑到湖里。湖里有水草气，宁晴好久没有闻见这样的气息了。

新闻里说，西北地区发生旱情。尤其是宁夏，连续两个月没下一滴雨。土地干裂，庄稼枯焦，连人的饮用水都成问题。如今的天气，变化无常，谁能说得清呢？要么洪灾，要么旱灾——宁晴枯坐在沙发里，想那苹果树两个月没喝到一滴水会是怎样的焦渴，女主人又是如何的忧心如焚。他突然回了家，仿佛电影镜头一般，浪子回头，脚步日趋轻盈，家人又该是如何欣喜。

江南的雨越下越大了，噼噼啪啪，雨里还夹杂着几声狗叫。天色渐亮，空气里散发着清寒之味。日子走得太快，不觉已是中秋了。

12

明照道馆柳承上了晚报会客室。整版宣传，还配有柳承的照片——平顶头，中式烟灰色唐装，牙齿白净。一如宁晴第一次见到他的模样。报纸上报道了柳承作为尺八的传承人，在北京举办了一场尺八专业演奏，下半年他将作为中国代表首次登上世界尺八大会演奏的舞台。

宁晴在办公室翻看报纸，着实吃了一惊。

柳承在记者前侃侃而谈，并不拘束，既专业又幽默，他说尺八作为一门古老、冷门的艺术，可能现场听过专业演奏的听众不会超过两桌麻将的人。的确，尺八源自中国，作为庙堂音乐存在。后来禅宗文化的盛行，使尺八成为一种法器，日本的僧人将它传到日本发展成为本国的民乐，可以说是家喻户晓。现在尺八在欧洲、美洲同样被人们喜欢，日趋全球化。

柳承微笑，面孔白皙，手指细长。他说，之前他也是个僧人，在南京鸡鸣寺里，有一次中日两国文化交流，恰巧他负责接待。一位日本的僧人在佛殿前吹了一首尺八曲子《空庭》，如此恬淡、虚无，把他深深震撼了。日本文化交流团怀着尺八寻根的念头，想报恩、反哺，就把尺八的吹奏艺术教会了他柳承。

宁晴一屁股坐下来，脑袋嗡嗡作响。

她不晓得柳承这些说辞是为了采访专门准备的，还是事实原本如此？或者是记者们的胡说八道？现在的媒体，吹牛不打草稿，真真假假把老百姓绕得晕头转向。她想拨柳承电话，手臂却有千斤重。这一个月，有多少可笑的场面在她眼前出现，她失眠得厉害，空洞洞的夜晚，只有孤星在天边闪啊闪的。前夜，她梦见自己把柳承揉在了怀里，夜已熟睡，月光照到他青白的胸膛和纤细的腰肢。她滚热的面腮贴上去时，清泪直流。他还是头一次行事，怯怯里带着游戏般的可爱。她说，没事，没事。仿佛诱拐着一个未成年的男孩，她心慌意乱地溜进了青石板巷子。

醒来她的心搅成一团麻，觉得自己无耻到了极点，梦是潜意识的显现——宁晴发现自己心欲癫狂，不晓得会被拉到哪个境地。

办公室有敲门声，敲得断断续续。

有人在外头戚戚促促。

宁晴说了："请进。"

外头人还是有些踟蹰。

宁晴只得起身去开门。

柳承和小薇，手拉手，眼里闪耀着光芒。

宁晴一怔，往后退，将两人迎进屋。柳承依旧称呼她："晴姐。"小薇也羞涩地跟着叫："晴姐。"宁晴脸上忙堆起微笑，头皮却在发麻。墙角的一支莲蓬头似乎在摇晃起来。

小薇从坤包里取出一张粉红色的卡片，不消说，是一张结婚请帖。

莲蓬头曼妙得跳起了舞，江南采莲的胜景都在眼前了。鱼戏莲叶东，鱼戏莲叶西。柳承洁白的牙齿，朝她眨着眼，他细长的眼睛眯成了一条缝。他说："晴姐，下周五，我和小薇的婚礼你一定准时参加，我们——"他停顿片刻，向小薇看了一眼，"我们还要请你当证婚人，你千万要给个面子啊！"

宁晴转过脸去，这才注意，小薇穿着一身绛红的丝绒旗袍，莹白的耳垂露在发外，上面吊着一丸碧玺坠子。小薇的手臂似藕节，鲜白。她一脸诚恳，眼巴巴期待着。宁晴捧起她的手，细细看了眼，然后意味深长说了声："祝贺！"

婚礼自然要参加，而且打扮要别致、雅洁。宁晴看镜中的自己，委实憔悴了不少，于是花了不少辰光到美容院滋润了下。婚礼并不铺张，选择了一处山清水秀的地方，十几桌酒席，还有一个小舞台，架着古琴，不像婚礼，倒像是雅集。来的宾客大多是熟面孔，王总、李总老早在那儿插科打诨了，还有不少宁晴手机通讯录里的人物，如今他们也都成了柳承小薇的好朋友了。电视台台长也出席了。宁晴的眼睛扫过去，一愣，竟然副市长也到了，只是穿了件蟹青中式上衣，拿着折扇，坐在屏风后很低调的样子。

一定是小薇的本事，把各路人物都请到了。

小薇今日不知道会上演什么？《游园惊梦》还是《夜上海》？她总有她的法术，把来宾降得服服帖帖。但今儿身份不同，当新娘的人应该有所收敛。宁晴早上起来只喝了一杯白开水，便觉得五味杂陈，眼睛蒙蒙地仿佛上了层霜一样，窗外桂花香飞逸到别家院子，她叹了口气，想给柳承去个电话，想了一上午，也还是没有拨。

小薇笑吟吟，据说是第三次婚姻了，看上去还像个小姑娘，细皮嫩肉，唇红齿白，一笑就有酒窝儿旋出。有人起哄，说要新郎新娘介绍恋爱经历。她也不推托，大大方方说："是我倒追他呀，我迷上了尺八——迷得要死——做他的粉丝，心甘情愿陪着他。那夜，我们去看了《泰坦尼克号》，看到杰克为了萝丝沉入海底时，他动了情缘，我就拉着他的手，说——今夜我们不睡觉，等天明！等到九点，民政局上班，咱们就去领结婚证！你去不去？他傻乎乎地说，嗯。结果我们就在城墙脚下看了一夜星星，星星眨呀眨的，我的心欢喜得怦怦怦跳，人间最好的东西——是欢喜。现在，终于被我抓住了！"

一口热辣辣的酒，堵在宁晴胸口。她眯起眼，眼前山影憧憧，万壑风流。

柳承吹起了尺八，一尺八寸长的尺八，魔力无穷，它悠远、寂寞，似乎无所指，又似乎把什么都囊括在窄窄的竹器根部。十几桌的人安静下来，听得见山那边铃音和鸟雀之声。

一条短信，像秋日里的蟋蟀在叫，衰弱无力。宁晴低头一瞧，陌生号码，原想不理，但还是翻开了瞧了下：

"命运，一卷在手的伤心／蜷缩的，一丝不挂的诗"。

她仿佛被什么击中，千头万绪，扭扎成了一条绳，绳子又成了一条蛇，呼呼呼呼在风中一路向远处的山摇曳。她不知道风的方向，也不清楚自己的游踪，只觉有一股血腥气在推着自己。尺八，要命的、孤独的、迷惑人的尺八乐曲在清幽处徘徊，她手脚悬空——不，她手脚退化，浑身长满鳞片，她仓皇滑入草丛，疲惫地喘气。

13

中秋月圆，花影婆娑。

女儿在电子邮箱里发了一张节日贺卡，在美国能记起中国传统节日也算是不错了。

怎么形容今儿的天气呢？月亮亮得发白，明晃晃的，铺了一地的水银色。空气里流淌着一种清香的气息，使人忍不住有吸了一口再猛吸一口的念头。露水，也有了。一大滴，一大滴，满是。宁晴穿着青花布鞋，拎着一桶从花鸟市场买来的鱼和乌龟。

别着一大串钥匙的总管小王走在最前头，他挑着两大桶鱼，晃悠晃悠。大队人马到了云湖边，这儿已经设了香案，备了净水柳枝，并在中间供了观世音菩萨像。放生仪式开始。

云湖景色雅致清幽，湖面泛着粼粼光泽，一盏盏莲花灯逐水而淌。圆胜法师在吹尺八，空灵之音消散在水汽之间，天地感通。

宁晴蹲下身去，水有些凉意，但很舒服。她倾倒水桶，鱼儿们探入水中，"啪嗒"甩了一下尾，就不见了。客厅里鱼缸中的四条锦鲤鱼也被她一起带来了，扎在塑料袋里。她寻了一个偏僻处，望着月亮，望着幽静的水面，念了几遍《大悲咒》和《往生咒》，逐一将四条鱼放入水中。说来蹊跷，这四条不似前面一桶买来的鱼，得了灵性似的,游入湖中时,还不时回头看了宁晴几眼……

  发表于《作品》2015年第6期,《小说选刊》2015年第7期转载。

伊索阿索

1

简春华蹩出巷子时,正是阳光照得最不紧不慢的辰光。

几盆菊花,长得精神,这是他母亲的功劳。他好像跟谁约好了。电瓶车上挂着水桶、鱼竿、篓子。青石板一路发出噗噗噗的声响,险些撞到一身皂色的和尚。和尚头皮清亮,一看就是法慧寺出来的,这时候寺里最清闲,他们也要出来溜达溜达、散散心。

简春华朝和尚点一下头,径直再往前行。昨天下班时他已经瞅准了一个河湾头,可以野钓。水质不错,碧碧清,应该藏有大鱼。他摆开架势,今天用的饵是玉米粉拌的,很香,自己都忍不住想去尝一口。水亮汪汪浮动着,照出他的脸,青白秀骨,两腮处影影有胡子茬儿。这还消说,当年他外公就有"南方梅兰芳美男子"之称。他从来没有见过外公，仅看见一张母亲尚在襁褓时和家人的合影。

一个半小时过去了，鱼影也没瞧见，只有水草慢条斯理摇晃。

简春华抽了四五根烟。他不急。阿珍发了几个短信来，问他在哪里。他也懒得回。浮子在动，他警觉起来，瞬间感觉到手中的力量，用力牵拉过来，一团黑魆魆的东西即将要露出水面了，它在游弋、挣扎、搏斗——他手心里沁出一层细密的汗。再用力，一个细长颈脖伸出来，穷凶极恶瞪着他，他不管，"啪"的一声甩到岸上，那东西四脚朝天乱划。简春华伸出手捉拿它时，反被它恶狠狠咬了口。哈，破天荒地，竟钓上来一只甲鱼！他很快活，吹了几声口哨。鱼竿继续放下去，接连又钓上来两只甲鱼。小、中、大一字排开，仿佛一家人，齐刷刷来到他的篓子中。

清蒸甲鱼，鲜美，营养高。可以给父母亲好好滋补下。

阿珍来电话。他掐断。出法慧寺巷口时，他看见阿珍的男人正坐在寿衣店卖香烛的柜台前。阿珍男人拖鞋吊在第二个脚趾头上晃荡晃荡，肚皮肉厚得要翻出油花来——阿珍只要说她出去做生意了，她男人绝不多加追问。

甲鱼在篓子中爬得窸窸窣窣，甲鱼盖碰撞在一起发出的响声很有意思。他想到了姨母教过他的一首童谣：

> 伊索阿索，
> 牛蛇踏死老鸦，
> 老鸦告状，告诉了和尚，
> 和尚卖布，卖给了姐夫，
> 姐夫捕鱼，捕到了一条金鱼，

六如偈

金鱼放屁,擦穿了河底,
河底崩折,乌龟晒死!

姨母的大脚板顶着他的小脚板,手左右牵拉,嘴上就唱这首童谣。他乐不可支,咯吱咯吱笑个没玩。母亲看着他开心的样子也默然咧开嘴笑。简春华从来没有听过母亲讲一句完整的话。姨母说,母亲如果不发那次高烧,不生那场病,她的人生轨迹就不是这样了。母亲有美丽的金嗓子,有出众的小脸蛋,那时40年代上海小明星艺术团差点把母亲选进去了。可偏偏出了意外,母亲高烧不退,请的医生是庸医,又错过了最佳治疗时间。从此,母亲成了哑巴,开始生活在无声的世界。

阿珍发火了,发来一条短信:"你个乌龟王八蛋,全世界就我来稀罕你!"

简春华耸耸肩——删。家里有砂锅头、大蒜籽,再放少许干香菇、枸杞子,味道会鲜极、美极。

太阳西沉,蒙蒙一层玫瑰色洒遍了法慧寺巷。路边的梧桐树叶微微青绿中有些泛黄。光阴之美,一年又一年地转逝,他并不觉得忧伤。过了年,他就是四十出头的人了。孔子说,四十不惑——他觉得没有什么好疑惑了,唯一遗憾的是,没有给双亲生养个第三代来孝敬。

2

回过头来想,前妻可能一直在找理由拒绝生孩子。

简春华将甲鱼腹部朝上,等它伸出头,迅速用刀将头砍下,提起控净血，放入开水锅内稍烫后，捞入冷水中，刮净黑皮，揭盖掏去内脏，剁去尖爪，用清水冲洗干净，放在砂锅内。待各种佐料到位后，就噼噼啪啪烧开了。

不久，香味弥漫了整间屋子。自从离婚后，他就搬回逼仄的屋子和父母共住，房子很小，六十个平方，吃饭时上个厕所还要移动饭桌。可是他喜欢这狭小的空间。父母的旧照片、他孩童时代的玩具、阳台上的菊花天竺、老式的五斗橱，以及院墙上长满的爬山虎……

前妻蒋丽君跟他的感觉恰恰相反。她一直嚷嚷，这屋子有鬼气。他将手指摁在她嘴巴上，她柳眉倒竖："神经兮兮，干吗？反正你父母都是聋子，又听不见我们在说什么！"蒋丽君是物理老师，当老师当惯了，她的嘴唇始终处于翻动状态。他记得和她初相识时，她是个文静的女孩子，怯弱弱，不敢多说一句话。恰巧他到她师范学校实验室安装一排集成电器，三天两头往那赶。她是帮导师忙来值班。就这样两人撞上了。他清白秀骨，唱歌好听，像香港红极一时的陈百强，她一下子就被击中。两人伏在校园的草坪上，看月亮慢慢升起，他便唱《半个月亮爬上来》。学校里放电影《海上钢琴师》，他们头凑在一起，看得感伤又温馨。苏北农村出身的蒋丽君，穿衣服还有些乡气，红黄绿乱搭配，他调教她，凭直觉告诉她怎样才能协调。

蒋丽君毕业那年，泪光盈盈，她不想回到鸡屎鸭屎遍地的苏北农村——她抚摸着他的耻骨，大四下半年起，他们大多睡在一起，互相摸索身体，很舒服。他一直担心她会怀孕，会影响她前途。她诡异地笑，一会儿说是安全期，一会儿说她采取了措施。他知道她服了小小的白色药丸，他不太支持，这避孕药会伤她的身体。他倾

六如偈

尽全力，让姨母动用了亲戚中最厉害的关系，送钱、走后门，该打点的打点——好了，蒋丽君成了蒋老师，编制内正式教师、国家干部，响当当开始了新生活。

蒋老师喜欢有声音的世界。学物理的，情有可原。

声音是什么？声音是由物质振动产生的。简春华父母喉咙间摩擦后，也有声音，但太可怕，像动物交媾时发出的短促之音。有一次蒋老师冷不丁被吓着了，她惊恐的眼神打量着公公婆婆，流下了无数眼泪鼻涕，似乎她是一个无辜的受害者，莫名其妙被丢进了一个牢笼。简春华不忍卒读。他向壁沉沉叹气，他的母亲，向来是温婉尔雅，据姨母说她们是旧上海赫赫有名的秦家贵族后代，只不过外婆是小妾，没有名正言顺对外界公布过。外公风流儒雅，显赫一时，姨母抱着小小简春华时，忍不住摁住他鼻尖说："呀，这鼻梁骨，简直就是你外公的翻版！"

蒋老师十分惊诧他有这样的家族背景，认为他在胡说，在捣糨糊，目的是想要把她骗到牢笼中。

他笑了。骗？傻气的女孩，我何必要骗你？

他将单薄的蒋丽君裹在怀里，如同把稀薄的阳光捂在了胸口。

有照片为证。母亲身着旗袍，头盘发髻，手执小团扇，和姨母在深棕色旋转楼梯前留影。照片里气息和光影效果非常合拍，母亲浅浅笑着，她的微笑代表着所有的语言。他十分迷恋这样的场景，躺在床上，反反复复看，光阴倒转，杨花飞扬，深深浅浅梦的色彩蜂拥而至，如同巷子里散发出的各种小吃味道，海棠糕、生煎包、萝卜丝饼、糖炒栗子……

3

阿珍气咻咻，在砰砰砰敲门。

简春华听这敲门声中有一股劈头盖脸要暴打一顿的怒气，就猜出是阿珍来了。他趿拉着拖鞋，将甲鱼汤端到饭桌上。饭桌中央置着个玉壶春瓶，瓶颈处套着白兰花手环，幽香扑鼻。这是母亲喜欢的，她嗅觉特别灵敏。简春华懒洋洋走上前开门。阿珍一见他，就发飙不起来，身子倚上前一边撒娇一边埋怨："你呀，真是的！人家当你是块宝，你却把我当根草，连个回应也没有。"

母亲探过头，向他和阿珍笑笑，碗筷摆上来，她打了个哑语——吃饭。

母亲肯定一直以为阿珍是他女朋友。

阿珍敷粉痕迹太重，脖子处界限分明。他戳戳她颈子，拉她到镜子前去照。阿珍讪讪地，到他的房间，往铺好格子被单的床上一躺，脚跷起来。他忽然想起她男人脚趾头吊着拖鞋的模样——他可能还在寿衣店卖香烛的柜台前。据说那家老板要雇用他一段时间，上阶段三伏天，气温出了奇的热，热死了不少老人，对面的法慧寺法事不断，连香烛生意也兴隆起来。

简春华没问阿珍什么。他带上门，这女人盘腿开始摆弄他床上的电脑，放歌，刘若英的《为爱痴狂》。"——我从春天走来，你在秋天说要分开。"唱到高音处跑调了——她陪唱时也是这副德行吗？简春华不由笑了。

母亲打哑语，意思是让简春华叫阿珍出来喝甲鱼汤。简春华摇

六如偈

摇手。

甲鱼汤里飘着几个枸杞子，颜色鲜亮。白兰花叶子有点发黄，可是香气依旧。简春华忽然想起对面法慧寺和尚，那次，和尚在买布，暗色缠枝纹，不晓得派做什么用途，布料好，两米多长，做一件对襟旗袍也绰绰有余。

阿珍嘲笑过他，说："这些和尚，估计和鲁智深差不多——都是花和尚，喝酒、吃肉、玩女人，可能样样上手！"

简春华认为阿珍说得毫无道理。

早晨他会隐隐约约听见寺庙里做早课的诵经声。"揭谛揭谛波罗揭谛波罗僧，揭谛菩提萨婆诃。"他习惯性地跟着念几声。那一阵前妻吵死吵活要搬离法慧寺巷，去按揭贷款买房到青莲巷居住时，他几乎夜夜失眠。但为了蒋老师，他忍了。蒋老师说："你父母是哑巴，你是半个哑巴，你替我换位思考一下，我回到那屋子，什么声音都没有——又好像什么都在鬼里鬼气地说话。我半夜惊醒，出虚汗，你家什么祖宗的遗像瞪着我——我真的要崩溃了！"蒋老师的情绪确实很糟糕，说话时拉扯头发，声音尖利，她不顾简春华父母在场，哭哭啼啼，撕了本子，摔了盘子。简春华也有些束手无策，他不知道他的小女生怎么了——他想把她搂在怀里安抚，她爆发出巨大的声响，"要么换地方住，要么咱离婚！"

最后还是姨母出场解决问题。姨母借了他二十万作为首付。姨母说："好好过日子，争取年底生个孩子，家里也热闹些！"

法慧寺巷入口处有一牌坊，上下联是：日出推窗喜见塔影，夜深闭户静听橹声。——简春华喜欢极了。他看得见塔影，听得见橹声，日出，夜深，都是最美的时刻。所以要他搬离法慧寺巷，等于剥了他一层皮。

阿珍说:"幸亏你又回来了,你是我的真命天子!"

阿珍说话喜欢夸张,她苗条的身材被紧身皮裙子紧裹着。高跟鞋足有六厘米,走起来一步三摇。平时在饮食上她十分节制,绝不贪吃——外头人是很难相信她能千杯不醉,在摩巴萨夜总会她是最有底气的陪酒女郎。

4

兄弟强子建议,借阿珍肚子生个孩子,她那么喜欢你!这样对父母有个交代。当然绝对要纯种,别看花了眼!简春华头摇得像拨浪鼓,什么狗屁话?不仁不义,不道德,不合逻辑。他不睬他弟兄,闷喝啤酒,结果回家时撞了树、磕破了头皮,一个人躺在医院吊盐水时,是阿珍火急火燎赶过来给他送吃的喝的。

他望着白色墙壁默想,如果蒋丽君不去做人流,他们有个孩子的话,兴许这婚就离不了。

蒋老师刚搬到青莲巷时,整个人像一个汁液饱满的水蜜桃。她成了完全意义上的小妇人,早起,熬粥,花生、萝卜干,加一份生煎包。她心满意足地看着他吃完。他们几乎每天都做爱,她也用不着服白色小药丸了,兴致很好,哼着小曲,对着镜子将头发编成各种花样——他眼睛明亮,话依旧很少,有时一走神,他不自觉打出哑语——他想念父母亲,担心他们半夜起来会磕着碰着。橹声消失了,隔壁一家夜宵店吆五喝六声会持续到凌晨。做完爱的他疲惫极了,但无法入眠。

蒋老师成了年级组长,带班更加卖力。他关注她的小腹,多么柔美、细腻的肌肤!它一定会渐渐隆起,孕育出可爱的生命。他

六如偈

们频率那么高,立春、立夏、立秋、立冬,日子是长了脚在飞速跑着——但迟迟没有动静,他觉得这几乎是不可能的事情。他偷偷去医院给自己做检查,没有任何问题。他也婉言提出让他的小女孩去趟医院。蒋老师笑笑,说不用,还嗔怪他,"猴急什么!"

蒋老师上卫生间,手机在包里响了,他去取,发现了一张病历卡,上面写着人工终止妊娠。他眼泪一下子涌出来,不知道是什么原因让这还未成形的生命消失了,他难过沮丧了几天,实在憋不住,问他的女孩。蒋老师有些猝不及防,嘴角拉了几拉,说:"领导和我谈过话,说毕业班责任重大,任何个人事情先往后退!我要评先进,评职称,不这样做的话啥都沾不到边,我有什么办法呢?"

他怔住了,脚步往后退,直接靠在了墙上。夜里他梦见了他的骨血,带有秦氏贵族血统的后裔,还未成形就被残忍地抛离在这个世界之外。它游荡到法慧寺,又向前游弋,向它失去话语权的爷爷奶奶哭诉。它化成一团光影,蜷缩在他母亲手植的花木下。花有香味,泥土也有泥土的味道,两种味道夹杂在一起,就显得安稳踏实,小家伙闭上眼睛睡了。他却从梦境中惊出一身冷汗。

后来的情节就是一部糟糕的肥皂剧,他都不想重复,可是发生了——该发生的都发生了,没有比这更糟糕了。孩子!他只是哀悼他的孩子。当他回到法慧寺巷,回到原先房子居住时,他感觉他的孩子就在那里,楚楚可怜张着手臂,要他抱抱、亲亲。他想捏他屁股上的肉肉,让他的小脚掌抵着他大脚掌,然后,唱他小时候唱过的童谣:

伊索阿索,

紫金文库

牛虻踏死老鸦，
老鸦告状，告诉了和尚，
和尚卖布，卖给了姐夫，
……

他把吃剩的一点甲鱼汤洒在了菊花盆中。阿珍在笑。他神情严肃。阿珍不笑了，伸出手抱住他的腰。他别过脸去，问阿珍："今晚不坐台？"阿珍不恼，点点头，说："吃力，就想和你在一起。"他转过身，和阿珍很温暖扎实地拥抱了下。他拎拎她耳垂说："我先给母亲倒泡脚水。"

半夜，阿珍整个手掌握着了他下体。她手心的温度恰到好处。他似乎感觉到，在这忧伤的初秋季节，他穿上了一件贴身的保暖衣。

5

简春华有一种天然的本事。看见对面一个女人挺着大肚子走过，他就能说出里面的宝宝是男是女。从四岁起，他就不知说准了多少回。他似乎就有 B 超一样的特殊功能。小时候好玩，巷子里的老人揪着他，指着沿街走过的大肚皮问他，也不用多看，他小眼睛一翻，嘴巴咕噜一句："小弟弟！"结果事实百分百准确。有个孕妇喜滋滋特地买了糖糕去找他，一心想讨吉利，生个大胖儿子，小小简春华抿嘴笑，说："有弟弟有妹妹！"孕妇想孩子话到底是随便说说不可信的。年底，妇人生了一对龙凤胎，笑得合不拢嘴，到简春华家中不知送了多少红喜蛋。简春华父母亲坐在客厅，态度祥和，凡是有客人来，笑眯眯迎上去。巷子里百姓喜欢春华这孩子，对哑巴夫妇也是格外尊敬和照顾。

简春华现在依旧能一说一个准，未卜先知。但他不愿意说了——他的孩子，被蒋丽君人流的孩子，是个男孩，男孩有美妙的喉咙，会发出天籁之音，男孩在花盆里像金铃子一样叫着爷爷——奶奶！爷爷的头歪在沙发里打瞌睡，奶奶戴着老花眼镜做十字绣。阳光像蒸阳像薄雾，丝丝柔柔泻在他家那方小小的阳台上。男孩消失了。一切，安静得让人心生忧虑。简春华默默刷牙。

阿珍走了。她热烘烘的气息还留在小房间，像刚烘烤出的蛋糕味，甜腻、诱人。阿珍的手特别漂亮，纤细，像玉葱。她从不做家务活，大小事情她男人包了。简春华问过她，和老公结婚十年，为啥不生个孩子？她指指下面说："他精子有问题。"他不说话了。

九点钟模样，法慧寺巷是比较安静的时候。孩子们上学校去了，卖菜早场也过了。街面上人不多。几片银杏叶一飘，让人感觉到淡淡的秋意。天，真的很蓝啊！几个女人在树荫下剥鸡头米，这时令货，一斤要卖好几十元。桂花冰糖鸡头米，简春华厨艺是相当不错的，他用青花碗盛好，递到母亲跟前。母亲一勺一勺品咂，慢慢嚼，再细细咽下去。按中医说法，这鸡头米有健脾涩精的功能，专治脾虚泄泻、遗精及带下等症。简春华省吃俭用，到这个季节总想方设法让母亲吃上一两次。

简春华走过羊肉老店，又见阿珍男人，这男人脑门子很高，头顶微凸。他瞧着简春华面熟，也微微点头。皂色和尚仿佛一朵云飘过，简春华注意到和尚是到对面日常用品的超市里打公用电话。和尚半趴在柜台上，脸别过来，说得很兴奋。简春华收住脚步，街边有石条凳，他索性坐下来抽烟。阿珍男人也走过来。简春华甩给他一根烟。金南京——不错了，上海人再有钱出门掏出来的香烟是蹩脚红双喜。

两人也不说话，抽烟，看长脚蚂蚁慢慢从青石板缝爬出。这蚂蚁，触角长，头大，爬的过程是很享受的状态，懒懒的，一步一挪，弓背出行。小时候，简春华就喜欢蹲在树荫下看蚂蚁、看蟑螂、看青苔，能看得出神忘了时间。和尚的电话足有十分钟。天气凉下来，羊肉店生意会热闹起来，简春华知道阿珍男人又要到羊肉店帮忙，挑水、煮羊腿、切肉……阿珍说，他那双手，按摩起来还是很有舒服劲儿，啧啧啧……简春华细细打量过阿珍男人的手，肥厚，有疤节，也有劲道。

寿衣店老板在招手，阿珍男人掐灭香烟，急匆匆过去了。和尚转过身——树影照在他脸上，三十岁不到的年纪，皮肤紧致，眼睛虎虎有神，简春华对上号来，那次在店里买布的和尚就是他。他眼角有掩饰不住的笑意，用阿珍的话说，这和尚是——闷骚型。简春华不作评价，他的话越来越少，能省则省，甚至可以用惜言如金来概括了。

蒋丽君离婚时，就愤愤然抱怨："你们一家三口哑巴——我受够了！再这样待下去，我一分钟也活不了。"其实简春华明白蒋老师和他待不了的真正原因，并不是有语言没语言的缘故，她在青莲巷新居，一人一个房间，批作业，上网，然后就碰上了李太白式的人物开始网恋——

6

简春华只读了个中专，文化程度没有蒋丽君高。蒋丽君是本科师范生，用那时的话讲，他是高攀了蒋丽君——蒋丽君婚后老觉得

六如偈

委屈了自己。简春华勤快本分,心灵手巧,在厂子里负责后勤,洒扫庭院、采购零件,安排得十分妥帖。世事难料,90年代初,许多国营单位转制,纷纷变为私企,然后裁员——简春华万万没有想到,他也会在下岗名单之列。

他是真正哑巴吃黄连,有苦说不出。思忖了一个月,决定去开饭店,"春华小酌"。他厨艺好,进料正,不怕没生意,银鱼炒蛋、响油鳝糊、松鼠鳜鱼……一只只菜烧出来色香味俱全,不输给"得月楼"厨子的。也弄不清楚怎么回事,"春华小酌"维持了半年,竟然开不下去,欠了一屁股债。——"哈,你真是霉人一个!"兄弟强子看不下去,替他偿还了部分债务,让春华到他公司打工,实际上每年以劳力来抵偿。

阿珍每个月挣的钱,有一小部分暗暗花在简春华身上。

她提两条香烟,踏板车上装一箱啤酒,半夜里噗噗噗在青石板上开过,至简春华家中。阿珍身上糅杂着各种气味,有夜色的气味,有寒流的气味,有香烟的气味,有男女调笑后暧昧的气味,也有她对简春华真心实意的气味。她的酥胸若隐若现,如两朵白玉兰,在寒夜里盛开,白玉兰开花的时候树上没有一片叶子,很是色情的张扬。简春华不太喜欢这种花,他喜欢母亲种植的白兰花,小小的花骨朵躲在一大片叶子下边,但清香弥久。简春华的头埋在两朵玉兰花中间,只觉沧海之水滚滚向前,内心温暖一片,伤感一片。爬山虎绕过窗棂爬在他的桌子上,像只小手,伸向前要拍拍他的肩膀。

阿珍陪酒、陪唱,是否陪客人睡觉?他没问过。阿珍强调,那种生意她是不做的!简春华看见她坤包内拉链处有避孕套。她给他用过。不晓得是否也给别人用?他也不想问。他的身体现在属于他的那个弟兄，二十万的债，要做四年，没有自由，也没有收入，感觉像吃官司。当然这比喻不够恰当，朋友待他还是宽松的，母亲有啥事体，打个招呼，尽可以在家服侍。朋友也笑他："戆卵一个！蒋丽君跟你闹离婚时，为啥把青莲巷的房子给她？是她有外遇！是她对不起你！你做得像个圣人，什么苦都自己扛！现在好了，房价翻几倍，你白白便宜了她！"

简春华垂下头，他不想解释，或者辩驳。

阿珍描述过一次她的小姐妹被台湾老总捉弄——老总们把一颗红色的小番茄放在女孩双乳中间，然后玩桌球游戏，拿一根细长的不锈钢管子，用力将番茄往前顶，目标是穿过她的肚脐眼，到达她的红色小内裤中央。男人仿佛擎着左轮手枪，要直击目标——阿珍手心攥了一把汗，他们在下赌注，中还是不中？七八双眼睛虎视眈眈盯着女孩洁白的身体。阿珍实在看不下去了，佯装肚子疼，慌忙去了卫生间。

后来呢？简春华没问她后来怎样。阿珍神经兮兮自己泄露，那女孩当晚得了五千元小费！其他小姐眼红得不得了。

简春华在咳嗽，秋寒，衣单薄，要注意保暖了。白天五点多经过法慧寺时，寺庙门早就关了，如今夜短，太阳落山也偏早。和尚在寺庙里，也是早早吃完斋饭做晚课。

阿珍涂好指甲油干晾着，最近她喜欢把指甲涂成五颜六色的。指甲油味道有点熏人。简春华皱皱眉，提醒她小心指甲油有毒。"管他娘！"阿珍咯咯咯笑，脚跷到简春华的胳肢窝里。她的身体……仰面朝天。

7

简春华把甲鱼盖洗干净晒干。他记得姨母说过,这东西可补呢!打成粉食用,呵呵,能提高血浆蛋白。他还想在甲鱼盖上画图,一朵花、一只鸟,对了,他最想画匹马,日行千里的良马,风一吹,马鬃飘扬,小时候上课不认真听讲时,他就在作业本上瞎涂,他是有美术天赋的,如果小时候稍加培养,说不定他就成一个艺术家了!

现在,阳光下,简春华真拿出了一支铅笔,这铅笔用了很长时间,短得只有三寸长。母亲用它在日历上画圆圈。母亲画圆圈的日子有些奇怪,既不是家人生日,也不是重要节日,反正母亲觉得那日子十分关键。

老板强子来电话说,"今天有车货下午六点模样到厂里,你得来卸货——"

简春华想把马画好后就出发。他的马有些消瘦,但总体感觉上精神抖擞,他喜欢徐悲鸿的马,母亲的箱子里就有一本徐悲鸿画册,四五十年代老上海的印刷风格。母亲小时候接受的教育是相当欧化了,有素描,有美声,有钢琴……秦氏据说是旧上海赫赫有名的一大家族,出门有私人轿车,回家有佣人服侍。简春华无法想象那时的排场和气息,真是梦一样,太过华丽。他感觉好像自己爬到山顶,喘不过气来,只觉云在跑,天在变幻,落叶纷飞,晚霞绮艳。怪不得蒋丽君经常嘴一撇,讥讽他,说他有妄想症,老瞎编。

母亲靠在阳台藤椅上晒太阳,她七十三岁了,满脸老人斑。自从简春华离婚后，父母亲的心绪一直不是太好。三年前，父亲不知怎么突然脑溢血，半夜里悄无声息归了天。母亲更是悲从中来，直到见了阿珍，才略有好转。

母亲拍简春华肩膀，打手语，意思是——阿珍这女孩多好，赶紧娶回家，生个大胖娃，还拖拖拉拉什么——简春华笑笑，也打哑语，告诉母亲：心急吃不了热豆腐，慢慢来，是你的总归是你的，大胖孙子总会来的！

母亲昨晚牙齿痛，脸半边有点肿，吃了甲硝唑才消停。母亲又打手语，说年纪大了，朝不保夕，心里发毛——简春华板下脸，不许母亲说下去。母亲的身体越来越虚胖，高血压，高血脂，他真怕母亲一下子倒在哪个角落里，他怎么也搬不动她。

母亲又在日历上画圆圈。10月23日。10月23日——也就是农历九月十九，离现在还有几天，不知道母亲要干什么？她几乎不出小区门，偶尔下楼和隔壁的老太太点点头。小区进门墙角处种着一大排芭蕉树，比人高出一大截，叶子碧青，伸到院墙外。母亲喜欢走过去摸摸叶子，鼻子凑近闻一闻，仿佛那芭蕉叶是得了灵气有神仙庇佑的。

简春华打哑语，告诉母亲，他要出门——昨晚吃剩的甲鱼汤还焐在砂锅里，加热一下就可以了；阿珍事体多，时间没个准，吃东西也像猫食，少得可怜，不用去等她。——他的手在空中画了个圈，好像没有什么要交代的了——

母亲笑笑。

简春华也笑笑。

母亲打手语：乖儿子！

简春华眼睛有点涩，果真，一只米蛾，从白兰花花瓣中飞出来，鬼知道什么时候钻进去的。最近吃的米不好，陈米，颜色深，对面超市老板娘廉价促销时也表明是陈米，可没想到米的质量如此之差！

等明天空了，拎着米桶去找老板娘论个理。

8

简春华晓得，蒋丽君先后去做过两次人流。对于第二次，她用的是同一个理由，说单位不同意，女教师生小孩必须排队等候，否则等着领导给你穿小鞋——你在这学校就一辈子不得翻身！简春华听完眼珠子差点掉到地上——竟然有这样变态的规定？他热血涌上脑门，想冲到学校和那些混账领导论理。蒋丽君的房间门虚掩着，电脑屏幕上有一个QQ头像频繁闪现，那位叫作"独行江湖"的隐身人极其亲热地呼唤着蒋老师的小名。

春花秋月何时了，往事知多少——他的名字是姨母起的。姨母说，最美好的日子，就是春华秋实。姨母和母亲长相惊人的相似，她仿佛在代表母亲和他交流——可是，到底不一样的，母亲是母亲，姨母是姨母。姨母后来也帮不到忙了，一年之中难得有时间来他家简陋的屋子叙旧。姨母戴着金丝眼镜，眼神从镜片上方跃出来，说："嗯，你那教师老婆，人精一个，怎么就让你给摊上了——你呀，怎么说呢？"姨母声音威严又不失慈祥，是那种无可奈何的心疼和责备，"哎——现在老大不小，还半吊子一个！"

姨母没见过阿珍，见了的话，没准会把阿珍身上那层皮扒下来，就像孙悟空见了妖精变的少女，会极度不适浑身抖金毛。

简春华跨出小区门时，折了一小片芭蕉叶，原因是那叶子上面有一片虫蛀，远看，像一粒粒翡翠，在阳光下还亮闪闪的。阿珍男人仍旧在香烛柜台前。见简春华电动车开过，他站起来，主动挑了一根烟甩过去。唔——简春华索性停下来，点着烟，吸了口。对面法慧寺烟雾缭绕，看来香客还不少。简春华眼睛扫了下，突然发现寺庙门口一副对联新刷了漆：

"从方便门入如来室，依大乘法度有缘人。"

阿珍男人凑上来，说："你注意到没有，寺庙里有个和尚在轧姘头？"

简春华慢条斯理，也不接腔，弹弹香烟灰。

阿珍男人说："真的！不骗你！他每天都往寺庙外赶。"

简春华把烟屁股往青石板缝里丢去，招招手，继续开电动车。寺庙里居然这时有诵经声传出，唱的是《心经》，有两句简春华听得十分耳熟，"舍利子，色不异空，空不异色"——他想，六点钟才卸货，看来要弄到夜里九十点。

得和阿珍说一声，否则这女人电话一个又一个，像水里蚂蟥吸在脚上怎么也甩不掉。

阿珍昨晚提起，说她想离婚——她不欠男人什么了，她帮他一起给老人送终，帮他定期交好养老退休金，将来他也是能老有所依的，养不出孩子是他的事——她已经做得仁至义尽了，现在她只想要自己的幸福了——她的脸藏在被子下面，泛着些玫瑰色的光晕，她伸出手，指甲上是可爱的小彩虹——她嗫嚅着，说："过了年底，我打算另找工作了，小时候我学过刺绣，绣出来的蝴蝶、蜻蜓像活的一样呢！我能静得下心来。我想到法慧寺街上新开的绣品店去做绣娘！"

简春华有些惊诧，"你会绣花？"

六如偈

"小瞧我啊？"阿珍仰起头，有些天真，有些得意。

"——你钓鱼，我绣花，叫什么来着？"阿珍挠了一下头皮，"像牛郎和织女——"说着自己脸红了，"再生一堆宝宝。"

简春华喉咙里一口痰，堵在中间，害得他咳了几分钟，脸也呛红了。阿珍忙给他拍背。

阿珍似乎还说了好多话，她有些兴奋，目光灼灼，他记不得多少了，其实听的时候他就心不在焉的，他不发表意见，只是"嗯"、"啊"偶尔会发出一两个字。月色朦胧，说话的人总会说累，腿搭着腿，困了，也就睡了。

9

乔平城有个规定，货运卡车一律要到六点以后才能进市区，而且许多道路是禁行的。

简春华赶到老板指定的码头时天已经完全黑了。货车还没到。他掏出阿珍买的金南京香烟，猛吸几口，码头上几乎没有人，烟给了他一点暖意，这天气，中午还只需一件薄毛衣，此刻要加厚厚的外套。主要是风刮得厉害，一点也没有征兆，说刮就刮了。简春华百无聊赖，口袋里掏出一个硬币，猜正反，猜正的话——他想，如果阿珍真的把婚离成了，那就娶了她；猜反了，还按照目前状态顺其自然吧！

有鸟在激灵灵叫着，冷不丁吓人一跳，如鬼魂一样在空旷的夜晚唱歌。简春华转身要走的时候，十米卡车才姗姗来迟。司机老张是北方人，络腮胡子金鱼眼，瓮声瓮气说话。这卡车上运的是废旧钢模板，搬起来十分吃力。老张在驾驶室里抽了一个小时的烟，简春华才搬了四分之一,南方人细胳膊细腿,哪是干重活的料?老张也撸起袖子一起搬起来。

　　北方人爱唠嗑,一开口就是兄弟。老张问他家里状况、月薪多少,简春华支支吾吾,不太想说话。老张不太乐意了。老张弯腰,骂:"他妈的这南方的鬼天气!"简春华不搭理,擎起钢模板,噌噌噌往前走。他觉得老板做生意越来越诡秘了,要这么多废旧钢铁做啥?且只安排他一个人来搬,卸在这鸟不拉屎的码头。老板是他以前要好的朋友强子,一起在电器厂实习做学徒的。人家脑子灵光,倒卖钢材,很快发起来了。

　　老张问:"怎么就你一个人卸货?这也太不地道了,黑灯瞎火的,要忙到半夜啊!你怎么不跟你们老板嚷嚷呢?人善被人欺,这世道明摆着是欺负弱小——换了老子,早和他吵翻了,大不了崩了,一拆两散!什么活不好吃饭?你叫什么名字?姓简——我说小简呐,我走南闯北,见的世面也算广了,你别窝着一股憋气,老哥虽是粗人,能陪你解个闷说个话。你不信任我?呵呵,你为什么要信任我?这话就奇了。萍水相逢,我们不至于有害人的心吧。你卸了货,我交了差,得赶紧找个旅馆睡一觉明早赶回去——我老婆马上生第二个孩子,B超照过了,是个大胖小子!你孩子多大?——你没孩子?你不会是对女人不感兴趣吧——哈,女人的滋味你一定要尝,有了它你就浑身带劲!哦,我老婆有180斤,特别能吃。你听见我说的话了吗?嘿,你们南方人就是这样蔫不拉唧——"

　　风更大了,树叶飘转起来。寒露。已经寒露了,简春华忽然想到早晨母亲在阳台上示意,要吃栗子。对呀,栗子性温,能供给人较多的热能,医生也主张多吃栗子对心血管病有帮助。母亲肯定是闻到了法慧寺巷糖炒栗子的香味了,一阵阵飘过来,惹得人馋虫也要爬出来。明天，明天一定给母亲买上。

老张撒了一泡尿，浇在树根上，有好几分钟。老张一边系裤带，一边又说开了。简春华觉得他倒是可以和蒋丽君放在一起辩论。简春华回头特地瞅了一眼老张的嘴巴，只见老张上嘴唇厚嘟嘟的往上翻翘着，牙齿蜡黄。老张说："兄弟，你们这哪儿有小姐的？——小姐要纯正味道重！嘿，三个月没吃荤，饿得两眼冒金星——"

简春华问："你说什么？"

老张嬉皮笑脸的，他的头发里有一股油耗气："听不懂？我说，有没有鸡？可以睡觉的鸡？——啧啧，你不会还没开化？那这日子过得没滋没味……"

老张还在斜眼陶醉，说："上回我来乔平，和朋友去过一个地方特别牛，小姐的屁股一个比一个露得多，圆滚滚滑溜溜，好像叫什么摩巴萨夜总会……"

简春华抡起手中钢模板向老张砸去，没砸中。老张回过神来，捡起脚跟边的一根粗木棍，虎虎生风向简春华劈过来。

10

简春华肩膀被重重两击，全身一下子被震麻了，他瘫坐在地上。风停息了，鸟儿藏起了阴森恐怖的叫声。他看见老张扯开了衣裳，骂骂咧咧，但没有向他击打第三棍子。他的手撑在粗糙坚硬的地面上，掌心磨破了，手指也渗出了血。他有些恍惚，不知道刚才一刹那发生了什么——

老张回到驾驶室，摁了下按钮，十米卡车腾出去，像变形金刚，如果它要把简春华撕裂、扭成麻花状，都是轻而易举的事。卡车腾出去，又倒回来，折腾了将近五六下。没有月光的码头，黑魆魆的，只有一个巨人一样的十米卡车在发怒咆哮。

老张又从驾驶室跳下来。他说："他妈的，你这小子脑子有毛病啊——换了二十年前的我，早把你锤死了！现在压根儿犯不着。起来！把这些活快点干完，老子没那么多耐性等你。"他龇着牙想把简春华从地上拖起来。简春华像堆烂泥，直不起也站不起，他的脑子还在晕晕作响。老张的金鱼眼瞪得比铜铃还大："他妈的还诈死了不成？"

简春华在喘气，前一阵咳嗽，肺部已经有炎症了，这样一折腾，咳出来的痰也有血丝。无边的黑暗，他听到远处机帆船的声音——"突突突突"。他挣扎着立起身，做了几个扩胸动作，还好。他乞求的眼光看老张——"一起扛吧！"

两人足足又忙乎了一个时辰。老张的态度明显和缓下来，他发了一根烟给简春华，说："歇歇！兄弟，你看你，话也不多，全憋在心里——这样下去，脑子会烧坏的。"

简春华从口袋里掏出一枚硬币，说，"看好了，我若猜正的话——回去就娶一个女人。"

老张来了兴致，觍着脸问："什么样的女人？你已经看中了？"

简春华说："极品女人。"

老张仿佛眼前见了极品女人的样子，口水也要流出来，忙说："好好好，我抛你猜。我见证，不许赖皮！"

硬币在空中转了几个圈，银色的弧线在黑夜中闪出迷人的光泽。简春华眼神随着舞动的硬币柔和起来，他胸口一起一伏，嘴里喷出了大量热气。硬币在老张手里停顿，被老张紧紧捂着。老张萝

六如偈

卜粗的手指严严实实保守着一个秘密——

机帆船的声音又来了,"突突突突"。简春华按捺住胸腔里一颗狂跳的心,他要说到做到的,他不是随便下决心的人了,血腥气泛上来又被他强压下去,他竟然一下子联想到和尚买布的场景,暗色缠枝纹,两米多长的绸布,做一件对襟旗袍绰绰有余。

老张用胳膊肘在催他,"猜呀!快猜呀!"

简春华长长吐出一口气,说:"硬币朝上一面是菊花。"

"是了,是了!"老张比简春华更激动,"兄弟,你娶极品女人的时候,一定要请我喝喜酒的,我是媒人,是我促成了这桩亲事!呵呵,咱俩真是不打不相识——缘分呐!"说着差点要把清秀、瘦弱的简春华抱起来。

简春华不置可否地笑出声来,远离人多的地方,他的笑声很清脆。

两人一鼓作气,把剩下的废旧模板统统搬下来。老张嚼了点干粮,简春华觉得,无论如何他要请老张去吃点夜宵填饱肚皮,如果没有老张帮忙,他整个会累趴下的。他想把他带到法慧寺巷,一边吃一边听橹声,可是这十米卡车是进不了古城区的。那就随便凑合在附近找个卖烤羊肉串的地方吧!老张的酒量肯定是大得吓人,他们北方人喝二锅头,称啤酒是猫尿,但这时候也只能喝点猫尿了。接下来我应该做些什么事?简春华侧着脑袋在想——那个时间点阿珍快要下班了,我就去摩巴萨夜总会门口等她,接她回家,给她按摩,然后做爱,研究生宝宝的事情……

11

风莫名其妙地停了,开始下雨,气温明显在下降。

老张摇摇头,继续骂骂咧咧,"这鬼天气!"

两人搓搓手,好不容易收拾停当,冷得直哆嗦,正准备起身去吃点夜宵时,忽然听到不远处传来警车声。两分钟不到,跳下来两个警察,不由分说,直接拿出镣铐将他们送进警车。简春华蒙了,那只鸟儿又在激灵灵叫了,像鬼魂一样在空旷的夜晚唱歌。他想阿珍快要下班了,阿珍没带伞,也没穿雨披,这样的鬼天气骑不了电瓶车,也没办法打的,他的手机被警察没收了,她再怎么联系他也没用……

他被强迫坐进了一张放大版的婴儿椅,灯光直射他瞳孔,肩膀上被老张重击的地方开始隐隐作痛,摸一下,还有血痕。审问他的便衣警察居然像法慧寺巷穿着皂色僧服在街巷里走来走去的和尚,对,他又是打电话,又是给女人剪布做旗袍。

警察问:"你这批货从哪儿偷盗来的?"

简春华想着明天要给母亲买糖炒栗子,还要跟对面超市老板娘去换米。母亲在日历上圈的数字,农历九月十九,哎呀,他终于想起来了,那是观音娘娘的生日,观音有三个生日,唯独这个生日是她成佛的日子,她终于修成了菩萨,坐上了莲台,这是一个喜庆的日子。母亲太聪明了,她要祈求观音菩萨给简家送一个可爱的大胖小子来……

长得像和尚一样警察不耐烦了,用力拍一下桌子,简春华神还

六如偈

没回过来,警察就劈头盖脸给了他一电警棍。简春华混混沌沌,晕厥过去,一片沉暗,好像有水流,在静静地流,甲鱼咬上了钩,他"啪"的一声甩到岸上,那东西四脚朝天。

第二天简春华醒来的时候,发现老板强子就站在警察身后。老板签好了字,说给他做了取保候审,先带他回去。警察和老板强子看上去比较熟悉,说话嘻嘻哈哈,根本没有昨日的声色俱厉。简春华被一泡尿憋急了,冲进楼梯拐角处的厕所,厕所低矮封闭,外面的强烈日光刺得人耀眼。

强子带他吃了顿好的,又带他去PB国际会所洗足浴。强子说:"洗洗掉霉运,不碍事,不碍事。"强子是他多年的兄弟,强子肚子里养得那条蛔虫他简春华略略能猜出几分。简春华不说话,沉默,该吃就吃,该洗就洗,脑袋还在晕晕作响,他知道强子有话要讲,只是先做铺垫渲染再点明题旨。他肩胛骨处一片青紫,即使靠到柔软的真丝垫子也还是觉得痛。足浴小姐的手劲道很足,掐准他的穴位狠狠按下去。

简春华只觉得浑身酸痛。趁足浴小姐走了以后,老板强子开宗明义,说话了。确实,这批废旧钢模板是他强子偷来的,现在不巧被公安局介入捕获了。看来,事情已经出了,要想包也包不住了。

强子摁住简春华的肩膀,语重心长说道:"兄弟啊,咱俩也算是穿着开裆裤一起长大的,在这社会混不容易啊。看来,唯一能替我挡事的人,只有你这个兄弟了——顶多也就到班房里去坐一年,我们两不相欠!当然,你家人的吃用开销我都会安排好!"

我欠你什么?——简春华脑子有些短路,一会儿回过神来,——哦,我还欠你20万元。

肩膀酸痛得如一座大山压过来,他联想到孙悟空被压在五行山下大抵也这种感觉了,这毛猴子一通乱喊乱叫,终于引来了唐僧。

他也想叫,强子又在摁在他肩膀了,他哭笑不得。

强子脸上的眉毛也在抖动,急切地注视着他,他体格健壮,蓄着浓密的小胡子,他说:"兄弟,咱们知根知底,也就不说门外话了,这样吧!你替我进去一年,我好好赚钱,除了前面的债务清偿,你还可以占我厂子里干股20%,每年你只需要等着分红就成了!"

"想想,"简春华忍着痛龇牙吐出几个字,"容我——好好——想想。"

强子狠拍大腿,说:"好!我等你回音!"

"当然,"强子转过身,神情有些凄恻:"你实在不愿意的话,我也不能强求,兄弟一场,我也怪不了你。"

12

简春华回到法慧寺巷时,正是晌午。

日光很好,空气里还有迟桂花的香气,最晚一拨桂花被昨夜的秋风狂吹后,洒落一地,细细密密的金黄色铺着,看上去别有情致。这风一刮,第二天就艳阳高照,天蓝得像被洗过一样,万里无云。这时候,巷子里涌进来一群外国人,胖的,瘦的,白种人,黑种人……跟在导游后面,拿着照相机激动得摁个不停。

阿珍男人仍旧坐在寿衣店卖香烛的柜台前。看见一大群老外,很兴奋,擎起一大把香,站在老外面前兜售,他用手指着法慧寺的大门,又急忙做出两手作揖拜佛的模样,嘴里反复念叨着:"阿弥陀佛,阿弥陀佛!"

恰巧寺庙里传出了浑厚的钟声,当——当——当——,一连击

六如偈

了十二下,很有悠远、绵长的禅味。老外们仿佛也体悟到了什么,竟纷纷到阿珍男人手上买香和蜡烛,又一窝蜂地涌入了法慧寺。

旁边的一个女人撇着嘴说:"傻人有戆福。"

阿珍男人耸肩,笑着说:"眼红了?"

他眼尖,又瞅到墙角的简春华,咋呼呼叫起来:"哦哟,你去哪里了?你老娘急得大清早一直在巷子里转悠——又搞不清她想说什么。"

"嗯。"简春华应了声,继续往前走,那青石板上正爬着两只长脚蚂蚁,懒洋洋也在晒太阳。"长脚蚂蚁扛棺材,短脚蚂蚁吃素饭。"他不禁想起姨母教过他的另一首童谣。头晕沉沉,还是有些痛。长脚蚂蚁、短脚蚂蚁都赶着丧事,是蚁后死了吧?如此隆重。他不知道该怎么办。欠债还钱,天经地义的事,可是他好像都没有能力去赚钱偿还了——手心灰意冷,脚也心灰意冷,脑子也在萎缩,废人一个——对了,如果他真代替强子进去一年,母亲怎么办?只能暂时托付过姨母,觍着脸皮也要求姨母发发菩萨心肠,他们姐妹骨肉亲,想来应该不会怠慢的——以后他会衣食无忧的,包括母亲,包括阿珍,到那时他只想天天坐在河岸边去专门钓甲鱼。

想着,走着,竟和对面一个人撞了个满怀。简春华吓一跳——光溜溜的脑袋,清亮头皮,是皂色和尚,又仿佛是昨夜用电警棍把他击昏的警察。警察也没穿警服,脖子里挂了条粗金链子,眉宇间有凶煞之气,简春华怀疑他是不是真警察。现在狭路相逢,简春华不禁浑身哆嗦——皂色和尚扶住简春华:"阿弥陀佛,你没事吧?"

"没事,没事。"简春华嗫嚅着。

轻轻推开和尚,简春华长吸一口气。桂花的香,糖炒栗子的香,还有阳光里的香气,他都吸纳到空荡荡的肺里。母亲真的倚在小区门口的芭蕉树下，踮起脚尖张望，芭蕉树碧绿高大。母亲见了他，不打也不骂，只是微微笑，摸他的手，一根手指一根手指摸过去。他搀着母亲，小心翼翼上楼。

母亲打哑语，说："我梦见了观音菩萨。我晓得，观音菩萨会保佑我儿子的。"

简春华用手语回复母亲："没事，真没事，公司里可能要派我出趟远门，出长差，嘿嘿，想多赚点钱。"

母亲有点讶异，转念想一想，打出哑语："有出息！"

简春华脸噌地红了，真想买块豆腐撞死，米蛾仍在阳台上乱飞，多了两只，这动物的繁殖能力可真强。他问母亲阿珍来过没有，母亲摇摇头。幸好。他嘀咕了一句。他在阳台上母亲常坐的那张藤椅上一屁股坐下来，看楼下人来人往，一下子有种往事依依的幻象。

五岁的母亲，穿着水晶鞋在弹钢琴，外公抽着雪茄烟，从深棕色旋转楼梯上踱步下来。姨母比母亲稍长一些，淘气伶俐地接待着客人。秦公馆，张灯结彩，笑语喧哗。这一切，怎么会说没就没有了呢？姨母有时会感慨几句："哎，怪什么呢？命！都是宿命！"

13

阿珍进他房间的时候，已经深夜十一点了。

阿珍身上的味道像刚刚熬好的羊汤味，似乎里面有花椒，有葱蒜，有枸杞，有香菜。他拧开热水龙头，让阿珍先冲澡。莲蓬头的水哗哗哗响着，阿珍边洗澡边问他话，他一句也没听清。他站在镜子前，打了个哈欠，清瘦的脸倦态十足，但他努力使自己亢奋起来,他大概整整有 40 多个小时没见着阿珍了。阿珍干了些什么,他能猜得出——阿珍是透明的,她的头发,她的乳房,她的身体,都没有一点遮掩。他用力绷直了双腿,却不小心开始抽筋,抽筋的滋味难以形容,他十指相扣放于脑后,听到了指关节被自己弄得嘎嘎作响。

阿珍到床上来了。

此刻她身上只有沐浴露夏士莲的味道——他喜欢的味道,有淡淡的森林里植物的气息。他的脸埋在她的头发里。他的口水在牙齿间徘徊,他听见她的呼吸,他的腿又在抽筋了,他像一只困在树林里的老熊差点要嗷嗷直叫了……屋子里气息香甜,古老的,温柔的。他克制住,还好,腿脚平息下来。他看见阿珍白皙的肩膀上有个月牙形的咬痕,小小的,他没咬过,不是他留下的,他怜惜地将手指拂过,甚至替她感觉到疼。

他躺在阿珍的身旁,躺着朝里凝视。阿珍的手在游移过来。她的手像朵莲花,会摇曳生姿,会小荷露尖,手心的温度恰到好处,传递着……他觉得自己像倚天而立的一棵巨树,有回音,森林里特有的回音,鹿在回头,兔子倏忽而过,她的呼吸在起伏,起伏,起伏,他把她递过来的安全套扔到了床底下,蓝色月亮在窗外偷窥了一下就愉快地溜走,他们的呼吸声融合在一起,终于化成激动的尖利的喊叫声。

"要死了!"阿珍羞红了脸喘着气,说:"你居然没带套!我们会有孩子的!"

"就要一个孩子。"他眼睛晶亮亮。

"你想好了?"阿珍有些怀疑,但看他不容置否的表情,她爆发出前所未有的呜咽声。她骑在他身上,狠狠地给了他一击,击中的部位正是白天被老张用木棍重捶的地方，他疼得差点再次晕厥，可是没有。他们推开，触碰，凝视，颤抖，低语，偎依，摇晃，傻笑，舔舐……

他睡得迷迷糊糊，她的一条腿搁在他腿上，孩子应该就在她的身体深处游弋。橹声在凌晨传得格外清晰，有咿咿呀呀木头与木头碰撞的吱嘎声，有水流声，水流过桥桩，流过青草蓬勃的地方……再一会儿，便有挑着碧绿蔬菜的菜农赶早市了。

他做梦了。梦里还在和阿珍纠缠着。阿珍是梳着齐刘海儿的短发女生，双肩包，清纯又心气高，在雨里和他赌气转身走，密密集集的雨，像千万根针扎在他心窝，他追上去，见阿珍正倚着墙痛苦地把脸藏在帽檐下哭泣，才十七八岁的年龄，仿佛识透了爱和忧伤的味道。他迎面把阿珍抱在怀里，吻，狂吻，还感觉到她牙根残留的面包屑。

好吧，他想，那孩子一定会长得十分敦实，有面包在滋养。

他起床，窸窸窣窣，煮了稀饭，煎了荷包蛋，炒了花生。环顾四周的墙，墙面很旧了，泛黄，外公的遗像高悬。他盯着镜中的中年男子看了很久，那男子高挺的鼻梁上架着金丝眼镜，眼神里飘忽着深沉的忧叹——秦氏家族新中国成立后就破落，"文革"期间更是难逃此劫，有些子孙可能在台湾，或者国外，也不甚清楚。姨母曾经说要请人花时间把散落在外面的骨血联系到，终究要团圆一番。但说说容易，做起来难，事情就一直搁着。

14

老板强子来电话了,说他就在他家楼下,想来看望简伯母。

简春华犹豫了几秒钟,还是把他迎上楼。十年前强子曾在他家喝过酒,他们划拳、唱歌、说女人,快乐得酩酊大醉。现在强子的尖头皮鞋踏在落满灰尘的楼梯上,大概也有岁月沧桑之感了。打开门,逼仄、狭小的空间把强子吓一跳,他小心翼翼地寻找空隙放置他手里拎的东西,花旗参、鹿茸、脑白金……

简春华母亲探出头,看到客人,欢天喜地。她也能回忆出当时两个年轻人喝酒的热烈场面,哑语里透着一股子怀旧的兴奋。简春华默默接受了。几分钟后,两人到阳台上喝茶。

强子的头发用发胶喷得根根竖起,他说:"我托了关系,这案子到时判下来只需半年刑狱——半年,一眨眼的时光,才六个月!"

简春华沉默,他看见窗帘晃动,阿珍应该睡醒了。也不一定。她是个夜猫子,白天睡觉晚上做工。

强子说:"有时看问题要正正反反地考虑。这是个好机会。"

强子又说:"放心,你母亲的事情,我会安排好。"

卫生间的门开了,阿珍蓬乱着头发出来。抽水马桶还在哗哗哗流着水。强子笑了:"哦,阿珍!"阿珍睡眼惺忪,没理会阳台上的人,又大大咧咧半眯着眼睛进房间睡觉了。

强子凑近身,压低声响,暧昧地笑:"兄弟——,要不半年出来,我给你安排个黄花闺女,好好娶了人家!"

简春华神情严肃起来,说:"别瞎说!阿珍肚子里有了我孩子！"

"是吗？"强子有点慌，不知道说什么，但马上明白过来，一脸讨好，"怀孕多久了，早知道我也要给弟妹备些东西。"

"昨天，就在昨天，我种下了！"

简春华说完嘿嘿笑了，仿佛他在阳台上种了一棵无比珍贵的稀有花木一样，眉宇间是无法形容的自得。强子扑哧也笑出来："你牛啊！"简春华转过脸来，"她应该在家好好歇养了——她要名正言顺上我家，当我的媳妇——花要开，水要流，瓜熟蒂落，花好月圆，这样我才能安心。"

强子接应道："好事！好事！怪不得我看伯母脸上喜气洋洋。兄弟的事就是我的事，我给你张罗——"他转过身来，笑得有点混："自留地收好了，可别让其他菜籽冒出来！"

"哼。"简春华鼻子里发出一个字。

强子讪讪地，"好，我收回那句。当我没说。兄弟，上次我给你提的条件，是再好不过的机会了——等你出来，阿珍孩子也差不多要养了，你一家老小尽可以吃穿不愁——我强子说话一言九鼎，咱几十年的交情，我什么时候说话不算数？做生意的，最主要就是诚信了！"

简春华说："办喜酒的时候，一定要叫上老张，他人呢？还被警察关押着？——还是回家了？可怜的，忙了一整天，饿着肚皮，啥也没吃到，吃了顿棍棒。"

强子忍不住啧啧叹气起来，"你真是菩萨心肠，这时还牵记老张，要不是他路上耽搁时间，这批货老早就可以卸下，也不至于惊动警察。行，你说啥就是啥，把老张请到，坐嘉宾最上位。"

简春华说："我母亲年纪大，有高血压，不能透露任何一丝消息,她喜欢吃鸡头米、糖炒栗子,时不时给买一点。野甲鱼营养高,熬了汤多给她补补。"

强子点头如捣蒜,"行!行!这一点小事不成问题。"

简春华感觉自己像在交代遗言,悲怆之感遍布周身。他推开卧室想和阿珍说两句,阿珍头埋在枕头里,睡得像个婴儿,软绵绵,热乎乎。

15

法慧寺迎来了大喜日子,经宗教局批准,寺院的舍利塔对外开放 20 天,一时间,香客比平时多了好几倍。这寺院历史追溯起来,可以追到梁朝萧统太子,他在乔平市游玩时,发现此处七彩祥云盘绕,认为是吉兆之地,故代父亲在此建寺。寺中第一任住持圆臧法师功德圆满,火化后留下舍利无数。这舍利塔也成了老百姓们顶礼参拜的一个地方。但近几年来舍利塔大门紧闭,游客只能远望不得进入。

人来人往。虽是立冬了,法慧寺巷一点也不显萧瑟气,三五家卖羊肉的店,白蒙蒙热气扑得一条街都是。乔平市的羊肉不仅没有膻味,还异常鲜美,名气做出来后,邻近几个城市的人都会赶过来吃。法慧寺巷的青石板被磨得更加细腻润滑了。

简春华母亲不知何时也得了消息,大清早把头发梳得纹丝不乱。她想找阿珍,她要阿珍陪她去法慧寺看看舍利塔。可是阿珍好几天都没有来,母亲在阳台上张望了许久,脖子也酸了,她有些失望,定定地在藤椅上坐了一个时辰,直坐到简春华回家,她才缓过神来。

她央求简春华带她去看舍利塔。简春华瞄了一下挂在客厅的钟,已经四点半,走到那里差不多寺庙门也要关了。他示意说,"明天吧——"母亲黯然,僵在那里。简春华有些不忍,说:"那快一点,抓紧时间。"

母亲从楼梯赶下来时气喘吁吁,面色赤紫,简春华怕有什么意外,又示意说,"不赶了——明天去吧!"母亲真生气了,呼哧呼哧要发火,"好好好!"简春华带着她小心翼翼急匆匆赶到法慧寺。天色已暗。见那皂色和尚正要关门,急忙摆手,千恩万谢进去。母亲跪在舍利塔前的蒲垫上好久好久。

回家路上,母亲喜形于色,她告诉儿子她在跪拜时看见了舍利塔上一道佛光闪现,五颜六色。她活了一把年纪,从来没有遇见过。简春华没有接话。对面迎来一群老太,穿着亮丽的演出服,敲着小锣小鼓,唱着乔平小调,迤逦而过。

母亲嘴巴拉了几下,她也想唱,可是她发不出声。但明显感觉出,她的嘴型,在唱一首童谣,一首简春华烂熟于胸的童谣:

> 伊索阿索,
> 牛蚝踏死老鸦,
> 老鸦告状,告诉了和尚,
> 和尚卖布,卖给了姐夫,
> 姐夫捕鱼,捕到了一条金鱼,
> 金鱼放屁,擦穿了河底,
> 河底崩拆,乌龟晒死!

阿珍男人端着一锅热腾腾的羊肉,从法慧寺巷东一溜烟跑到巷西。现在流行叫外卖，只要嘴上想吃，一个电话，美味就能到嘴边——阿珍男人脚上仿佛装了轮滑，圆滚滚的身体球一样滚动。阿珍说，她男人同意离婚了——也不晓得怎么会答应得这么快？真是奇怪啊！依照平日，他是一根筋，转不过弯来的，说不定还会擎起菜刀以死相拼。她闷在肚里的话担心了好长时间才张开嘴说，哪想到事情顺得出乎她意料之外——顺得她心里十分不安，她责备自己怎么就这样贱，喜欢莫名其妙去担忧。

简春华母亲刚才还哼着调，一会儿怔怔地，看着阿珍男人背影发呆，不知道想些什么。简春华拉她，才慢吞吞伸脚向前。天空中不知谁家养的鸽子盘旋着打转。绕呀，绕呀，把人绕得眼花缭乱。

母亲拉简春华的衣角，激烈地，想要表达什么。简春华顺着她手指的方向看去，他看见蒋丽君老师抱着个孩子仰着头，在看天上盘旋的鸽子。那孩子发型有趣，前额留一撮胎毛，后面油光滴滑，像个老式的茶叶罐头。他想了想，带着母亲轻轻绕过，表情像个老教授，从容不迫，安静平和。

16

一个月以后，简春华站在法慧寺巷口回望时，有一种孤独、温暖、悲壮、幸福的神情。然而他不放纵自己的情绪。他意态悠远，目光沉静，似乎一眼能看穿人生那头到底是什么。他等待着什么——他比以往更加清瘦了，青布棉夹袄套在身上，倒像是个旧式文人，和整条巷子的气息十分吻合。前几天，他和阿珍领了证。小范围请了些朋友来热闹一下，最初阿珍还有些江湖气，嚷嚷着说要喊哪些哪些小姐妹，他拒绝了。择了个黄道吉日，吃了一顿，也算仪式大功告成。他没有忘记邀请老张，但老张说路途遥远，他的大胖小子也出生了，他得每天负责把屎把尿，改到春暖花开的时候再聚吧！——对了，老张提出要看极品女人的照片，要过把瘾，简春华应了，挑一张阿珍最有风韵的照片手机发送过去，叮咚一声，老张惊愕，禁不住咂嘴连声称赞。

果然，阿珍月经没有来，嘴巴也叨了不少，喜欢吃酸。

他都一一交代好了。

明天起，他真的要出趟远门。六个月。古人上京赶考，前后也要这么多时辰，舟车劳顿，再加上节外生枝的情节，说不定要整一年才能回到妻儿的身边。他的旅途，单一、清晰。他十分明了。早晨起来站在阳台上远望时，他看见法慧寺佛阁顶上的旗幡随风飘动。白鸽又开始盘旋了，忽上，忽下，忽起，忽落。太阳渐渐升起，舍利塔在朝霞的映衬下显得又巍峨了一些。母亲说，那天她看见佛光了——炫目神奇，他含笑，母亲又虔诚地向佛塔方向拜了三下。陈米换掉了，超市店里的老板娘赔了不是，现在的新米煮出来的饭又香又甜。听说，寺院里有个和尚这两天要还俗了，去回老家成亲——不用指哪一个，简春华也能分辨出是谁。

阿珍下巴磕在他手掌上，可怜兮兮，又想吃酸豆角。

去买啊，不论阿珍想吃什么，今天他都要想方设法买周全。阿珍穿着纯棉睡衣松垮垮地焐在沙发里，像粉红色的维尼小熊。他看她的小腹，还不见隆起，但他的目光能穿透肚皮看进去——儿子还是女儿呢？说出来还真是一个笑话，昨晚他做梦他的孩子出生了，可是男是女这性别怎么也辨识不清，医生拎着孩子的脚，横过来竖过来看，也没说出个究竟。他嘎嘎笑出声来，伸出手，接了——不管是男孩还是女孩，哪怕是怪物，他都会疼他爱他一辈子！

六如偈

推门，外面竟下着雪。乔平城三五年来很少落雪，最多也是飘几朵雪花就不见影踪。没想到这次像模像样真下起了大雪，厚厚一层，踩上去有咔嚓咔嚓的声响。简春华搓搓手，又将手放在嘴边哈热气，这一招也是小时候姨母教的，姨母说，落雪落雨狗欢喜。若不是要出远门，他想和阿珍玩堆雪人的游戏，多少年没有这样尽兴了！

法慧寺巷子两边的腊梅花也开了，花木扶疏，幽香袭人。寺庙门嘎吱开了，出来一个虎虎有神、皮肤紧致的男子。穿了件黑色羽绒服，背着旅行包，脚蹬黑色皮鞋。男子冲简春华不好意思地笑了。简春华认出是那已经还俗的皂色和尚，也笑了。

男子掏出旅行包里的名片盒，取出一张名片递给简春华。

简春华低头看：张强　新华美素斋食府经理

男子说："有缘，今后请朋友们多联系多帮助，小本经营，要靠朋友们支撑。"

简春华习惯性双手合十。男子摸摸清亮亮的头皮，又从旅行包掏出一串手腕念珠，赠予简春华，说："这念珠，开过光，我原想要把它赠给我今天开门所见的第一个人，恰巧是你。"

简春华也不推托，接了去。走在雪地上，忍不住嗅嗅念珠的味道。念珠一共十八颗，简春华将它一粒一粒摸过，一边走一边摸，一直走到食品批发部。

刊于《上海文学》，《北京文学中篇小说月报》转载

杂花生树

陈欢隐约是乘着火车走的。候车室里，一个脸上嘴边有颗肉痣的女人和她说过话。那位十四五岁的聋哑残疾人拿出证件向陈欢讨钱。她犹豫了下，还是给了。

"骗子，你干吗去相信他！现在骗子太多了。"肉痣女人很不屑地对她说。

肉痣女人的脸色十分苍白，有种不可亲近的冷漠感，说话的腔调也是高高在上，估计是机关里坐办公室的老科员。"要你管！"陈欢心里嘀咕了句，我愿意给，受骗我也愿意，证明我还有一颗善良的同情心。

她拎着旅行包随人流上了动车。各人玩各人的手机、电脑。她还十分老土地拿着一本书，《安娜·卡列尼娜》。将近十个小时的无聊旅程，她争取把小说全读完，并且要反复精读几个章节。

不会有人看出她是个会计，每天和数字打交道，数字就像无

六如偈

形的杀手网罗她。秃顶老板每隔一段时间就让她做假账，他说，不做假账等死，等着喝西北风，要么你现在就走人。深夜从公司里出来，她又冷又紧张，浑身发抖，看到的建筑都是凝固在黑色幕布上的灰色图案，充满了暴力、奸诈、欺骗和诱惑。

此次出行，陈欢去见一个老情人孙吴。孙吴是大学里的初恋男友，十五年不见，竟然在人人网上重遇了。相距甚远，往事重新唤起，她似乎仍能回味起他唇边淡淡的薄荷味儿。丈夫嘴巴里混合的是烟味、大蒜味和中年大叔特有的污浊味儿。当然，这样作比较是不公平的——可丈夫一点儿没有意识到，他两天一次麻将，雷打不动，做梦也在喊"和了——"。麻友是他单位里的老同事，不好拉下脸来发火，大家还反劝她，人活一世，草木一秋，这年头你还要你男人奋斗什么，你多扒点粪不都在里头了？陈欢哭笑不得，脸部抽搐了几下，陷于沉默。

不知怎的，年近四十的她反复在梦中体会到了和孙吴欢爱的滋味。

说真的，十五年前的这对恋人从未做爱过——那一点点的拥抱和抚摸已经让她激荡得心从嗓子眼儿跳出来了。树叶在耳边沙沙作响，海棠花儿在一朵朵开。校园的钟声浑厚而有韵律。她催着他，回去吧——回去吧，再过十分钟宿舍门就要关了。她对于时间、数字、公式都太理性了，理性得不合逻辑。他伸到她内衣胸口的手缩了回来。两人匆忙作别，像农贸市场慌慌张张收拾摊子的小贩。月亮投下光影，她关上宿舍门时自觉平静而聪明。

如今细思量，她愕然。可惜时光无法倒流，无法把自己当初年轻的身体给曾经爱着的人。梦里，她似乎举着长鞭，乘着火车，长驱直入，直捣黄龙府。而他，也是个战士，在黑压压的森林里埋伏着。狂风、雷电、海浪咆哮,他们开始交战并且吞噬对方。每一个动作都击中要害。她热血沸腾,高亢有力,他们在惊涛骇浪影幕中冲上一个又一个高峰。她再也不需要护住她的双乳,给你——我是你爱人!我是你敌人的女儿——我是义军的女首领!

可惜,孙吴在网上只是有点小暧昧,显得并不特别热烈。她喜欢。还是青涩少年的模样,浅浅的,淡淡的,有时还干巴巴的,憋不出什么心旌摇曳的词句。这都没关系。她还是喜欢。自从在网上邂逅他以后,不知怎的,她的心情放松了许多,公司做完假账回到家,她拧开音响,听一些轻柔的音乐。它们似乎来自遥远的森林,汩汩的水声、风声、鸟雀声,流淌在一起,格外清澈宁谧。

陈欢编了个谎言,说她要出差,恰巧经过他的城市——孙吴应允了,老同学见个面,总是要尽一下地主之谊。他的声音时而爽朗,时而模糊——喉咙里似乎呛着一口浓浓的痰。

站台。两边的树。鸟巢。不同风格的建筑,让陈欢有了一些新鲜感,她努力使自己的情绪平复下来,用水果刀削了个苹果。一口一口送入口中。——她是个怀旧的女人。水果刀用了很多年,包括她为情人在宿舍削过类似的一个苹果,不小心手指上还划了道口子。他是否还记得?应该记得,她得意地笑出声来。

中铺是个长着肉痣的老太太,声音十分粗哑,还对着手机不停说话,要命的是,她就赖坐在陈欢的床铺沿上不走,说话时还喜欢偏着头,有几次唾沫差点喷到陈欢脸上。对面下铺是个颀长的男人。坐着并没有特别的感受,他上厕所回来经过她身旁时,她才发觉是挺高大帅气的一个人。他听到她得意的笑声,探过头张望。有两三次他们的视线交叉在一起。她很害羞,怕自己诡秘的心事被人识破。她应该算是个好看的女子,耐看,乍一看并不特别出众,但

六如偈

细细品味，还是有味道的，她自己也品咂得出，有小巧的鼻子，酒窝儿。皮肤有瓷一样光洁的质感。

男人临窗而坐，目光长时间聚焦在窗外的风景。今天天气算是不错，最近几天一直有雾霾，层层浓雾封锁，仿佛她在无边无涯的噩梦里怎么也挣脱不了，醒来往往大汗淋漓、唇焦口燥。今天整个儿晴了！淡蓝色，水洗一般的颜色，跳跃着清新感觉的颜色。她深吸了一口气。她讨厌混杂在人群中，那种污浊的气息和忍无可忍衣服的接触，所以她坚持买卧铺。

早上出门的时候，丈夫在盥洗室里刷牙，厕所里丈夫上洗手间后的臭味还未彻底清除。他们的交流因为水声也显得断断续续，"什么时候回来——三天？——猫咪怎么办——我牙肿了——你出门要上好锁——"丈夫没有觉得可疑，只是嘟囔。猫咪跳到桌面上蹭了蹭她的脸。它狐媚地喵呜了一声，似乎知道她此行的目的，她不理它。丈夫比她大五岁，国有企业改制，提前内退，白天里接些零敲碎打的活儿。他心态调整得特别妥帖，绝对不会让自己累着、心烦着、遭罪着——天大的事儿由你陈欢顶着。凭什么——她当然觉得冤屈，床上抚摸了他半天的下体，不见有什么变化。他似乎倦意极深，把她的手推开，温沉地说："睡吧！"

屋外的雾气浓厚一团团涌进来。高跟鞋急促敲打着地面，陈欢已经听到了火车的鸣叫声。安娜·卡列尼娜就是在类似这样的雪夜坐火车的。她手上捏着一本小说，但是她无法专注阅读——返程路上，脑海里尽是那年轻英俊的军官形象。此刻，她陈欢，在奔赴远方，她的初恋情人，哈着薄荷清香来回踱步。他的手指修长，捋过垂在眼前的头发——那里有茂盛的柑橘树、香樟树，海棠花怒放，尽情装点着大地——

肉痣老太太说的好像是日本话，陈欢一句也听不懂。她头发蓬乱、卷曲，有许多头皮屑。终于轮到她上厕所了，她十分警惕地环视了下，然后紧紧抱着皮包，一路小跑往前走。

顾长男人的目光投递过来。陈欢忽然觉得心神不定。她微笑了下，无意识地拨弄着戴在无名指上的戒指。男人不仅身材高，手也很大，关节处尤其明显，一手抓起一只篮球根本不在话下。男人问："出差啊？"

陈欢点点头。

她疑惑的眼神才在他脸上扫了两秒，他马上补充说道："我也是。"

两个人之间仿佛一下子有了共同的归属感。

男人指指她手中的书，说："嗯，托尔斯泰的书，现在很少人能静下心来去读这种名著了。"

陈欢轻微笑了笑，以示礼貌。

男人点头，或许是对她的肯定。

"动荡的火车，有意思。你在这种环境阅读这样一本小说，真有定力。"

陈欢不明白他是真心的夸奖还是讥讽，不置可否地"哼"了声。

"我喜欢安娜，太有感性的女子了，不装。"男人说，他故意清了清嗓子。陈欢瞥了他一眼，又反被他目光逮住了，脸一下子红了，红到耳根。陈欢摩挲着书皮。书页早就发黄，证明有一定年数了。她特意挑这样一本小说集上路，是不是也有点装？断断续续一直在读，读了十几年，和孙吴在一起的时候就开始读了。她始终想

六如偈

不明白安娜为什么选择这样的命运。

肉痣老太太很快就回来了,她和候车室里的女人长得真像,肉痣长在嘴边,小馒头状,且零零星星有几根毛——不洁感。陈欢咽了下口水,这样的肉痣很能让人联想到一些粗俗不堪的东西。老太太的嗓子里发出公鸭一样难听的声音,仍旧听不懂在说什么。她倒是很配合,屁股一挪就坐到男人下铺位置。

男人一下子贴着她了,似乎还为她屏蔽掉了外在纷扰不堪的世界。他真像一堵墙。陈欢无法去正视他眼睛,只能让飞逝而过的树木、房屋、青山不断填补自己空白的脑海。他衣服的材质不错,柔软挺括。隐约能嗅到他身上的味道,不是薄荷柠檬味儿,也不是中年大叔的浑浊气,说不太清楚——研究一个陌生人身上的气息意味着什么?陈欢被自己胡思乱想撞晕了。落日呈玫瑰色,掩映在云霞中,很快,它就会跳下地平线,寻找它的归宿。

陈欢吃不准她有没有给孙吴明确的信息,比如说她坐这一趟火车的时间,比如说这个时段他确定在那个城市吗,再比如说他是否答应要来接她。陈欢现在开始怀疑他们相见时是个拙劣的场面,她隐约有这种担心的。孙吴胆子并不大,做事经常会犹豫,以至于大学卿卿我我了三年没有实质性进展。听说他换了好几个城市做采购,婚姻状况不详,有一个孩子。她在网上搜索过他的照片——他的模样,跟读书时变化并不大,清瘦,多了副眼镜。

手机铃响了,陈欢吓一跳,以为是孙吴,却是丈夫。他手足无措地问她,"猫粮放在哪里?那讨厌的猫饿得发疯——把窗纱抓坏了,还打碎了客厅里摆放在橱上的景德镇瓷器。"她哼哼冷笑了下,荒唐,她离开才一整天就乱套了,如果她离开他十年、一辈子,再也不回来又会如何?陈欢听见噼里啪啦乱作一团器皿碎裂的声音。

247

身体随着列车的颠簸晃来晃去。男人别过头，但他应该是注意着她的反应。她耐下性子，说："在厨房间第三个抽屉里。"丈夫喘着粗气，说："没有没有，哪有啊，你肯定记错了！再找不到猫粮，我准备放它出去了！烦死了！"

丈夫说"烦死了"三个字的时候穷凶极恶，异常响亮。陈欢"啪"地结束了通话——随便，随便你，爱咋样咋样，我也烦透了，随便火车把我带到哪就哪儿，一切都是开始，一切都是终结！

火车停靠在了站台。涌上来一大群人。孩子在哭。谁的手机里放着《最炫民族风》的歌声。肉痣老太太窸窸窣窣从包里掏出两根火腿肠开始吃起来——那种味道霸道地直钻入鼻孔，仿佛一个女人猥亵地袒露着胸膛，横陈在大路中央。陈欢手心湿漉漉、黏糊糊。她想大叫一声，可是整列火车是一片汪洋大海，骇浪滔天，暗礁重重。

男人抖了下腿。他的头发修剪得像花园里篱笆下的矮冬青。没错。他是个出差在外的男人，言语不多，但观察力敏锐，行头简洁，对女性有特别的关照。他把宽大的手掌翻过来，生命线、爱情线两条线像轨道一样交错之后分别散开。陈欢不知道是否要和他交流，对了，他们刚才说到安娜。那个不安分的，对感情充满迷乱的女子。火车晃荡猛地动了一下，又开始疾驰飞奔。她为什么坐在如此喧嚣的环境里，听着孩子在撕心裂肺哭，好像爆发了战争一样，尘土飞扬，兵荒马乱。他手腕处的汗毛很长，透过衬衫缝隙钻出来。

陈欢突然问："你相信手相吗？"

男人问："你想看吗？我略懂一些。"

陈欢犹豫了下，还是把手伸了出来，相比较下，她的手是多么

六如偈

纤细、孱弱。手指在微微颤动,他接过来,按住中间三个指头的前段,仔细审度。

他慢吞吞地说:"你内心受的压力比较大——睡眠不太好,从阴阳五行说,你是水命——当然很多女人都是水命——但你的水命里藏着江海的颠簸——你潜伏着无穷的能量,如果找不到合适渠道疏导,你的小宇宙会爆发,会吞噬一切。"

"——所以,你要学会及时行乐,及时排遣——哈,我胡说八道,开玩笑的——当真了,你就会讨厌我!"男人又补充了几句,眉毛弯弯,似笑非笑。

陈欢猛地缩回了手。窗外正掠过一片平淡阴郁的景色:干涸的土地,寡淡无色的平屋。

她承认。男人说的有些道理。

很多个夜晚,她会独自抚摸着自已乳房、肚脐、心脏、子宫,她小心翼翼地揉搓、按摩。这是她一个人的东西,它们属于她,她随意摆布。她高举着手指,像个女王,容光焕发,要风得风,要雨得雨,都能在一念之间实现。临睡前她如同获得战利品一样充满了高亢之后的颓靡感——月光似水阴冷,丈夫"咔嚓"开锁而入,她瑟缩在被窝里剧烈地抖个不停。

"油价又涨了。"陈欢和男人说。"一公升已经达到七元五角了。开汽车简直就是在吃油下去,咕嘟咕嘟,哪消耗得起?不开车又不行——哎,空气质量那么差,都是霾,我的支气管炎一不小心就会发作——你没有同感吗?——别这样看着我,我是水命,水命容易招桃花劫,对吗?"

男人忍不住笑了,牙齿很白。他说:"你这人挺有意思的,没有我想象的——"

"没有你想象的——怎样呢？——为什么不说下去——"

陈欢的眼睛明亮亮的，像被刚唤醒的一头小兽，忽然牙尖嘴利起来。她将侧坐的身体扭正过来，直视他。他有一颗牙齿缺了一小角，月牙形，像是在哪里磕碰掉的，但并不影响美观，反而有些小时尚。他问她："你去哪个城市？"

陈欢不想明确告诉他，嘴喏了下。她脑海里又掠过孙吴的形象，不知怎么，她在心底里暗暗地咒骂了声，话没说出口，但把自己吓了一跳。孙吴从来没有果决过。他犹犹豫豫，半拉着嘴，总是有所顾虑。毕业分配，他考虑自己是独子，不能置父母不管，不能随意一个人在外地漂流，悄悄留了封信给她就走了。狗屎！呸！她一边抹眼泪，一边把信撕得粉碎。他真不明白她的心。

肉痣老太太忽然打了一个很响的饱嗝儿，空气里顿时溢出肉肠、菜花等发馊后酸唧唧的味道。陈欢下意识掏出纸巾捂住了鼻孔、嘴巴。

谁都没有说话。陈欢皱着眉，眼睛瞅着窗外，太阳已经完全落山，整个天地间是混沌不清的灰色，接着会是沉沉黑色幕布拉上。她要去哪里？去城市还是乡村？有一只公鸡在气鼓鼓地打鸣，她都听到这个声音了，丛林里无数的狼窥视着她，眼睛绿油油的。已经是北方了。北方的土地上散发出味儿和南方截然不同，她应该要警惕的，她为什么神思恍惚地坐在一列不知去向的火车上？

男人说："我们去餐厅吃点东西吧。"

陈欢没有立即答应，但站起了身。窗玻璃上照出她的形象，长波浪头发。有些倦意和茫然。她随着男子走过一节又一节的车厢。车厢里放着流行音乐，车子震得有些莫名其妙，她一个趔趄，差点

六如偈

冲到男人身上。男人的大手掌伸过来，扶住了她，他们俩的身影一起映在窗玻璃上，仿佛树的倒影，有一种静谧和模糊的期待。不少人抬起眼漠然地打量着他们。看吧！——我们就是一对。——你们爱怎么想就怎么想——陈欢忽然将手攥紧了他的手指，他指尖的力量马上传递回应过来。

幸好餐厅里的人不多，他们选择了一个偏僻的角落坐下。

男人点了几个菜，并征询陈欢意见："喝点红酒如何？"

陈欢眉毛往上扬了扬，算是同意。餐桌上桌布是红格子图案，凹凹凸凸，看久了有一种纵深透视感。陈欢的手指沿着格子图案乱划，刚才两个人的手还牵在一起，还暗中使力，他想有进一步的发展吗？哼——喝酒——上床——一夜情，男人惯用的伎俩——她看得太透了。他是什么样的来历，身份？职务？她无所谓知不知道。从外表看，起码他是个干净的男人，下巴没有胡子茬儿，指甲不藏污纳垢，说话简洁不啰唆，有一定文化修养。她管他这么多干什么！最关键的是此刻，他不是陌生人，他的气息笼罩着她。

丈夫是陌生人。他躺在她身旁，形同虚设。如同房间里任何一样器物，摆放在原地积灰、破损。他磨牙、说梦话、放臭屁。每天过同样的日子。最要紧的，他不知道——她睁眼到天亮，听环卫工人洒扫落叶的声音。树叶像她手上处理过的一张张发票，叶脉之间有错综复杂的关系，枯黄、易脆——她想过很多次，她处理过的那么多发票中，万一有一张出事，她是第一个当啷被抓到局子里的人。每个月上千万的公有资产滑入私人腰包——她头皮发麻，手脚冰冷，秃头老板软硬兼施，风在巷子口吹动，打着漩涡。她也拿点好处，这点小钱跟她如果锒铛入狱的情状相比是根本没法相提并论的。我是个傻子——我是自己把自己推入绝境——我要是从来不接触这个行当就好了——他睡得像个死人——打呼噜、放臭屁——我要疯了,不!鸟雀在叫,一只苍蝇在撞击玻璃窗。安娜想把整瓶吗啡一饮而尽,最终选择了火车,她丢下了红色手提包。

红酒在晃动。火车餐厅里的红酒,卖到三百八一瓶,说是卡斯特红酒,原装的。信不信也没关系,反正已经开了。还好,酒的纯色还可以,挂杯效果也不错。男人女人需要红酒来助助兴的。两杯下肚后,陈欢问男人:"你要去哪里?"

男人说:"去我所去的地方。"

混蛋!——陈欢暗骂,但笑容依旧。她问他的星座。天枰座。天枰座男人喜欢猜测女人心思,能做不错的蓝颜知己。她恭维了他两句,他照单全收。他身上那种具有诱惑力的东西向她袭来,她身体里纤维一秒一秒开始变得富有弹性。他们压低声响吃吃笑,像一对恋爱了多年的情人。手指什么时候缠绕在一起,如同八爪鱼的腕足,有无穷的吸力。手机在玻璃台面上吱吱打着转,陈欢瞄了一眼,是孙吴的号码,她脑子有些短路,不知道这个时候接电话是否恰当。管他呢,等下回打便是了——天枰座的男人手劲很大,如果再用力些会把她捏成手指骨折,她不喜欢太过暴力的男子。他脸部在笑,暧昧中有隐约的猥亵。陈欢失去了头绪,说话有些前言不搭后语,她问他:"你要随我而去吗?——不,你有你的地方——"

他们把整一瓶红酒都喝下去了。

窗外已是漆黑一片,一点也分不清行进到哪个地方了,反正是在中国的土地上。火车在风里怒吼,她的脑海里是嗡嗡的静电声,她感到闷热,特别想推开窗户让强劲的风从她身上刮过。可是,这是封闭式的空调车,走到哪儿,哪儿都一样。她脸涨得通红,呼吸

六如偈

也有些急促，只能将衣领尽量拉开，露出项链，露出白皙的皮肤，她的锁骨还算精巧，能经得起检验。车厢里的乘务员拎着一大袋垃圾走过，口子没扎紧，肉痣老太太的火腿肠皮的味道顽固地再次冒出来。她反胃了，差点有呕吐的情状，她赶紧捂着嘴，晃晃悠悠扶着车厢壁，躲进了厕所。

果真，陈欢喉管里倒流出了菜花、肉肠、红酒液体酸唧唧的东西，和肉痣老女人所打的饱嗝儿相差无几。她厌恶极了，厌恶自己，厌恶那个痣上长着毛的老女人——她一直在窥视她，她那X射线的眼光正透过人群直刺她的皮肤进行窥视。关她什么事！她和她八辈子也扯不到一起啊，可是她握着她中铺的票，理直气壮在她床沿边蹭来蹭去。

脏物随着水流哐当冲下去了，应该喷溅在铁轨上，不消多久就会蒸发掉。陈欢干笑一声后，用水洗净了脸和手，装作若无其事的样子回到了餐厅。

男人问："还行吧？你不舒服吗？"

"你他妈清楚得很。"她忽然爆了个粗口。

男人一愣，随即笑得像女人一样花枝乱颤。他喘着气，又冒出了那句："——你这人挺有意思。"

她也呵呵笑得十分夸张，如果车厢内允许抽烟的话，她会叼一根在嘴上，像夜总会的女人，朝男人脸上不断吐烟圈。孙昊又来电话了，手机像只垂死的苍蝇拼命振翅。她决定接，而且要极尽能事调侃他。

她拉长了声调，说："喂——你已经等在火车站了？——怎么就这么着急——是不是太那个心猿意马了——真是什么？——你说你孩子发烧了？——她老做噩梦？会梦见森林被烧毁，恶熊出

253

没？——喂，那你到底在哪儿？怎么没有声音了——"

陈欢叉着腰，因为洗了把脸，眼睛下面显露出细小的皱纹。她对着手机哼哼哈哈，男人抱着双臂欣赏，他的嘴巴撇了撇，笑着说："行了，别自导自演了，累不累？"

他一把将她拉扯过来。从餐厅到他们的目的地，整整要经过五节车厢。五节车厢里的人很大一部分在昏昏欲睡了，也有些人精神抖擞，兴奋地在手机屏幕上划来划去。他们俩歪歪斜斜向前走，与一条又一条陌生的大腿擦过。遇到车厢过道时，他拐了个弯，把她拉到车门前，那儿没有一个乘客，也看不出窗外任何东西。他的肚子紧贴着她，她都能闻到他嘴巴里的红酒味儿。

他的双手摸着她的脸，仿佛一个盲人，上上下下，将她的鼻子、耳朵、脸颊、眼睛十分细致地抚摸，好长久记住她的模样。摸到她嘴巴时，他俯下身来，他的个子嫌高，他想吻她。可是她明显感觉到自己嘴巴里还残留着呕吐后酸唧唧的味道，该死的，好像就是肉痣老女人的味道。不行！——她撅起屁股，将男人的头推开。

男人没有立即放弃，他环抱着她，双手用力摩挲她的胸部。她哼哼唧唧，如果黑色天幕就是房间里的窗帘，一把拉上该有多好。可是乘务员小姐蹬着高跟鞋故意很重地走过。她装没听见，她想把自己变成家里那只慵懒的猫，霸道撒娇式地一个劲往主人怀里钻。他是个怎样的主人呢？会怎样的慷慨，还是无情？

"我们只是萍水相逢——你说你出差？——你是专门为我而来的——"她傻乎乎地问。

"我会想你的。"他终于把鼻尖凑上来，抵住她下颚，吻她。他居然一点也不嫌弃她嘴巴里怪味儿，她觉得有些匪夷所思。

她真变成了一只牙尖嘴利的小兽，忽然间有了力量，把男人又撞又碰的。

她差点告诉他——她有多抑郁，她讨厌成天做假账的工作，讨厌她那已经彻底性冷淡的丈夫！还有她每天恍惚着的不着边际的想法，从一开始她的选择就是错误，她不应该读理科，成天紧绷绷地生活。她只喜欢阳光下，提着水桶，去浇一朵又一朵盛开的花。

"我是做老师的，我去参加一个学术研讨会。"她一本正经开始为自己编织故事了。

"安娜是我研究的对象。她一直在怀疑沃伦斯基是否真正爱过她——在那样社会里，女人太容易受骗了。"

男人可不管她在说什么，他嘴巴凑在她耳垂边又亲又咬，她咯咯咯笑起来，很大声音，歇了一会儿，又咯咯咯大笑，惹得乘务员先生绷着个脸过来说了几句提醒的话。

是不早了。该回去了，不能影响其他人休息。她主动拉起他的手，无所顾忌地一路摇晃着。好像他们就是一对相濡以沫的夫妻，趁着假日出来再浪漫一下。他十分体贴地扶着她胳膊。车厢的光线已经暗淡下来，有人开始发出呼噜声。

肉痣老太像和尚一样盘腿坐在中铺上，一动不动，把陈欢吓了一跳，急忙将手从陌生男人的胳膊里抽出。火腿肠的外包装皮仍在托盘里，蜷曲着的样子显得可怜巴巴。肉痣老太的眼睛不知道是睁着还是闭着，陈欢一点也吃不准，除非她凑上去看个究竟——

男人没有领会，撩起她头发还想有亲热状，陈欢努努嘴，咳嗽一声，两人顿时安静下来。

陈欢眼睛往上一瞟，最上铺两个乘客看不清人形，缩在被窝里好像睡着了。肉痣老太对面空着，没有人。陈欢隐隐约约感觉到——这老太好像是在念佛,但没有一点声响,她瘪着嘴,只凭意念在蠕动嘴唇。

陈欢轻叹了口气说:"哎,现在的动车已经没有在老式枕木上行走'咔嚓咔嚓'的响声了。也挺单调的。"

男人说:"看样子你还挺怀旧的。那种铁皮绿车,说到底太慢了,出个长差要几天几夜,谁吃得消?"

两人好像在故意抒情,连陈欢都觉得恶心,装,太装了!她记得有一年她和孙吴一起坐绿铁皮火车去上海一所大学,车厢里挤得人都无法站稳,前胸、后背挨着的全是陌生男人。那一次该死的她又撞上了例假,一团团经血涌出来,热烘烘地沾着她的裤子。她羞得满脸通红,恨不得找个地缝钻下去得了。孙吴一样惊慌失措,犹如圈在笼子里的家兔,四处撞笼。她哀哀地求他:"你挡住我,不要晃来晃去,千万拜托了。"记不得是怎样熬到终点,又是怎样买了裤子换上,她紧绷的一根弦差点断在上海——

车窗外在下雨,还挺大,听得出雨点子甩在玻璃上的响声。男人不知怎的绕到陈欢后面,指关节从她的后颈部开始,沿着脊柱,向下滑去。

陈欢身体开始发软。黑夜里,她听见中铺传来窸窸窣窣的声音,皮肤紧了下,下意识推开男人的手。雨点子应该似箭矢,一发又一发,恶狠狠地射上去。男人不甘心,继续攻占目标。陈欢仰起脖子,她没有看见什么,喉咙里干涩得想把外面的雨水喝个够。咕咚咕咚,春天里的树木在欢快地喝水,花草在喝水,河流泛着涟漪,也还在拼命地喝水,她也想喝个痛快。

突然,重重的一声咳嗽从中铺传来,夹杂着肉肠、菜花等发馊后酸唧唧的味道。

六如偈

陈欢神经质一个反弹，差点把男人推到地上。他讪讪地，干笑，却又没笑出声来，十分滑稽地拉好衣裳，回到自己铺位。恰巧新的一站到了，涌上来几个人，大包小包扛着，沸沸扬扬闹腾了一阵，冲向下一节车厢。

陈欢的心咚咚咚跳得厉害。偏偏丈夫又来电话了，这个时候可能牌局结束，但还好像没到时间，通常要到凌晨一两点钟他们才肯歇手。丈夫在吃吃笑，有种掩饰不住的兴奋，听得出水流声，哗哗哗，不，好像是撒尿声，果然，他说："老婆，老婆！不得了了，杠开辣子！他们桌上的红票全都捋到我眼前了。前面一周流出去的总算收回了——"

他是在人家卫生间，没出息的，一副杠开辣子就癫狂成这种状态，裤子拉链一定还没完成拉上，尿臊味也在蔓延着——陈欢艰难地咽了下口水，她凶不起来，只能应和，说："别太晚，回家时看清路，别像上次那样撞上了树。""不会了，老婆，嘿嘿！"丈夫不好意思地在电话那头笑出声，很快掐掉了手机重新回到牌局。

那老太，那肉痣老太，一定还盘腿坐着，像尊泥塑，窗外这样的滂沱大雨如果淋在她身上，会一层一层消融。

陈欢虚汗直冒，又不敢探头去看。她猛然记起肉痣老太浅褐色的黄毛衣上挂着一串菩提子念珠。念珠油光发亮，肉痣老太枯瘦的手指时不时会摸着它转。现在城市里很多老太太都喜欢这个，嘴里念念叨叨不停，也就"阿弥陀佛"四个字在翻来覆去。——陈欢的母亲就属于这类人，"不可不信，也不可全信"，她振振有词地和陈欢说。

陈欢信不信佛呢？她没有认真思考过这问题，但逢菩萨也会拜。每到大年初一，公司秃头老板会通知她一起到最有名的褒禅山寺烧头香，说那里的菩萨最灵了——包你一许一个准。秃头老板连老婆也不带，只带上她。她面露难色，天空刚呈鱼肚白颜色，她不得不从被窝里钻出来。丈夫倒也没有什么废话，嘟囔着，翻了个身又睡去。那夜褒禅寺就是个不夜寺，香火缭绕，人流涌动，她负责捐钱、签名，秃头老板则是低头屈膝，跪地翘屁股地拜个不停。

男人可能睡着了，人太高，一条腿耷拉着垂下来。他的手也张开着，出奇的大，像猿猴的某个部位，体毛长得似丛林里一簇簇乱蓬蓬的草。——男人是肉食动物，没心没肺的。陈欢用力将嘴唇咬了一下，立即闻到了嘴里淡淡的血腥味。

风刮得要紧，像狮子一样在吼。火车在行进中，每小时200公里的时速。陈欢终于平静下来，睁着眼看着窗户，想一阵待一阵。窗外依旧下着雨，滑稽得很，天气预报说还会有雨夹雪。倒春寒，谁也弄不清楚现在这种鬼天气了，大气层破坏得够呛，它是想办法要报复人类了。想着的时候，陈欢仿佛真看见了一片又一片的雪花从天而降，站台边，她想象着坠落下去的情景，想象着那会有什么感觉，跳下去，就那样消失，像真正的安娜一样……

模模糊糊睡了两三个小时，陈欢醒来了。她分不清自己到了什么地方。她倒吸一口冷气。完全陌生的一个地方！脑袋里似乎灌满了铅，滞重、疼痛。她居然一点也想不起细节。完全空白的记忆，比刷了一层白涂料还要来得彻底。喉咙里也是灼烧过后的焦煳味。手机里是一连串陌生的号码。接通一个后那边又挂断了，嘟——嘟——嘟的声音仿佛孩子噘着嘴巴在撒娇。

陈欢无计可施，只能用手机上的GPS定位。

莫城？闻所未闻的地方。她怎么会来到这？

六如偈

对面的男人睡得很香,矮冬青一样修得齐整整的头发,陷在枕头里,随着火车行进有轻微的抖动。火车上的枕头、被单其实很脏,渍子斑斑点点。陈欢是和衣凑合着的。她踮起脚尖,去上厕所。厕所里十分恶心,便后的手纸随地堆放着——陈欢强压住喉间的酸味,逃犯一样冲出来。

她瞥见,肉痣老太也终于和衣睡下了。

陈欢思维停滞了五秒钟,然后,活跃起来。

她急匆匆收拾行李,她感觉到自己的心脏,在发烫的皮肤下跳得几乎要穿墙而出了。她想象着,自己冒着纷纷扬扬的雪前进,路上留下一串串自己的脚印,她的心更加战栗了。那本《安娜·卡列尼娜》的书,封面上留了条深深的折痕,肯定是那男子一屁股坐下时造成的。她将它丢掷在床铺上。或许他醒来后,一眼就会瞧见。

动车在减速,一点一点,莫城站一会儿就到了。

寒冷也正慢慢笼住陈欢头部,这不错,她确实要想在北方清洌的空气中好好呼吸与行走了。

刊于《钟山》2013 年第 5 期